迷《まよ》い沼《ぬま》の娘《むすめ》たち

Sisters of the Lost Marsh

Lucy Strange

ルーシー・ストレンジ
中野怜奈 訳

静山社

迷《まよ》い沼《ぬま》の娘《むすめ》たち

兄のウィル、弟のピートに

はじめの娘《むすめ》は玉《たま》の輿《こし》
家にのこすは二番目よ
農家についた娘《むすめ》なら
三人目の子に害はなし
四人目、五人目、嫁《よめ》にやれ
さなくば六番目の娘《むすめ》
親の骸《むくろ》をうめるだろう

迷《まよ》い沼《ぬま》につたわる「六人の娘《むすめ》の呪《のろ》い」

目次

白亜丘陵
狐ノ沼
亜麻ノ沼
古い森
乗馬道
デンジマーシュの沼
恐れ森
首つり村
ホグバックの丘
けがれっ原
砦
忘れ沼
朽ち沼
涙沼
N
W
E
S

迷い沼
ファーンズビー家
魚ノ沼
草地
麦畑
沼のはざまの村
モス家
羊のいる丘
ファーンズビー家
泥炭地
池
グロリアスの丘
春迎えの祭りをした草地
共有地
サイラスの家
サイラスの草地
うつろ沼

Sisters of the Lost Marsh

Original English language edition first published in 2021
under the title Sisters of the Lost Marsh by The Chicken House,
2 palmer Street, Frome, Somerset, BA11 1DS

Japanese translation rights arranged with Chicken House Publishing Ltd
through Japan UNI Agency, Inc., Tokyo

装画・挿画／佐竹美保
装丁／田中久子

冬至《とうじ》のころ

冬、水面《みなも》に落ちる、陽《ひ》の光はさえざえと。
灯心草《とうしんそう》に霜《しも》がおり、草草《くさぐさ》のとげは銀にかがやく。

「わすれられた村」より
メイ・ファーンズビー著《ちょ》『沼《ぬま》の物語』所収《しょしゅう》

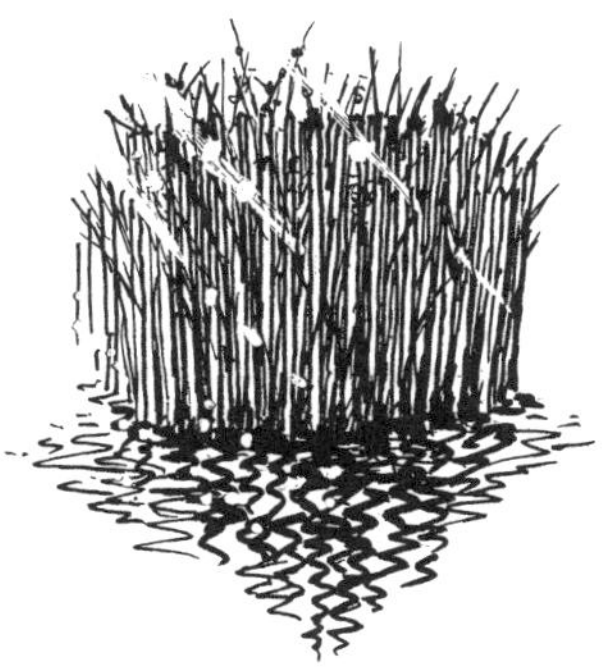

1　美しい馬

目の前にいる白馬の目をのぞきこむ。馬の名はフリント。火打ち石という意味だ。黒く長いまつげにふちどられた、かがやく茶色の目は、雨上がりの水たまりのよう。この馬は、結婚《けっこん》するグレースとひきかえに、うちの農場にきた。そんな馬を好きになれるだろうか。

今朝、フリントをつれてきたのはサイラス・カービーだ。サイラスはきのう、上の姉さんのグレースと婚約《こんやく》したのだ。

「ファーンズビーさん、畑仕事をさせるのに、こいつは役にたちますよ」

サイラスが言う。父さんは、さえざえとした陽《ひ》の光に目をほそくして、おぼつかない足どりで、うら口の前の踏《ふ》み段《だん》をおりてきた。馬を上から下まで見たあと、感心したようにうなずく。

「見てくれもいいな。ウィラ、しらべてくれ」

父さんは、動物のことをまるでわかってない。この農場も父さんのものではなく、おばあちゃんのものだ。農場の仕事をわたしたちに教えてくれたのも、おばあちゃんだった。父さんはわたしたちに仕事を言いつけて、自分ははたらかないで、市場をふらふらしているだけ。

きっと、動物の頭とおしりの見分けすらつかない。

フリントのたくましい背《せ》や肩《かた》をさわってみる。霜《しも》におおわれた肥《こ》やしの上で、フリントははじめ、じっとしていた。けれど、ひづめを見ようとしたときは、すこしはねて、歯をしらべようとしたときには、びくっとした。

「元気な子だね」

わたしはつぶやいた。フリントがほこらしげに頭をあげる。

全身をしらべたあとで、父さんにむかってうなずいてみせると、父さんは目を見ひらいた。こんなすばらしい生きものと、自分のつまらない娘《むすめ》をとりかえてくれるなんて信じられない、というように。肥《こ》やしのかわりに金貨をもらうようなものだと思っているのだろう。

「ウィラ、馬を歩かせてみろ」

フリントはたしかな足どりで、玉砂利《たまじゃり》の上を行ったりきたりした。父さんはそのようすをじっと見ていた。

わたしはサイラスの目をまっすぐ見て、きいてみた。

「つぎはグレースをしらべますか？」

父さんはにらんできたけど、サイラスは笑いだした。うちの三つ子の妹たちもおもしろがり、ドリーとディーディーは口々にさけんだ。

「グレース！」

「サイラスさんが足をしらべたいって！」

三つ子の中でいちばんおそく生まれたダーシーが、あきれたような顔をする。

ニワトリにやるための野菜くずをもって、家の中からグレースがあらわれた。うら口の前の踏《ふ》み段《だん》で、ドリーとディーディーが出迎《でむか》える。

父さんの顔に笑《え》みがうかんだ。顔が赤カブ色をしているのは、きのうの夜グレースの婚約《こんやく》の席で、浴びるほどお酒を飲んだから。父さんがサイラスに言う。

「いやあ、ながらくお待たせしまして！　これがわがやの器量よし……いや、もうじきそちらのものになるんですがね」

サイラスはうれしそうに、グレースに会釈《えしゃく》した。

グレースはサイラスの横をすりぬけ、鳥小屋にむかった。餌《えさ》をほしがるニワトリたちが、羽《はね》をばたつかせてさわぎだす。わたしたちは、グレースがもどってくるのを待った。しばらくしてもどってきたグレースは、サイラスのところには行かず、フリントのそばに寄《よ》った。これとわたしをとりかえたのね、とでも思っているのだろう。フリントだって、そんなふうに思っているのかもしれない。フリントはグレースのほうに顔をむけた。グレースと見つめあったあと、鼻先をグレースの手のひらにおしつける。グレースはフリントの体にふれた。首をやさしくなでているあいだ、グレースは夢見《ゆめみ》るような、いつものおだやかな目をしていた。

ふっと、グレースの手がとまる。指がなにかにふれたらしい。わたしもそこでようやく、たてがみにかくれた大きな傷《きず》あとに気づいた。

わたしたちはいっせいに、サイラスを見た。

「子馬のときはおちつきがないというか、生意気だったから、しつけてやらなきゃならなかったんだ。いまはおとなしくなったが、きびしくしないとつけあがる。こいつはシルバーっていう灰色《はいいろ》の牝馬《めうま》から、おととしの夏に生まれたやつでね。種牝馬《しゅひんば》じゃ、シルバーはこのあたりでいちばんで……」

サイラスが口ごもりながら話すのを、グレースが聞いているようには見えなかった。目をとじたまま、ひたいをフリントの顔におしつけている。

父さんがグレースをおしのけて、フリントに近づいた。首の傷《きず》に目をこらしたあとで、父さんは言った。

「だれが主人かわからせないとな。しつけるのもこいつのためってことだ」

「もう行かないと」

グレースが静かに言った。わたしたちに言ってるのか、馬に言ってるのかわからないような口ぶりだった。それからまた、フリントの鼻づらをなでた。

した。

「火をそのままにしてきちゃって」

グレースはわたしたちにことわってから、家の中にもどっていった。

サイラスはにんまりして、グレースのうしろすがたを見ていた。そのあとで父さんと握手《あくしゅ》をした。

その晩《ばん》は父さんと、いつもよりはげしくやりあった。庭におしだされたわたしは、にごった水たまりに足をつっこんだまままさけんだ。

「グレースを売るなんて、父さんの人でなし！」

こごえるように寒い晩《ばん》だった。わたしは鳥小屋の中にはいった。いろいろなことが頭にうかび、雪嵐《ゆきあらし》よりはげしくふきあれる。すくなくともしばらくのあいだは、怒《いか》りで寒さを感じずにいられた。けれど、三つ子たちがうら口からこっそり家に入れてくれたときには、夜《よ》もすっかりふけて、骨《ほね》の髄《ずい》までひえきっていた。ドリーとディーディーはくちびるに指をあてて、「シーッ」と言ってはしゃいでいる。炉《ろ》のそばのいすにすわった父さんを見て、ダーシーがうなずく。父さんは頭をのけぞらせ、口をあけて、いびきをかいていた。足もとにころがった、からの酒瓶《さかびん》を見たときは、また怒《いか》りがわきあがってきた。とんでもない取引を首尾《しゅび》よくまとめた父さんは、わたしが鳥小屋のよごれたわらの上でまるまっているあいだも、火のそばでくつろぎ祝杯《しゅくはい》をあげていたのだから。

妹たちは階段《かいだん》をかけあがって、わたしたち姉妹《しまい》がつかってる寝室《しんしつ》のベッドにとびこんだ。顔の上まで毛布《もうふ》を引っぱりあげたから、三つ編《み》み《あ》の先しか見えない。わたしはダーシーにむかって、「ありがとう」と言うように口をうごかした。ダーシーはかしこまって敬礼《けいれい》のポーズをとると、ベッドにもぐりこんだ。わたしはベッドの上にすわった。寒いし、体は痛《いた》く、つかれはてていた。わたしのすべてが怒《いか》りによっておしだされ、からっぽになった気分だ。しめった服をぬぎ、ねまきに着替《きが》えてから、ろうそくをふきけす。

寒々しい部屋におしこまれたベッドが六つ。まるで家畜《かちく》小屋だ。

暗闇《くらやみ》の中、横になったわたしたちを、霜《しも》におおわれた窓《まど》ごしに、真冬の月がのぞきこむ。三つ子たちはしばらくもぞもぞしたり、せきをしたりしていたものの、そのうちにおだやかな寝息《ねいき》をたてはじめた。

「グレース、おきてる?」

ささやくような声できいてみた。わたしが外に出されていたあいだ、なにがあったのか知りたかったのだ。父さんがグレースに、ひどいことをしていなければいいのだけれど。

となりのベッドから声がした。

「ウィラ、もう寝《ね》て。まったくあんたは、問題ばかりおこして」

「フレイア、ほっといて」

わたしは声を落として言った。それから、こんどはすこし大きな声で言った。

「ねえ、グレース、聞いてる？」

枕《まくら》がわたしの顔にとんできた。

「寝《ね》なさいって言ったでしょ」

フレイアがぶつくさ言う。そのあと「きゃあ」と言ったのは、わたしが枕《まくら》を投げかえしたから。

「はやくあんたがお嫁《よめ》にいけばいいのに。豚飼《ぶたか》いのグラッブおじさんのところにやって、かわりにまるまる太った豚《ぶた》をもらうの。そしたら朝食にベーコンを食べられるのにな」

フレイアの言葉に、わたしは小声で言いかえした。

「歳《とし》のじゅんだと、つぎはフレイアでしょ。グレースと一歳《さい》しかちがわないんだから。わたしはまだ十二歳《さい》だよ。それにさ、わたしたちは家にのこって、農場の仕事をするって決まってるし。グレースのあとお嫁《よめ》にいくのは、ドリーとディーディー。それまであと九年くらいかかるけど、六人の娘《むすめ》の呪《のろ》いでそういうことになっているもの」

「うるさいな。もう寝《ね》なよ」

フレイアはきげんの悪い声で言ってから、また枕《まくら》を力いっぱい投げつけようとした。

そのときドアがあいた。父さんかと思って、かたまってしまう。

ろうそくの明かりがこちらに近づいてきた。わたしはベッドの上にひざをつき、戦いにそなえ枕《まくら》をかかげた。ろうそくをもつ手がはじめに見えて、そのあとで顔がてらされる。しわにうもれた目で見つめているのは、父さんではない。おばあちゃんだ。

「そこにいるのはウィラかね。だいじょうぶかい？　家にはいれたんだね」

「平気だよ。もう、寝《ね》ようとしていたところ」

つかんだ枕《まくら》をふくらませてから、ベッドにもどす。それから横になって、ちくちくする毛布《もうふ》を引きあげた。今日は、わたしが馬の毛の毛布をつかう番だ。

「おやすみなさい、おばあちゃん」

「おやすみ、ウィラ」

ろうそくの明かりがうごいて、となりのベッドをてらす。フレイアは枕《まくら》を頭にのせたかっこうのまま、寝《ね》たふりをしているようだ。

「フレイアもぐっすりおやすみ」と、おばあちゃんは静かにつづけた。

ドアがしまったあと、フレイアがねむりにつくまで待った。それからしのび足でグレースのベッドまで行き、肩《かた》にそっとふれた。グレースはおぼれる夢《ゆめ》でも見ているみたいに、息づかいが苦しそうだ。月明かりをうけてかがやく、金色の髪《かみ》をなでながら、わたしはささやいた。

「心配しないで。みんなでグレースをたすけるからね」
やすらかな寝息《ねいき》が聞こえてくるまで、わたしは髪《かみ》をなでつづけた。そのあいだ母さんの子守《こもり》歌《うた》をうたってあげた。わたしたちがねむれないとき、グレースがうたってくれる歌だ。

「おとめは川の　ほとりでねむる
うつら　うつら　夢《ゆめ》を見る
闇《やみ》にひかる星　白い月
やわらかな雨がふったあと
日はまたのぼり　冬は深まる
おとめは目をさまさない
とわにねむる　さだめのために」

グレースの髪《かみ》にキスをしてから、冷たい小さなベッドにもどった。ちくちくする毛布《もうふ》にくるまりながら思ったのは、今朝うちの庭で、馬と人が取引されたということ。それから、サイラス・カービーのことも頭にうかんだ。サイラスはグレースの倍の歳《とし》だ。サイラスが飼《か》っている犬は、鞭《むち》打《う》たれるのをこわがって、いつも足の間にしっぽを入れている。
自分の身になにがおきても、物静かでおしとやかなグレース。気立てがよく、話し方もやさしい。グレースが従順《じゅうじゅん》なのは、父さんのきげんをそこねたくないからだろうか。胸《むね》のうちの恐《きょう》怖《ふ》も見せないようにしているのだろうか。

もしかしたら、かくしているのは恐怖《きょうふ》だけではないかもしれない。ひそかに逃《に》げだす道をさがしているのではないか。サイラス・カービーと、父さんと、この沼地《ぬまち》からぬけだす道を。

2　本が禁《きん》じられた村

つぎの朝、父さんはなかなかおきてこなかった。

うちにはジェットというおじいさん馬もいるから、おなじ馬小屋にフリントも入れて、わたしはそこで、湯気のたっている糞《ふん》とよごれたわらをかたづけた。そのあいだ、父さんは、入り口の戸によりかかるようにして立っていた。口をあんぐりあけて、新しい馬を見つめている。白馬のフリントに乗ったすがたを想像《そうぞう》して、自分はたいしたご主人さまだと思っているのだろう。ずっとのぞんでいた身分になれたのだと。しばらくしてから、父さんは、昨晩《さくばん》寝《ね》ていたときとおなじ、悪臭《あくしゅう》のただよう服で出かけていった。居酒屋《いざかや》でサイラスに会うのだ。

三つ子たちといっしょに門のところに立って、陽《ひ》の光の中、父さんのすがたが小さくなっていくのをながめた。とうとう見えなくなると、三つ子たちは顔を見あわせ、それからわたしの顔を見た。なにかたくらんでいるように、顔をかがやかせている。わたしたちはなにも言わずに走りだした。庭の水たまりをとびこえ、家のうら口の踏《ふ》み段《だん》をかけあがり、そうぞうしく台所にかけこむ。

「父さんが出かけたよう！」

ディーディーが声をあげた。階段《かいだん》の下まで走っていったドリーが、二階にむかってさけぶ。

「おばあちゃん、父さんは居酒屋《いざかや》に行ったよう！」

「そうかい。そうしたら、おばあちゃんの部屋においで」

三つ子たちがドタドタと階段《かいだん》をあがっていく。

「靴《くつ》をぬぎなさい！」

きざんだ人参《にんじん》を厚底《あつぞこ》の鍋《なべ》に入れていたフレイアが、ふりかえりもせず言う。泥《どろ》だらけの靴《くつ》が一つずつ、階段《かいだん》の上から落ちてきた。わたしはそれをぜんぶあつめて、うら口の横にならべて泥《どろ》を落とした。フレイアは、壁《かべ》のフックにかかっていた鍋《なべ》をはずし、水をそそいで火にかけた。

わたしは火が消えないように、炉《ろ》に泥炭《でいたん》をくわえた。

「たまには気がきくこと」

フレイアがつぶやく。わたしや三つ子をほめるとき、フレイアはそんな言い方しかしない。

わたしはにこりとした。

「グラッブおじさんの豚《ぶた》と交換《こうかん》するのは、惜《お》しくなった？」

「すこしだけね。さ、わたしたちも行こう」

フレイアがわたしをおして、階段《かいだん》のほうにむかわせる。

「ねえ、グレースは？」

「先に行ったんじゃないかな」

おばあちゃんの部屋にはいると、グレースはひざをかかえて、出窓《でまど》の前にすわっていた。顔を窓《まど》のほうにむけて、朝の陽《ひ》にてらされた沼《ぬま》を見ている。婚約《こんやく》のことをおばあちゃんに話していたのだろうか。

グレースがどんなに苦しんでいるか、幼《おさな》い妹たちは想像《そうぞう》できないようだ。三人は目をかがやかせて、ベッドの上にあぐらをかいている。

「フレイアもウィラもはやくおいで」

おばあちゃんにつづいて、ディーディーが「待ちくたびれたよう」と、ぐずぐず言いだす。フレイアはベッドのはし、わたしは羊の革《かわ》の敷物《しきもの》をしいた床《ゆか》にすわった。おばあちゃんが言った。

「用意はいいかい」

もちろん、いい！

おばあちゃんは大きな戸棚《とだな》をあけた。毛布《もうふ》の山やフランネルのペチコート、冬用の長い下着を中から出し、ハンガーにかかった服を、カーテンのようにわきにやる。戸棚《とだな》のいちばん奥《おく》にあるもの――それは、おばあちゃんがだいじにかくしていて、わたしたたちしかその存在《そんざい》を知らない、本のコレクションだ。

窓《まど》からさしこむ光が、背表紙《せびょうし》の金文字をかがやかせる。まばゆい光に、頭上の黒い梁《はり》にかかったクモの巣も、わたしたちの大好きなおばあちゃんもてらされる。おばあちゃんは背《せ》が低いけど、ショールにくるまれた体はしっかりとしている。白髪《しらが》をふとく長い一本の三《み》つ編《あ》みにして、琥珀色《こはくいろ》の目をいたずらっ子のようにかがやかせている。

「しばらくぶりだからねえ。さて、どんな本を読んでいたんだっけ」

わたしたちのくらす〝沼《ぬま》のはざまの村〟は、〝迷《まよ》い沼《ぬま》〟とよばれる湿地帯《しっちたい》の中にある。この村で昔、文字を読んでいるところを見られた女の人は、いすにしばりつけられたまま、グレイ兄弟の池に落とされた。頭の中が洗《あら》い清《きよ》められるまで、池から引きあげられてはまたしずめられ、それが二十回くらいくりかえされた。おばあちゃんの話だと、昔はもっとひどかったらしい。おばあちゃんの友だちのネルのひいおばあちゃんは、本をもっていたために魔女《まじょ》だと言われ、あるとき村が不作に見舞《みま》われたら、その責任《せきにん》をとらされて火あぶりにされたとか。村の市場に行くときや、密輸船《みつゆせん》の商人がきたときに、商売するのにこまらない程度《ていど》には、文字の読める男はいるけど、それをわざわざひけらかす人はいない。そんなことをしたら人目をひき、大変な目にあうから。

わたしたち姉妹《しまい》が字を読めることは、村の人たちはだれも知らない。けして明かせない秘密《ひみつ》だと、おばかさんのドリーですらわかっている。

わたしたちはそれぞれ、自分が読む本をえらんだ。おばあちゃんのもっている本はよく知っている。ほとんどの本は、母さんや、おばあちゃんや、おばあちゃんの母さんが書き写したものだ。代々ゆずりうけた本、隠《かく》し部屋でひそかな取引のすえ手に入れた本もある。この宝《たから》のような本を、おばあちゃんはわたしたちのために長いことかけてあつめ、ずっとかくしてきた。

フレイアが読んでいるのは海賊《かいぞく》の本。ときどき息をつめて、顔が赤くなっているから、はらはらする場面がたくさんあるのだろう。三つ子たちは、母さんが書いた『沼《ぬま》の物語』を読んでいる。とはいっても、聞こえるのはダーシーのかすれた声だけ。ドリーとディーディーは口をぽかんとあけて、ダーシーのささやく、沼《ぬま》のトロールや人魚の話を聞いている。

おばあちゃんがグレースにも本を手わたそうとすると、グレースは首をふって静かに言った。

「なんだか気分がのらなくて。父さんが帰ってこないか見はっているわ」

グレースは窓《まど》のほうをむいた。

「そうしたら、ウィラが読むかい」

おばあちゃんはグレースの本をわたしにくれた。その本のことは、まえにここでグレースが話していた。主人公のお姫《ひめ》さまは姫《ひめ》をやめて、おどり子になりたいと思ってる。わたしは、お城の舞踏会《ぶとうかい》のページをひらいた。ふわっとひろがった赤と金のドレスが、夕日みたいにかがやいている。たしかにグレースにふさわしい本だ。グレースは音楽の才能《さいのう》に恵《めぐ》まれていて、歌もおどりもとくいだもの。冬はヒイラギの冠《かんむり》をかぶり、たき火のまわりで、自分の影《かげ》を追いかけるようにしておどる。春は髪《かみ》に花をかざり、色とりどりのリボンをなびかせて。グレースは〝おしとやかで美しい〟という意味だから、まさにぴったりの名前だと思う。おどっているときのグレースはまるで、夏に草地をふきぬける、ひかる風のよう。

「名前はだいじだよ」と、おばあちゃんはよく言っている。わたしは、〝意志《いし》〟という意味のウィルを女の子の名前にした〝ウィラ〟。わたしは生まれたときから、強い意志《いし》をもっているように見えたという。まるまるとした赤《あか》ん坊《ぼう》で、二年くらいひっきりなしに、カラスみたいにギャアギャア泣いていたそうだ。布《ぬの》でしっかりくるんでやらないと寝《ね》ようとしないし、夜中でも目をさますたびに大声で泣くから、近所の人たちが寝《ね》られなかったという話も聞いた。

〝フレイア〟には、〝高貴《こうき》な女性《じょせい》〟という意味がある。フレイアはうぬぼれたところがあるし、ときどきえらそうにするから、これもまたぴったりの名前だろう。ドリーとディーディーのほんとうの名前は、ドロレスとディアドレ。どちらも〝悲しみ〟という意味で、それは三つ子を産んだときに母さんが亡《な》くなったから。そして、だれもが双子《ふたご》だと思っていたところにもうひとり生まれ、その子は髪《かみ》が黒かったから、〝黒〟という意味のダーシーと名づけられた。

ダーシーは人間の子ではない、母さんを殺《ころ》した悪魔《あくま》だと、父さんは言っていた。おばあちゃんがとめなければ、小さく生まれた子犬みたいに、井戸にしずめられて殺《ころ》されていたかもしれない。父さんはいまでも、ダーシーは縁起《えんぎ》の悪い子だと思っている。わたしのこともきらっているけど、その理由はわからない。姉妹《しまい》の中でわたしとダーシーだけが、母さんに似《に》ているからだろうか。ほかの子たちはみんな、父さんとおなじ夏空の色の目と、実りをむかえた麦畑の色の髪《かみ》をしているのに。

おばあちゃんの本の中の、おどるお姫《ひめ》さまの絵が頭にうかぶ。沼地《ぬまち》の先にひろがる世界に思いをはせ、言葉が野火のようにひろがっていくまま、せっかくのひとときを楽しもうとしたけど、悲しそうなグレースのすがたに、気がちってしまう。こんなすがたはいままで見たことがない。嵐《あらし》の中で身をまもろうとするみたいに、小さくなってすわっている。そのようすをじっと見ていたおばあちゃんは、グレースのそばに行き、、クロス装《そう》の本をひらいた。『野生の馬』――わたしのお気にいりの本だ。おばあちゃんは静かに言った。

「おまえの母さんが、グレースとおなじ歳《とし》くらいのときに書いた本だよ。絵も母さんがかいたんだ」

グレースはページをめくろうとしなかった。指で本をなでるグレースのほおに、涙《なみだ》がひかるのが見えた。

日当たりのいい小さな部屋の中は、ひっそりしていた。ページをめくるかすかな音。かやぶき屋根の中でネズミがうごきまわる音。おそろしい沼《ぬま》の王の話をささやく、ダーシーの低い声。突然《とつぜん》、グレースが泣きだした。はじめはふるえながら鼻をすすっているだけだったけど、やがて息もできないほど、はげしい泣き方になった。この場にいるみんなが、本から顔をあげた。おばあちゃんはだまって、グレースの肩《かた》に腕《うで》をまわした。そして強くだきしめると、孫娘《まごむすめ》の金色の髪《かみ》にキスをした。グレースはおばあちゃんの腕《うで》の中で泣きじゃくっている。

わたしはもう我慢《がまん》できず、思わず言ってしまった。

「グレースはサイラスと結婚《けっこん》したくないんだよ。父さんがむりやり結婚《けっこん》させるなんておかしいよ。おばあちゃんも母さんも、自分の好きな人と結婚《けっこん》したんじゃないの?」

「グレースが結婚《けっこん》するのは、あんな呪《のろ》いがあるからでしょ」

「そんなこともわからないの」と言うように、ディーディーがため息をつく。ドリーも巻《ま》き毛《げ》の頭をゆらしながら言った。

「六人の娘《むすめ》の呪《のろ》いだよ。はじめの娘《むすめ》は……」

「やめて」

くりかえし聞かされてきた言葉に、吐《は》き気《け》をおぼえる。

「はじめの娘《むすめ》は玉《たま》の輿《こし》。家にのこすは二番目よ……」

「やめてって言ったでしょ」
ドリーもディーディーもやめなかった。まったく気にしていないようすで、わらべうたみたいに口ずさむ。沼《ぬま》にのまれていくように、自分の未来をゆだねるしかない姉の気持ちはまだわからないのだろう。父さんは自分にかけられた呪《のろ》いだと思っているけど、そうではない。あの呪《のろ》いにしばられているのは、わたしたち姉妹《しまい》だ。
「農家についた娘《むすめ》なら
三人目の子に害はなし
四人目、五人目、嫁《よめ》にやれ
さなくば六番目の娘《むすめ》
親の骸《むくろ》をうめるだろう」
だまりこんだわたしたちの横で、グレースがまたはげしく泣きだした。首をふってみせたわたしに、ドリーとディーディーが言う。
「なによ?」
わたしは妹たちに言った。
「呪《のろ》いのことは知ってるよ。だけど、グレースが玉《たま》の輿《こし》にのらなきゃいけないとして、どうして自分で相手をえらべないの?」

すると、おばあちゃんが言った。

「おまえたちの父さんがそう決めたからさ。わたしも話してみたがねえ、父さんの性格《せいかく》はわかっているだろ。呪《のろ》いや迷信《めいしん》のことになると、まともに考えられないからね。サイラス・カービーは村いちばんの金持ちで、グレースと結婚《けっこん》したがっている。ことわる理由はないだろうよ」

「呪《のろ》いの言葉にしたがうなら、わたしはこの家をはなれられない」

本に目を落としたまま、フレイアは顔をしかめてつぶやき、つづけて言った。

「でも、わたしはそんなの気にしない。わたしはファーガスと結婚《けっこん》するの。まだ彼《かれ》には話してないけど」

ファーガス・モスはフレイアの親友だ。ファーガスの家族は、泥炭《でいたん》を掘《ほ》ってくらしている。

「四番目と五番目のあたしたちは、結婚《けっこん》しろって」

ドリーの言葉に、ディーディーがすましてうなずく。二人にとっての結婚《けっこん》は、花やドレスで着かざることでしかないのだろう。

「父さんの言うことを聞かないと、呪《のろ》いのとおりになって、そしたらダーシーは……」

「うん、わかってる」

わたしはこたえた。ダーシーは笑顔《えがお》で肩《かた》をすくめると、『沼《ぬま》の物語』を読みはじめた。

こんなふうに運命にしばられて生きるなんて……。

グレースは窓《まど》から目をはなして、わたしたちのほうを見た。いまはもう泣いてない。

おばあちゃんはグレースをだきしめて、髪《かみ》に顔をつけた。

「そんなに悲しまないで。あきらめてはいけないよ。おまえはおまえのもので、ほかのだれのものでもない。なにかいい方法はないか、みんなで考えてみるからね」

グレースはエプロンで目をぬぐってから、ささやくような声で言った。

「もう婚約《こんやく》したのに？　わたしは春迎《はるむか》えの祭りの日に、サイラスと結婚《けっこん》するしかないの。いまごろ父さんとサイラスは居酒屋《いざかや》で、村の人たちにも話しているでしょうし」

おばあちゃんが口をひらいて、なにか言いかける。その手に自分の手をかさね、グレースは首を横にふった。

「おばあちゃん、わたし、馬の本が見たいわ」

わたしたちはゆっくりと本の世界にはいっていった。ページをめくる音。天井《てんじょう》うらでネズミが走りまわる音。白いしっくいの壁《かべ》の上を、陽《ひ》の光がうごいていく。

やがて物音がして、わたしたちは物語の世界から引きもどされた。農場の門がガタガタとあいた。それから重いブーツを引きずるようにして、庭を歩く足音。

フレイアがベッドからとびおりた。わたしもぱっと立ちあがった。心臓《しんぞう》がはげしく打っている。窓《まど》の外を見て、グレースが声をあげる。

「みんないそいで！　父さんが帰ってきたわ」

3　六人の娘《むすめ》の呪《のろ》い

妹たちは寝《ね》るまえにときどき、〝夜のコウモリ〟というバカげた遊びをする。ドアとカーテンをしめて、ろうそくを消したら、遊びのはじまり。ベッドの上に立った三人は、ひろげた手をばたばたさせながら、ベッドからベッドへととびうつる。そのあいだキーキーさけびつづけ、そうやってぶつからないようにするのだけど、最後はたいてい頭にこぶをつくって、鼻血を出して床《ゆか》にころがっている。

だけど、三羽《わ》のコウモリがとびはじめるのは、夜になってからのこと。いま、わたしたちは父さんが帰ってきた音を聞いて、あわてて本を戸棚《とだな》にもどした。フレイアとわたしは鍋《なべ》を火にかけていたのだけど、そのことをすっかりわすれていた。それで父さんがふらつきながら、うら口の踏《ふ》み段《だん》をあがってくるあいだ、わたしたちは台所にとびこんでスープを火からおろした。

グレースは泣いているところを父さんに見られたくなかったから、おばあちゃんの部屋から出てこなかった。酔《よ》いつぶれた父さんは、グレースがいないことに気づかなかった。わたしはグレースのスープ皿とパンを、まだあたたかい鍋《なべ》の中に入れておいた。

午後はいつもどおりすぎていったあと、フレイ丘《おか》の上の草地にいる羊を見にいったあと、フレイアとアといっしょに井戸まで三往復《おうふく》した。バケツをもつ手を切りさくような、冷たい風がふきつける。

それから、馬たちにブラシをかけた。しっぽについた泥《どろ》のかたまりを、わたしがとりやすいように、ジェットは気をきかせて、足の位置を変えてくれた。フリントのほうは、わたしがブラシをうごかすたびに、おちつかないようすでうごいていた。

とうとう、わたしはフリントに言った。

「おまえはきれいになりたくないの？　足がよごれたままだと、痛《いた》くなっちゃうよ」

フリントはそのあともこちらを見なかったけど、じっとしていてくれるようになった。

フレイアと三つ子たちが、馬小屋のそばをとおりかかった。さらに毛づやのよくなったフリントをうっとりと見あげ、ドリーが声をもらす。

「なんてきれいな子なの！」

「ぴかぴかひかっているね」とディーディー。

フリントがすっと顔をあげる。フレイアが言った。

「プライドの高そうな、すました馬ね」

「たしかにね。それに頑固《がんこ》なの」

わたしの言葉をうけて、ダーシーがぽつりとつぶやく。

「すこしおびえているように見えるよ」

わたしはダーシーを見た。それからフリントに目をやり、ブラシについたごみをはらった。家のうら口にむかって歩きだしたフレイアが、ふりかえって言う。

「父さんのお宝《たから》だね」

わたしは馬小屋の戸にかんぬきをかけた。みんなのあとから庭を歩きながら、ふりかえってフリントに目をむける。プライドが高く、かがやくばかりに美しい馬は、まだおびえているらしく、わたしを見ようともしない。この馬とひきかえに、グレースは売られたようなものだ。そう思うと、また怒《いか》りがこみあげてきて、ちくちくする痛《いた》みを全身に感じた。

夕飯の準備《じゅんび》をするフレイアを手伝うあいだ、わたしは怒《いか》りをぶつけるように、力をこめてじゃがいもをつぶした。それにキャベツとひき肉をくわえ、平鍋《ひらなべ》に入れて焼いた。

夕飯のあと台所をかたづけて、妹たちが寝《ね》にいってから、わたしとフレイアとグレースはふたたびテーブルにつき、かさねた腕《うで》にあごをのせて、ぼんやりしていた。父さんは炉《ろ》のそばのいすにすわったまま、いびきをかいている。上の部屋でさわぎがはじまったのはそのときだ。きゃあきゃあ言う声と、おしころした笑い声。妹たちが〝夜のコウモリ〟をやっているのだ。

父さんが目をさました。鼻を鳴らし、天井《てんじょう》を見あげる。ドンッという音とともに、梁《はり》からほこりが落ちた。父さんが不満げに言った。

「またダーシーか」

妹たちが悪さをすると、父さんはいつもダーシーのせいにする。ふだんは、ダーシーがそこにいないかのようにふるまい、その名を言うことはめったにないのだけど、名前を口にするときは、肉の筋《すじ》でもはきだすみたいに言うのだった。黒い目に炎《ほのお》をやどしたダーシーは、おとなしくてかしこい子なのに、どうしてそんなふうにあつかえるのか、わたしにはわからない。

「あいつは悪魔《あくま》の子だよ。あいつのせいで、うちは娘《むすめ》が六人になって、呪《のろ》いがふりかかったんだ」

「ネイト、呪《のろ》いだなんてくだらないよ。そんなことは考えないほうがいい」

父さんの近くのいすにすわっていたおばあちゃんが、きっぱりと言う。おばあちゃんは三つ子のために、ミトンを編《あ》んでいた。

「ばあさんの物語のほうがくだらないな」

グレースとフレイアとわたしは顔を見あわせた。父さんは、おばあちゃんが本をあつめているのを知っているのだろうか。父さんは言葉をつづけた。

「ここで子どもらに話しているのを、まえに聞いたんだ。おれが寝《ね》てると思っていたのだろうが……」

父さんは本の話をしているのではなかった！

「それに三つ子を寝《ね》かせるときも、あいつらがまだ赤《あか》ん坊《ぼう》みたいに手をにぎって、ごちゃごちゃ言っていただろう。オオカミだの三匹《びき》の子豚《こぶた》だの……」

「呪《のろ》いと物語はまったくちがうよ」

「自分はバカげた豚《ぶた》の話をして、おれの呪《のろ》いの話はくだらないなんて、よく言えたもんだ」

「わたしは、呪《のろ》いなんか信じるのはよしたほうがいいと言っているのさ。人の心を恐怖《きょうふ》で支配《しはい》してしまうのが、迷信《めいしん》のこまったところだね」

父さんは首を横にふったけど、おばあちゃんの言っていることは正しいと思う。父さんが感じているのは恐怖《きょうふ》だ。父さんは行商人の家に生まれた。このあたりを旅しながら、鍋《なべ》を売ったり、居酒屋《いざかや》で父親と楽器を演奏《えんそう》したりして育った。母親はハーブをとってきて、市の立つ日に売っていた。自分はそんな生活をぬけだし、いまでは農場までもつことができたと、父さんは思っている。迷信《めいしん》にとらわれているという点では、そのころからなにも変わってないのに。

おばあちゃんは言葉をつづけた。

「わたしが子どもらに聞かせる物語は、迷信《めいしん》とはちがう。たとえつくり話であっても、物語には真実がある。人は物語の中でいろいろなことを学んだり、感じたり、夢《ゆめ》をえがいたりするものさ」

わたしはグレースの顔を見た。目に涙《なみだ》がうかんでいる。グレースがいだいていた思いや夢《ゆめ》は、どうなってしまったのだろう。グレースがまばたきをすると、涙《なみだ》は消えた。

「くだらない話はおわりだ」

父さんはそう言ってから、ぱっとこちらをむいて、乱暴《らんぼう》な口調でつづけた。

「ニワトリの世話や家の掃除《そうじ》をちゃんとするのであれば、なにを考えても、感じてもかまわない。夢《ゆめ》でもなんでも見て、好きにすればいいさ。それで、おれが嫁入《よめい》り先を決めたときは、だまってしたがえ。六人の娘《むすめ》の呪《のろ》いはごめんだからな」

「この家の呪《のろ》いは、おまえがしょっちゅう怒《いか》りを爆発《ばくはつ》させることだろうよ。まるで気むずかしい年寄《としよ》りの羊のように、あつかいにくいのだからねえ」

おこった父さんは、口をきゅっとつぐんだ。相手がわたしたちだったら、とっくにどなっているだろうけど、おばあちゃんのことはすこしおそれているのだ。それは、うちの農場やお金がぜんぶ、おばあちゃんのものだからというだけでもない。村のほかの人たちも、おばあちゃんをこわがっているように見える。おばあちゃんは相手の目をまっすぐに見て、思ったことをそのまま言う。それは、この村ではとても危険《きけん》なことだ。

おばあちゃんは編《あ》み物《もの》をつづけながら、静かに言った。

「いいかい、六人の娘《むすめ》の言い伝えはもっともらしく聞こえても、それはそういうふうに、昔の人がつくったんだ。あれは人が考えたもので、呪《のろ》いでもまじないでもない。おまえが勝手に真実にしてはいけないよ」

フレイアとグレースとわたしは、おばあちゃんと父さんから目をはなせなかった。二人を交《こう》互《ご》に見ていると、おばあちゃんの言葉で父さんの表情《ひょうじょう》が変わっていった。フレイアは緊張《きんちょう》して、顔が赤くなっている。こんどこそ、父さんもおばあちゃんの話を聞くだろうか。グレースの婚約《こんやく》をとりけしてくれるだろうか。それとも、おばあちゃんは強く言いすぎたのか……。

父さんをからかうように、おばあちゃんの目がきらっとひかる。おばあちゃんはしわだらけの指で父さんをさした。

「青白いのっぽが農場をもてば、羊は死に、穂《ほ》はかれるだろう！」

「だまれ、ばあさん！」

怒《いか》りのために顔を赤らめた父さんがどなる。

「いかれる男は苦しみもたらす！　水責《みずぜ》めの刑《けい》に処《しょ》されるまで」

激怒《げきど》した父さんが立ちあがった。いったいなにをする気だろう。そのとき二階からまた、金切り声とドスンという音がした。くすくす笑う声と、「シーッ」とささやく声がつづく。

父さんが天井《てんじょう》を見た。背筋《せすじ》がこおりつく。いま、父さんがひどい目にあわせたいのはおばあちゃんだけど、三つ子たちはそのかわりになりうるし、なかでもダーシーは餌食《えじき》になりやすいから。

4 沼《ぬま》の王の物語

「あの子たちに言ってくる。うるさいって」

父さんより先に上に行けるように、わたしはさっと立ちあがった。うごきをとめた父さんがわたしをにらみつける。にごった目が発する怒《いか》りをそばに感じながら、わたしは床《ゆか》をふみしめた。

「ちゃんと言っておくから」

おしのけてくるかと思ったけど、父さんはもう酔《よ》っぱらっていたから、そんな気力はなかった。バカにしたような冷笑《れいしょう》とともに、よろよろとあとずさり、いすの上にたおれこむ。

「さっさと行ってこい！　みんなまとめて地獄《じごく》にでも行っちまえ！」

わたしは足音をたてずに、階段《かいだん》をかけあがった。

「静かにして！」

わたしはドアをあけ、もっていたろうそくで部屋の中をてらした。ドリーとディーディーはきゃあきゃあ笑いながら、床《ゆか》の上で折りかさなっている。ダーシーはわたしのベッドでとびはねていた。

「あたしはコウモリの女王さまよ！」

わたしは部屋の中にはいって、ドアをしめた。

「よかったね。しかしながら陛下《へいか》、しばしお静かに。ぜんぶ下に聞こえているから。またさわいだりしたら、父さんがくるよ」

ダーシーははねるのをやめた。

「ねむれないんだもん」

ぐずぐず言いだしたディーディーに、わたしは言葉を返した。

「ベッドにはいりもしないで、ねむれるわけないでしょ」

息を切らした三つ子たちがベッドにもぐりこむ。

「ねえウィラ、お話して」

「もう、くたくたなの。なにも思いつかないよ」

またはねまわろうという気をおこさぬよう、ひとりずつ毛布《もうふ》でくるんでやった。すると、ダーシーが急におきあがった。背筋《せすじ》をのばして、ベッドにすわる。

「自分で考えなくてもよかったら、話してくれる？」

ささやくように言うダーシーの目には、強い光がやどっていた。わたしがよく知っている表《ひょう》情《じょう》だ。

ダーシーは枕《まくら》の下から、『沼《ぬま》の物語』を出した。

わたしたちは口々に言った。

「ダーシー！」

「おばあちゃんの部屋の本をもってきちゃったの？」

「はやくかくして！」

「父さんに見つかったらどうするの？」

「見つからないもん」

ダーシーが肩《かた》をすくめてこたえる。この子には、こわいものなどないのではないかと、ときどき思う。

「ウィラ、読んでくれる？」

ダーシーが言った。わたしはため息をついて、本をひらいた。

「ひとつだけね。みんな石みたいにじっとして、目をつむっているんだよ」

きらきらひかる六つの目がとじた。

母さんが書いたうねるような文字は消えかけていたから、ろうそくに本を近づけて、なんとか読みとろうとする。

「愛する子らよ、気をつけて。沼《ぬま》には危険《きけん》がひそんでいる。沼《ぬま》ではけして迷《まよ》わぬよう。おそれにまどわされぬよう」

ダーシーがかたく目をとじたまま、重々しくうなずく。わたしは本を読みつづけた。

「昔々、いくつもの冬がすぎるまえのこと、悪《あ》しき小鬼《こおに》が〝迷《まよ》い沼《ぬま》〟をさまよっていた。小鬼《こおに》は鬼火《おにび》をつかい、人々を沼《ぬま》におびきよせた。愛する人や家畜《かちく》が、いつわりの火にだまされて沼《ぬま》に引きこまれるのではないかと、村人はいつもおそれていた。小鬼《こおに》は恐怖《きょうふ》を食《く》らって大きくなり、どんどん力をました。人々がおそれをいだけば、小鬼《こおに》はそのぶんだけ、さらに強くなっていった。そして沼《ぬま》に小さな城を築《きず》き、骨《ほね》の冠《かんむり》をかぶり、〝沼《ぬま》の王〟を名のるようになった。沼《ぬま》の王をおそれなかったのは二人だけ。グロリア・グリーンウッドと、ギーサ・グリーンウッドという姉妹《しまい》だ。二人は、沼《ぬま》の王のことを本に書いた。王がどうやって沼《ぬま》にさそいこむのかをみなにつたえ、用心させたのだ。その本のことを知ったとき、沼《ぬま》の王ははじめて恐怖《きょうふ》をおぼえた。たいまつをもち、犬をつれた村人たちが、自分の力をふうじにくるのではないか。そう考えた沼《ぬま》の王は、闇《やみ》の魔術《まじゅつ》によって嘘《うそ》をひろめた。グリーンウッドの姉妹《しまい》は魔女《まじょ》であり、文字は魔女《まじょ》のわざなのだと。心におそれやうたがいをうえつけられた村人は、姉妹《しまい》の家を焼きはらった。そのときに本も燃《も》やされ、グロリアは殺《ころ》された。その後も沼《ぬま》の王は、人の心に迷信《めいしん》をふきこんで恐怖《きょうふ》をあおり、自分にはむかうことがないようにした。王がでっちあげた呪《のろ》いはたんぽぽの綿毛《わたげ》のように、沼《ぬま》の上をただよい、あちこちに根をおろした。村人はそのうちに、知識《ちしき》や本、カササギや黒猫《くろねこ》や赤い月、はては自分の娘《むすめ》までこわがるようになった。おそれに支配《しはい》された村人は、もはやただの影《かげ》。人に飼《か》われた羊や牛のごとく、わが身も心も、自分ではないだれかのもの。そのみじめなさまをなげくことすら知らない。一方、若《わか》きギーサの心は、姉の死によって引きさかれた。人はギーサを〝魂《たましい》のかたわれ〟とよんだ」

「かたわれってなに？」

妹たちにきかれて、わたしはこたえた。

「二つにわかれたもののうちの一つを、かたわれというの。グロリアをうしなったとき、ギーサの心も半分うしなわれてしまったんじゃないかな。そのあと、ギーサがどうしたかというと……。ギーサは昼も夜も、丘《おか》の上の姉の墓《はか》のそばにすわり、ぼんやりとかすむ沼《ぬま》を見ていた。そのうちに、いく月かがすぎた。「花咲《さ》き麦がのびゆく五月、草は風にゆれながら、刈《か》り入《い》れのときを待っている。ひなたにねそべる犬のごとく、日はますます長くなり、沼《ぬま》はこがねの色にかがやく」といわれる季節がきて、やがて夏至《げし》の月がめぐってきた。ギーサはその晩《ばん》、沼《ぬま》にむかった。そこであやしげにひかっている、ランタンの火をめざして。ギーサは自分のランタンをもっていった。小さな錫《すず》の火打ち箱で火をつけ、それを自分のランタンにうつす。ランタンの明かりをいだきながら、ギーサはたったひとりで闇《やみ》の中にはいっていった。それからというもの、ギーサのすがたを見た者はいない」

「ギーサは沼《ぬま》の王につかまっちゃったの？」

「たぶんね。だけど、こんなふうに書いてあるよ……。ギーサだけでなく、その後、沼《ぬま》の王を見た者もいない。王の城がくずれおちたのは、そののちまもなくのことだった」

「沼《ぬま》の王は死んじゃったんだね」とディーディー。「よかった」と、ドリーもうなずく。

そのとき、ドアのほうからおばあちゃんの声がした。

「沼《ぬま》の王は戦いにやぶれたが、死んだわけではないだろうよ」

わたしも妹たちもそれまで、おばあちゃんが部屋にはいってきたのに気づいていなかった。階段《かいだん》をあがってきたおばあちゃんは、息を切らしながらほほえんだ。そしてひといきついてから、言葉をむすんだ。

「魔力《まりょく》をもつ者は、そんなにたやすくほろびないんだよ。沼《ぬま》の王のように、ずるがしこいやからはとくにそうさ」

「そしたら、沼《ぬま》の王はどこに行ったの？」

そうきいたダーシーに、「ただのお話でしょ」と、ディーディーが半分寝《ね》ているような声でつぶやく。

「ただのお話だよ」

ドリーもそんなふうに言ってから、寝返りをうって、すぐにやわらかな寝息《ねいき》をたてはじめた。おばあちゃんはドアをしめると、ダーシーのベッドまでやってきて、わたしのとなりにすわった。おばあちゃんが本を見て、にっこりする。

「ウィラ、この本は、おまえの母さんが、ウィラを産んで間もないときに書いたんだよ」

おばあちゃんは、金の題字をなでた。母さんがこれを書いたのか、と思いながら、わたしも指でなぞってみた。

おばあちゃんがほうっと息をはいた。わたしの手からそっと本をとって、立ちあがる。

「これは安全な場所にしまっておこうね」

ダーシーが体をおこした。

「おばあちゃん、沼《ぬま》の王はどこに行ったの?」

「王の魂《たましい》の一部はまだ、迷《まよ》い沼《ぬま》をさまよっているといわれている。沼《ぬま》のどこかにひそんでいて、恐怖《きょうふ》や絶望《ぜつぼう》のにおいをかぎつけると、いつわりの火をつかい、迷《まよ》える魂《たましい》を引きよせてほろぼす。だから、沼《ぬま》で迷《まよ》ってはいけないよ。鬼火《おにび》とまことの光をまちがえないようにするんだよ」

魔法《まほう》にいろどられたお話が教訓でおわってしまい、ダーシーは不満だったらしい。わざとらしくせきをすると、横になってつぶやいた。

「だれかが沼《ぬま》の王をとめないと」

おばあちゃんはダーシーを毛布《もうふ》でくるみ、ほおにキスをした。

「そうだねえ。ギーサみたいに勇敢《ゆうかん》で、わかれた魂《たましい》の持ち主であれば、それもできるかもしれないね。さあ、もういい子にして、ぐっすりおやすみ。沼《ぬま》からとんでくる虫にさされないように。いい夢《ゆめ》を見なさいな」

「うん」

ダーシーは小さくこたえた。そして、そのうちに寝《ね》てしまった。まるで夢《ゆめ》の中で沼《ぬま》の王と戦おうとしているかのような、しかめつらをして。

5　サーカスがやってきた

つぎの朝、この冬はじめての雪とともに、〝満月座《ざ》〟がやってきた。巨大《きょだい》な獣《けもの》の腹《はら》のように、雲は空に厚《あつ》くたれこめ、朝食のあとすぐに雪がふりはじめた。アザミの綿毛《わたげ》みたいに白く軽い雪が、はらはらと落ちてくる。

グレースとフレイアといっしょに丘《おか》の上の草地にいたわたしは、村につづくほそい道をサーカス一座《いちざ》がすすんでいくのを見ていた。漆黒《しっこく》の馬が引く荷馬車やほろ馬車がとおったあと、ふったばかりの雪は糞《ふん》でよごれ、ぬかるみに変わった。

サイラスのうちの大きな草地は、うつろ沼《ぬま》に面している。満月座《ざ》はそこにテントをはった。ここから見おろすと、いろいろな大きさや形の色とりどりのテントが雪の上にちらばっていて、まるでおばあちゃんの端切《はぎ》れをまきちらしたよう。真ん中にある、いちばん大きな赤と白の縞《しま》のテントはお城みたいに、てっぺんに旗をはためかせている。

グレースが息をのんだ。

「あのテント、おぼえているわ！　あそこで軽わざ師やおどり子を見たの。馬が輪になって、女の人が銀の矢のようにとんでいったのよ」

グレースの顔はかがやいていた。

満月座《ざ》がいつやってくるのかは、だれにもわからない。おなじ季節に二度くることもあれば、何年もこないこともある。だから〝ブルー・ムーン・フェア〟とよぶ人もいる。〝ブルー・ムーン〟はひと月に二度目の満月のことで、めずらしいものだから。わたしたちが満月座《ざ》に行ったのは十年前、母さんが生きていたころだ。グレースはそのとき六歳《さい》で、フレイアは五歳《さい》だった。わたしは二歳《さい》だったから、なにもおぼえていない。

「ウィラは母さんのひざにすわって、軽わざ師のショーを観《み》たのよ。わたしのリンゴ飴《あめ》をとろうとして、それが母さんの髪《かみ》についちゃってね」

フレイアが言う。わたしはきいてみた。

「ほかのテントではなにが見られるの」

「占《うらな》い師《し》や曲芸師《きょくげいし》、剣《けん》や火を飲む人がいたわ。パントマイムや手品もあったわね。ほかでは食べられないようなものも売ってて、とってもおいしかったなあ！」

わたしは胸《むね》をおどらせて言った。

「ねえ、父さんは行かせてくれると思う？」

「今晩《こんばん》はだめだ」というのが、父さんのこたえだった。

そのあとの一週間はずっと、「今晩《こんばん》はだめだ」がつづいた。夜ごと月が満ちていき、ランタンをもった人たちが毎晩《まいばん》、満月座《ざ》にむかうのを、わたしたちはただ見ていた。満月座《ざ》がここにいるのは、満月の夜まで。その夜すばらしいショーを見せたあと、朝がくるまえに旅立ってしまう。

だから、満月の晩《ばん》、わたしたちは思った。これが最後のチャンスだと。

「上の子たちは行ってもいいだろう」

父さんはぶつぶつ言った。わたしたちは歓声《かんせい》をあげ、とびあがってよろこんだ。

父さんは低い声でつづけた。

「グレースとフレイアは行ってもいいが、ウィラはだめだ。最近のおまえの態度《たいど》はひどいからな。バカなまねをされて、グレースの結婚《けっこん》が破談《はだん》になっちゃこまる」

「そんなのひどいよ！　グレースとフレイアは行けるのに、どうしてわたしだけ……」

「だめといったらだめだ！　おまえはグレースとフレイアのぶんもはたらけ。今日はもう草地に行ったのか？」

「まだ……」

わたしはこぶしをにぎりしめた。農場の仕事のことなんて、いつもは父さんの頭にまったくないのに、どうしてこういうときだけ気がつくのだろう。だけど、たしかに、草地にいる羊たちに干《ほ》し草《くさ》をもっていかないといけない。

グレースとフレイアが顔を洗《あら》って、上等のスカートをはき、たがいの髪《かみ》をセットしているあいだ、わたしは厚《あつ》いショールにくるまって、雪道をとぼとぼと歩いた。わたしの失望と怒《いか》りがつたわったのか、ダーシーもいっしょにきてくれた。ぴょこぴょこはねながら、小さな影《かげ》みたいについてくるダーシーのそばにいるうちに、気分がすこしよくなった。わたしたちは、干《ほ》し草《くさ》を手押《てお》し車《ぐるま》にのせた。こおった水路にわたした板の上をすすむときはよくよく注意して、草地にむかった。

丘《おか》の上の草地につくと、ほとんどの草はこおりついているか、雪におおわれていた。おなかをすかせた羊たちが、わたしたちのまわりにあつまってくる。あたたかくてしめった毛から、湯気が出ていた。羊たちが干《ほ》し草《くさ》にむらがっているあいだ、羊のおなかをさわって、赤ちゃんがいないかたしかめる。うちにはベスという牧羊犬がいたのだけど、去年死んでしまった。そのあと村では子犬が生まれてないから、いまは三つ子たちが牧羊犬のかわり。草地を走りまわりながら羊をあつめ、おしりをおして囲《かこ》いに入れている。

「春には双子《ふたご》がたくさん生まれそうだね」

若《わか》いメスのおなかにそっとふれて、わたしは言った。ダーシーがうなずく。

「うん。父さんがよろこぶね」

わたしは羊たちの水桶《みずおけ》がおいてあるところまで行き、大きな石で氷を割《わ》った。くだけた氷はガラスのかけらのように見える。父さんのことを考えていると、ダーシーがわたしをじっと見て、静かに言った。

「ウィラも満月座《ざ》に行ったらいいよ。父さんにはだまっているから」

わたしは水桶《みずおけ》をけとばした。きっと、そんなにかんたんにはいかない。父さんは台所のそばのベッドで寝《ね》るし、いつも酔《よ》いつぶれているとはかぎらない。それに、わたしの態度《たいど》のことでひどくおこっていたから、言われたとおりにしなければ、むちで打たれるかもしれない。あるいは一晩《ひとばん》じゅう家畜《かちく》小屋に入れられたりして……。そんなことを考えているうちに、頭の中にふと、色とりどりのテントと、そこで見られるすてきなものがうかんだ。今日は、この村に満月座《ざ》がいる最後の夜だ。今晩《こんばん》をのがしたら、つぎはいつになるだろう。

だけど、父さんの目をぬすんで家をぬけだすなんて、ほんとうにできるだろうか。

わたしは部屋のすみのクモの巣をはらって、台所の床《ゆか》にモップをかけた。そのあと、ほうきに棒《ぼう》をくくりつけて、うちのわらぶき屋根から雪を落とした。それからナイフをといで、鍋《なべ》をぴかぴかにみがいた。春には子羊が生まれそうだとつたえると、父さんはわたしを見ないでうなずいた。

「おまえもすこしは役に立つのかもな」

わたしはにっこりした。従順《じゅうじゅん》な娘《むすめ》のように、おじぎでもしようかと思ったけど、そこまでするのはさすがにやりすぎだろう。

準備《じゅんび》をととのえたグレースとフレイアが、はずむような足どりで二階からおりてきた。ブロンドの巻《ま》き毛《げ》をかがやかせて、あざやかな色のスカートをはいている。二人は「行ってきます」と言って、おばあちゃんにキスをした。おばあちゃんは炉《ろ》のそばで厚手《あつで》のワンピースをつくろっていた。グレースのつぎにフレイア、そのあとでわたしが着た服だ。傷《きず》だらけのボクサーみたいに、あちこち直した服は、こんどはドリーが着る。おばあちゃんは端切《はぎ》れの袋《ふくろ》に手を入れて、ぴかぴかした硬貨《こうか》をいくつか出した。父さんはドアのそばで乗馬用のブーツをみがいている。父さんがこちらを見てないのをたしかめてから、おばあちゃんは硬貨《こうか》をグレースにわたしてウインクした。グレースは硬貨《こうか》をポケットにしまった。炉《ろ》の火は陽気な悪魔《あくま》のように、楽しげに燃《も》えている。

物思いにしずんだようすで、おばあちゃんが言った。

「はじめて満月座《ざ》に行ったときのことは、いまでもよくおぼえているよ。音楽がながれていて、どこもかしこもにぎやかで、色にあふれていた。いろいろな衣装《いしょう》を着た人がいて、おいしいものを売っていたねえ。腰《こし》の曲がった、気味の悪い占《うらな》い師《し》もいてね、わたしはその老婆《ろうば》に未来を見てもらったのさ」

「占《うらな》い師《し》になんて言われたの？　予言は当たった？」

グレースの問いかけに、おばあちゃんはすこし考えてからこたえた。

「たしか……いい人と結ばれ結婚《けっこん》するが、その人は若《わか》くして死ぬだろう。いつか、六人の孫娘《まごむすめ》をもつだろう」

フレイアがはっと息をのむ。

「おばあちゃんはほんとうに、そんなふうに言われたの？」

「いや……。最後の部分はすこしちがったかもしれないね」

台所のテーブルで銅鍋《どうなべ》の最後の一個《こ》をみがいてるわたしを、おばあちゃんは目をかがやかせて見た。そして、そのまま言葉をつづけた。

「はじめて満月座《ざ》を見たのは、ウィラとおなじ十二歳《さい》のときで、たしか八月の収穫祭《しゅうかくさい》のころだった。うちにきたばかりのサンダーをつれていったからね。わたしはサンダーを誕生日《たんじょうび》にもらったのさ」

もう何度も聞いた話だ。おばあちゃんは牧羊犬のサンダーをとてもかわいがっていた。気性《きしょう》ははげしいけど、飼《か》い主《ぬし》に忠実《ちゅうじつ》な犬は、嵐《あらし》をよぶ黒雲の色だったから、雷《かみなり》という意味の〝サンダー〟と名づけられたらしい。ダーシーは姉妹《しまい》のなかでだれより、サンダーの話を聞くのが好きで、小さいころは、現実《げんじつ》にいるふりをして遊んでいたほど、サンダーに夢中《むちゅう》だった。見えないサンダーにむかって棒《ぼう》を投げたり、農場の中を散歩させたり、寝《ね》ながら毛布《もうふ》をぽんぽんたたいて、「いい子ね、サンダー」と、寝言《ねごと》をもらすこともあった。

「満月座《ざ》を見にいった晩《ばん》、サンダーはいなくなってしまったんだよ。沼《ぬま》で迷子《まいご》にでもなったのか……」

おばあちゃんがさびしそうに言うと、階段《かいだん》にすわってじっと聞いてたダーシーが、話にはいってきた。

「沼《ぬま》の王につかまってしまったのかなあ」

「結局、そのまま帰ってこなかったからねえ」

おばあちゃんは悲しそうにほほえんだ。グレースはおばあちゃんの上にかがみこんで、白髪《しらが》頭《あたま》にそっと、キスをした。

「サンダーはいい犬だったんでしょうね」

「そうだよ。だけど、もう昔の話さ。さ、おまえたちはもう行きなさい。羽目《はめ》をはずさないようにして、楽しんでいらっしゃいな」

グレースはうなずいた。フレイアに手をにぎられて、おばあちゃんは言った。

「二人ともそばをはなれないこと。それだけはおぼえておくんだよ。けして、ひとりにならないように」

わたしは二人にむかって手をふった。わたしの計画が気づかれないように、せいいっぱいうらやましそうな顔をする。

そのとき階段《かいだん》で物音がした。暗がりでダーシーの目がひかっている。

「おまえはもう寝《ね》ろ。ほかのちびたちにも、はやく寝《ね》ろと言え」

父さんがダーシーに言った。靴《くつ》をみがきおえた父さんは、酒瓶《さかびん》をあけようとしているところだった。

「おやすみなさい、父さん」

父さんはそれにはこたえず、ひとりぶつぶつ言いながら、酒瓶《さかびん》をもって、いすの上にくずれおちるようにすわった。

ダーシーは一段《だん》か二段《だん》、階段《かいだん》をあがったあと、ふりかえってこちらをむいた。まるめた毛布《もうふ》みたいなものをもっている。目を見ひらいて、わたしにむかってうなずく。「いまよ」と言うように。

わたしは息を深くすうと、勇気を出して口をひらいた。

「父さん、妹たちを寝《ね》かせてくるね。さわがれるのはこまるから」

「ああ、みんな、さっさと寝《ね》ろよ」

父さんがぐいと酒を飲みながら言う。

「ダーシーもウィラもおやすみ」と、おばあちゃんが言った。

ダーシーについて階段《かいだん》をのぼりかけたところで、わたしはうしろをむいた。ネズミ捕《と》りにおくチーズは多すぎてもいけないから、ほどよく自然な言い方で、頭の中で練習したせりふを声にする。

「父さん、さっきフリントを見たとき、すこしおなかがふくれていたよ。ジェットのぶんのカラスムギまで食べて、ぐあいが悪くなっているのかも」

父さんは火かき棒《ぼう》のように、背筋《せすじ》をぴんとのばして立ちあがった。いきおいよくおいた瓶《びん》から、酒がこぼれて床《ゆか》にはねる。そして、あっと思ったときには、外の闇《やみ》の中にとびだしていた。

「腹《はら》が痛《いた》いのか？　フリントになにかあったら、おれはもう……」

階段《かいだん》の上から、ダーシーのささやく声がした。

「ウィラ、満月座《ざ》に行ってきて」

ダーシーがかかえていたものを投げると、それは空中でふわっとひろがった。きれいな紺色《こんいろ》のマントだ。わたしはさっとはおって、マントについているフードをかぶった。ダーシーがまじめな顔でうなずき、小さく敬礼《けいれい》のポーズをとる。

わたしはにっこりした。

「ありがと」

わたしは階段《かいだん》をかけおり、台所をとおりぬけた。おどろいた顔をしているおばあちゃんのそばをとおりながらキスをして、うら口から庭に出る。それから、馬小屋にいる父さんが背《せ》をむけるのを待った。父さんは、「やっぱりうちは呪《のろ》われてるのか」と言いながら、ランタンをかかげ、健康そのもののフリントをしらべている。わたしはそのあいだに、雪の上を走りだした。猫《ねこ》のようにひそやかに、すばやく足をはこぶ。道の先にいるグレースとフレイアに、はやく追いつかないといけない。

6 満月座《ざ》

わたしが二人に追いつくと、フレイアは不満そうな声をあげた。

「ウィラはだめだと言われたでしょ。父さんに見つかったら、わたしたちみんなどんな目にあうか……」

フレイアはそんなふうに言っているけど、わたしにはわかっていた。グレースと二人だけで出かけたかったのに、それを邪魔《じゃま》されたのが気にくわないのだ。

フレイアはつづけて言った。

「それに、いったいなにを着てきたのよ？　母さんのマントに見えるけど」

「知らない。ダーシーがくれたの」

「そのマントは母さんのよ」と、グレースが静かに言った。そして手袋《てぶくろ》をはめた手で、光沢《こうたく》のある紺色《こんいろ》のマントのはしをつまんで、ほほえんだ。

「よく似合《にあ》っているわね。ウィラのものにしたらいいわ」

グレースはわたしたちの間にはいって、うしろから腕《うで》をまわし、体をおしてきた。

「さ、はやく行きましょうよ!」

村の通りはランタンでかざられていた。みぞれまじりの風がどっとふきつける。それでも、寒さはほとんど感じなかった。まるでパン屋のかまどのように、心は内から燃《も》えていた。

満月座《ざ》に近づくと、色の洪水《こうずい》にのみこまれた。沼《ぬま》からただよってくる、よどんだ潮《しお》のにおいが、じっくりあぶった肉、スパイスのきいた揚《あ》げ菓子《がし》、焼きリンゴのにおいにとってかわる。わたしのおなかが鳴った。

「ねえ、焼きリンゴを食べない?」

わたしたちは、つながった紙人形みたいに手をとりあい、近くの屋台で焼きリンゴを買った。こんなにおいしいものは、これまで食べたことがない。そう思ったのは、わたしだけではなかったはずだ。わたしたちはテントのすきまに身を寄《よ》せあい、子豚《こぶた》のようにがっついた。熱く甘《あま》い焼きリンゴの最後の一口がのどをとおるまで、ひとこともしゃべらなかった。

「つぎはどうする?」

息をはずませてきいてきたグレースに、わたしはこたえた。

「軽わざ師とおどり子のショーはどう?」

「いいわね!」

フレイアは目をかがやかせ、はしゃいだようすでわたしの手をとると、大きなテントにむ

かって、いきおいよく走りだした。勝手についてきたわたしに、さっきまで腹《はら》をたてていたことはわすれているみたい。冬空の下、明るいランタンがてらす中を姉さんたちといっしょに走るのは、頭がぼうっとしてしまうほど楽しかった。スパイスのきいたリンゴは、おなかにおさまったあともほかほかと心地《ここち》よい。はじめての冒険《ぼうけん》がこの先に待っている気がして、めまいがしそう。いままで経験《けいけん》したことのないような、すばらしいひとときだった。

突然《とつぜん》、グレースが立ちどまった。

「あそこで占《うらな》いをやっているわ。おばあちゃんの話のとおりね」

グレースがのぞきこんでいるテントの入り口は、金の房《ふさ》でかざられていた。ワインレッドの明かりのともった、あやしげな雰囲気《ふんいき》に引きよせられる。中にいる占《うらな》い師《し》を、わたしはちらりと見た。おばあちゃんが言っていたような、腰《こし》の曲がったおばあさんではない。赤茶色の髪《かみ》をした、若《わか》い女の人だ。上から下まで赤い服を着て、金の腕輪《うでわ》をたくさんつけている。もうすこし見ていたかったけど、人混《ひとご》みの中、わたしの手をはなして先にすすんだフレイアを見うしないたくなかった。わたしはグレースに言った。

「あとでまたこようよ。いまは、おどり子のショーを観《み》よう！」

食べものを売っているテントや、曲芸師《きょくげいし》やバイオリン弾《ひ》きの間をぬけ、どんどん奥《おく》にはいりこんでいく。ランタンの明かり、食べもののにおい、わくわくするような空気に胸《むね》がそわそわして、はちきれそうだ。草地のなかほどまでくると、赤と白の縞《しま》の大きなテントが見えてきた。テントはひかりかがやき、音楽とともに脈打《みゃくう》っている。入り口に近づいた瞬間《しゅんかん》、シルクのテントが魔法《まほう》のようにさっとあいて、深紅《しんく》のロープで両はしにとめられた。

黒い髪《かみ》が目もとにかかった満月座《ざ》の団員《だんいん》が、客から入場料をうけとっていた。グレースが硬貨《こうか》をわたす。団員《だんいん》の男の子はにっこりして、中にはいるようにと、手で合図をした。

「おねえさんたち、ショーを楽しんで」

口をとじるのもわすれてしまいそうなほど、胸《むね》がわくわくする。

テントの中は熱気がこもっていて、人でいっぱいだった。満月の形をした紙のランタンがたくさん、透明《とうめい》な糸でつるされ、観客の顔をてらしている。今晩《こんばん》は、満月座《ざ》が旅立つまえの最後の夜。いちばんすばらしいと言われている最終日のショーがいま、目の前ではじまろうとしていた。

ショーの舞台《ぶたい》は、テントの真ん中の、木くずをまるくしいたところだ。そこにあらわれたのは、このまえ満月座《ざ》のほろ馬車を引いていた、漆黒《しっこく》の馬たち。六頭の馬に乗っているのは、妖精《ようせい》のような子ども。子どもたちが鳴らす太鼓《たいこ》の音にあわせ、馬たちが輪になる。

突然《とつぜん》、大きな音がして、まわりに煙《けむり》がたちこめた。フレイアが悲鳴をあげる。でも、顔はとてもうれしそうだ。なに一つ見のがさないように、目を見ひらいている。そして煙《けむり》が消えると、舞台《ぶたい》の真ん中に男が立っていた。シルクハットをかぶり、丈《たけ》の長い紫《むらさき》の上着を着ている。男がしたがえているのはなんと、ホワイトタイガーだ！　話に聞いたり、絵を見たりしたことはあっても、わたしにとってはドラゴンや怪物《かいぶつ》とおなじくらいめずらしい。それがほんものの爪《つめ》と牙《きば》を生やした、生きた動物として、すぐ近くにいるなんて！

男がむちを鳴らすと、トラがほえた。黒い馬たちはうしろ足で立ちあがったまま、くるっとまわって前足をおろし、ぴたりととまった。観客はコイのように、口をぽかんとあけて見入っている。急に静かになったところで、男は両手をあげた。

「みなさま、今宵《こよい》は満月座《ざ》にようこそおいでくださいました！」

トランペットや太鼓《たいこ》の音、観客の拍手《はくしゅ》や歓声《かんせい》が、テントの中にあふれた。団員《だんいん》たちが五十人ほど舞台《ぶたい》にちらばって、宙返《ちゅうがえ》りをしたり側転をしたり、口から火をふいたりした。白鳥のかっこうをしたおどり子たちが、ロープに体をつないで舞台《ぶたい》をとびまわる。衣装《いしょう》についた白い羽《はね》がなびく。そのうちに、きらきらひかる首輪をつけた動物の行進もはじまった。ゾウやクマやシマウマなど、おばあちゃんの本の中でしか見たことのない動物たちだ。ホワイトタイガーは、舞台《ぶたい》の真ん中にすわっていた。紫《むらさき》の服の男が、首輪につないだ鎖《くさり》を鳴らすたびにトラはほえ、大きな白い前足でくうをかいている。動物たちはすばらしく美しく、野生の生きものをむちでしたがわせるのはまちがっていると思った。でも、だからといって、いま、このあたりに放したら、トラは羊を食べてしまうかもしれないし、ゾウは寒さのために死んでしまうだろう。きっとグレースもおなじように感じているのではないかと思い、横をむいて話そうとした。そうしたら、となりの席があいているのに気づいた。

グレースがいない。

「フレイア、グレースはどこ?」

「え、なに?」

フレイアはショーに夢中《むちゅう》になっている。

「グレースがいないの」

わたしの言葉に、フレイアは肩《かた》をすくめた。

「焼きリンゴでも買いにいったんじゃない? でも、そんなに心配だったら、さがしにいけば?」

わたしは観客の間をぬって、赤いカーテンの入り口まですすんだ。そして黒い髪《かみ》の男の子の横をとおって、冷たい闇《やみ》の中へと出ていった。

7　不思議《ふしぎ》な影絵《かげえ》

暗がりの中、ほっそりした体がすっとうごくのが見えた。グレースだ。色《いろ》あざやかな明かりにてらされた巻《ま》き毛《げ》が、宝石《ほうせき》のようにかがやいている。

「グレース！」

テントから聞こえてくる音楽、どっとわきおこった歓声《かんせい》にかきけされないように、さらに声をはってさけんだ。

「グレース！」

ところが、グレースは急に走りだした。わたしはグレースを追いかけた。シルクのテントからはタバコの煙《けむり》や外国のスパイスの香りがただよってくる。テントの間にめぐらされた、迷路《めいろ》のような暗い通路を、わたしは右に左に曲がった。大きな茶色いネズミが目の前をさっと横切り、曲芸師《きょくげいし》の肩《かた》の上のサルが鳴き声をあげる。大男がラム酒の樽《たる》をかけて、腕相撲《うでずもう》の勝負をいどんでいる。もりあがった腕《うで》の筋肉《きんにく》をむきだしにして、男は大声で客に勝負をふっかけた。顔にもようをかいたピエロがどこからともなくあらわれ、にたにた笑いながら、わたしを見ている。

「お嬢《じょう》さん、ショーを観《み》ていかない？　一ペニーだよ！」

ピエロはかん高い声を放つと、帽子《ぼうし》をもちあげた。すると、中から鳥がとびだし、こちらにむかってきた。はやる心をおさえ、グレースに目をとめたまま、喧騒《けんそう》の中を走りぬける。おばあちゃんの言葉が頭にうかんだ。

「けして、ひとりにならないように……」

あれほど強く言われたのに、ひとりでどこかに行こうとするなんて、グレースはなにを考えているのだろう。まるでなにかから逃《に》げようとしているみたいだ。グレースは草地のはしにむかって走っていった。このあたりはうつろ沼《ぬま》に面していて、テントもぽつぽつ、まばらに建っているだけだった。

「グレース！」

わたしのよびかけに、グレースはやっと立ちどまってふりむいた。

「ねえグレース、どうしたの？　なにかあったの？」

満月座《ざ》についたときには明るくかがやいていた顔が、赤くなっている。グレースのほおを涙《なみだ》がつたう。息を切らしているグレースの手首をつかんで、わたしは言った。

「なにがあったのか話してよ」

苦しそうな息づかいのあと、ようやくグレースがこたえた。

「占《うらな》い師《し》のところに行ったの」

「それで?」

そのとき、グレースがつぶやいた。

「まあ、どうしましょう……」

わたしのうしろをじっと見ている。

ぱっとふりむくと、サイラス・カービーが村の人とつれだって、ぶらぶら歩いてくるところだった。サイラスの笑い声があたりにひびく。

「ビル、きみが大男と勝負したまえ! それであいつがきみの腕《うで》を折れば、二倍の金を払《はら》おう」

サイラスはげらげら笑って、連れの男の背中《せなか》をたたいた。

グレースが言った。

「ウィラ、どうしたらいい? あの人には会いたくないわ」

「こっちにきて」

そばの小さなテントにグレースを引きこむ。わたしたちは息をこらし、サイラスがとおりすぎるのを待った。

「いなくなったかしら?」

グレースにきかれたわたしは、テントのすき間からのぞいた。

「うん、そうみたい」

「わたしたちに気づいたと思う？」

「気づいてないと思うけど」

グレースが息をふるわせて、ふうっとはいた。テントの入り口の、幾重《いくえ》にもかさなった布《ぬの》をかきわけ、奥《おく》へとすすむ。ひんやりした白いシルクが手や顔をなでる。

わたしたちしかいないテントの中は、ひっそりしていた。いすがならんでいるようすからすると、ショーの準備《じゅんび》をすませたところらしい。わたしはグレースをいすにすわらせた。前のほうに小さな舞台《ぶたい》があり、ぼろぼろの幕《まく》がおりている。天井《てんじょう》からさがった古びたまるいランタンの中では、炎《ほのお》が赤々と燃《も》えていた。わたしはグレースにハンカチをわたし、グレースが涙《なみだ》をふくのを待った。

「占《うらな》い師《し》になんて言われたの？　サイラスのことをきいてみたの？」

グレースはうなずいた。あらい息づかいに、涙《なみだ》をこらえているのがわかった。

「おばあちゃんが昔言われたように、いいおつげを聞けるんじゃないかと思って、占《うらな》い師《し》のテントをのぞいてみたの。サイラスはいい人で、わたしは幸せな結婚《けっこん》をすると言ってもらえれば、安心できるから……」

「そうではないと言われたのね」

「ううん……」

グレースは自分の手を見つめてから、ひざの上でにぎりしめた。

「わたしの手を見ても、占《うらな》い師《し》はなにも言わなかったのよ。顔を青くして、もう片方《かたほう》の手を見たあと、トランプをしらべだして……」

「ただのお芝居《しばい》だよ。わざとドラマチックな演出《えんしゅつ》をして、それでお金をもらおうとしたんでしょ」

グレースは首をふると、こぶしをひらいて、銀色にかがやく硬貨《こうか》を見せた。

「占《うらな》い師《し》はわたしに硬貨《こうか》を返して、それから、逃《に》げろって……」

その瞬間《しゅんかん》、背筋《せすじ》がこおった気がした。

「逃《に》げろって言われたの？」

グレースはうなずいた。

「すぐに逃《に》げたほうがいい。いまなら運命からのがれられる——」

「えっ」

わたしはグレースの体に腕《うで》をまわした。しっかりとだきしめたあと、体をはなして顔を見る。涙《なみだ》でぬれた巻《ま》き毛《げ》を耳のうしろにかけてあげて、なんとか笑顔《えがお》を見せようとした。

「いまなら運命からのがれられるって、言われたんだよね。そうしたら、父さんともう一度話してみない？　父さんは呪《のろ》いや占《うらな》いを信じているから、結婚《けっこん》の話も考えなおしてくれるかもしれないよ」

そのとき、幕《まく》のうしろで物音がした。背骨《せぼね》の曲がった小さな男が、ぼろぼろの幕《まく》のむこうからあらわれた。男はほほえんで、手をひろげた。

「ようこそ」

カカシのような三角帽子《さんかくぼうし》をかぶった、しわだらけの男だ。若草色《わかくさいろ》の目が、親切そうにかがやいている。グレースの顔を見た男は、目の前の娘《むすめ》がさっきまで泣いていたとわかって、こんなことを言った。

「おやおや、かわいそうに。ここで影絵《かげえ》のショーを観《み》れば、きっと気分も変わるだろうよ。いまから観《み》ていくかい？」

わたしはグレースの顔を見た。

グレースがうなずいた。

男はまたにっこりして、ランタンに手をのばした。

「すこしのあいだ暗くするよ。それでは、しばしお待ちを！」

あたりが急に真っ暗になった。となりにいるはずのグレースの顔もわからない。なにもかもが土にうめられたように、深い闇《やみ》にしずんでいる。わたしは目をとじてから、またあけてみた。さっきとまったく変わらない。

男が幕《まく》のむこうにもどっていこうとしているのか、足を引きずる音がして、古い布《ぬの》のにおいがふわりとただよった。

そのうちに、頭上に明かりが点々と見えた。夜空にまたたく星みたいだ。やわらかな光がテントの中にひろがる。幕《まく》がゆっくりとわきに引っぱられていく。

幕《まく》があくと、シルクの布《ぬの》をひろげたようなスクリーンがあった。スクリーンが赤い光にてらされる。そのあと、カワセミのかん高いさえずりが、テントのあちこちから聞こえてきた。

わたしはグレースにささやいた。

「長くはいられないよ。はやくフレイアを見つけないと」

「すこしだけ観《み》てみましょう。ほら、見て。とってもきれいよ」

グレースはすっかり魅《み》せられたようすで、声をひそめて言った。強い光にてらされて、アシやガマのシルエットが、スクリーンの上でくっきりした形をとる。夕暮《ゆうぐ》れをむかえた沼《ぬま》の景色だ。みごとな満月がかかってる。そこにカワセミがあらわれ、矢のような速さでアシの間をとびまわった。こんな影絵《かげえ》はいままで見たことがない。まるで魔法《まほう》だ。鳥やほかの生きものがスクリーンにふえていくうちに、厚《あつ》い服のそでの下で鳥肌《とりはだ》がたった。これは影絵《かげえ》などではない。

わたしはいま沼《ぬま》にいる。ぬれた羽《はね》を逆立《さかだ》てる鳥や、アシのしげみにもぐるカワウソのそばで、日がしずむのをながめている。漁師《りょうし》が釣《つ》り糸《いと》をたらすと、水面が波立った。小さな犬がおとなしく、猟師《りょうし》のとなりにひかえている。

沼《ぬま》の上空では、ムクドリの大群がいっせいに、上へ下へととびまわった。黒いうずをまいているみたいに、はげしくうごく群れは、ふくらんだかと思うと、つぎつぎと形を変えた。雲、ワシ、わたしたちを招《まね》く手、そしておどる娘《むすめ》……。じっと見ているうちに、頭がぼうっとしてきた。下のほうでは、大きな波が生まれてくだけていく。そうして、あっと思ったときにはもう、わたしは海や山や森の上をとんでいた。すばらしい夢《ゆめ》のようなひとときだった。ここには光と希望と自由があった。よろこびにみちたねむりの中に引きこまれた心地《ここち》がした。

どのくらい長く観《み》ていたのかはわからない。影絵《かげえ》が消えて、ふたたびランタンに明かりがともった。グレースとわたしは目をぱちくりさせて、たがいの顔を見た。はじまったときとおなじように、わたしたちは小さなテントの中にいた。

グレースはいつものグレースにもどり、目にほほえみをたたえている。

「きれいだったわね」

「フレイアをさがしにいこう」

わたしの言葉に、グレースはうなずいた。

わたしたちは立ちあがった。影絵《かげえ》を見せてくれた男の待つ、出口へとむかう。男は礼儀正《れいぎただ》しく、三角帽子《さんかくぼうし》をもちあげた。

グレースは、占《うらな》い師《し》が返した硬貨《こうか》を男にわたした。

「すばらしかったわ」

「どうもありがとう。お嬢《じょう》さんがた」

男はそう言うと、にっこりして、頭をさげた。

8 雪

フレイアは焼きリンゴの屋台の前で、黒い髪《かみ》の男の子と話していた。わたしたちを見つけたフレイアは、ひどい剣幕《けんまく》でおこった。

「いったいどこに行っていたの！　あちこちさがしまわっても見つからないから、ひとりで帰ろうかと思ったわよ。そうしたら、あなたたち二人ともこまったことになったでしょうね！」

「ごめんなさい。でも、すこしのあいだでしょう？」

怒《いか》りをしずめようとして、グレースがフレイアをだきしめる。グレースの体にさえぎられてくぐもった声で、フレイアはこたえた。

「ううん、ずいぶん長くいなかった」

「ごめんね。ショーを観《み》ていたら、時間をわすれてしまったの」

わたしもあやまったけど、フレイアはそれを無視《むし》して、グレースに話しかけた。

「おどり子のショーは観《み》てないのよね。ほんとうにすてきだったのよ。グレースも気にいったと思うな」

フレイアはつづけて、黒い髪《かみ》の男の子に言った。

「ヴィクター、グレースはダンスがとってもじょうずなの」

「へえ」

若《わか》い男がグレースを見るときのお決まりの目で、ヴィクターはグレースを見ると、顔にかかった髪《かみ》をはらった。それから背筋《せすじ》をのばして、言葉をつづけた。

「うちでやっている大きなショーのおどり子が、ひとりたりなくて。いま、さがしているところなんだ。おれのおやじは満月座《ざ》の座長《ざちょう》なんだけどさ。紫《むらさき》の服を着て、トラをつれている人だよ」

わたしたちはいっせいにうなずいた。「すてきな人と友だちになったでしょう」と言うみたいに、フレイアは得意《とくい》げに腕《うで》を組んでいる。

ヴィクターはにっこりして、まわりの世界をだきしめるように手をひろげた。

「グレースさん、いっしょに旅に出ませんか。満月座《ざ》のおどり子になって、世界の果てのかなたまで！」

本気でさそっているのかどうかをたしかめるみたいに、グレースは一瞬《いっしゅん》、ヴィクターを見つめた。

わたしは、おどり子になったグレースのすがたを思いうかべた。美しい白鳥の衣装《いしょう》をまとったグレースがとんだりはねたりしたら、観客は息をのむだろう。この土地や、呪《のろ》いや、サイラス・カービーからのがれ、自分のいちばんしたいことをして生きていく……。

でも、グレースは礼儀正《れいぎただ》しくほほえむと、首を横にふった。

「ありがとう、ヴィクター。会えてうれしかった。フレイアが世話になったわね」

「ヴィクターはわたしの世話をしたんじゃなくて、あなたたちをさがすのを手伝ってくれたの！」

ヴィクターとわかれたあともフレイアはそんなふうに言っていたけど、グレースにニワトコのホットポンチを買ってもらい、すぐにきげんをなおした。わたしたちはそのあと、奇術王《きじゅつおう》アルビナのマジックショーを観《み》た。そのショーでは、回転する戸棚《とだな》にはいった男の子が、観客の中からあらわれた。アルビナのような人は、いままで見たことがなかった。とても大きな女の人で、父さんより背《せ》が高く、月の光みたいに白い髪《かみ》は、丸刈《まるが》りに近いほど短い。きらきらひかる衣装《いしょう》を着ていて、そでの中からハトが五十羽《わ》ほどとびたった。ショーがおわるころ、アルビナは観客にむかって、にっこりして頭をさげた。それから、舞台《ぶたい》にたちこめた煙《けむり》の中ですがたを消した。


わたしは家につくと、鳥小屋にかくれ、家にはいっても安全だという合図を、姉さんたちがくれるのを待った。ずいぶん長く待ったあとで、ようやくおばあちゃんがやってきた。厚《あつ》いショールに顔をうずめてまわりを見ているすがたが、ハリネズミを思わせる。

「父さんは寝《ね》たよ。音をたてないように、静かについておいで。階段《かいだん》をきしませないよう気をつけるんだよ」

「おばあちゃんも父さんがこわい？」

小声できいたわたしに、おばあちゃんはほほえんでこたえた。

「いいや、こわくはないが、わたしはいつもおまえのそばにいて、あの男の怒《いか》りからまもってやれるわけではないからね。それに、ねむれる牡牛《おうし》をわざわざおこすこともなかろうよ」

わたしはおばあちゃんの腕《うで》をつかんだ。

「グレースは父さんのことがこわいし、サイラスのこともこわがっているよ。占《うらな》い師《し》になんて言われたかきいた？　逃《に》げろと言われたんだよ」

おばあちゃんはうなずいた。

「ああ。どうにかするから心配ないと、あの子には言ったよ。なんとか道を見つけようね」

「そうしたら、グレースはなんて言ってた？」

「なにも言わず、だきしめてくれたよ」

そう言うと、おばあちゃんはまたほほえんだ。

その晩《ばん》、雪がふたたびふりはじめた。わたしもグレースもねむれず、やわらかな雪が暗い空から、はらはら落ちていくのを見ていた。窓《まど》の外はしんと静まりかえっている。まるで夢《ゆめ》の中の景色のようだ。フレイアや妹たちがねむるそばで、グレースとわたしはねまきのまま、よりそってふるえていた。

グレースがささやいた。

「きれいね。なにもかもが美しく見えるわね」

「うちの庭や、肥《こ》やしまで」

「ほら、フリントも雪を見てる」

わたしは目をほそくして、馬小屋に目をやった。頭をふり、ビロードのようにつやつやした鼻で雪をうけるフリントが、ぼんやり見えた。

そのときグレースが手をのばし、わたしの手をにぎった。

「どうしたの？」

そっときいてみると、グレースはあたたかな体をおしつけてきた。

「ううん、なんでもないわ」

つぎの朝、目をさますと、部屋には五人しかいなかった。

グレースをもっと強くだきしめて、もうすこしだけ手をにぎっていればよかった。
グレースはすがたを消した。足跡《あしあと》はすっかり、雪にかきけされていた。

春

春の潮《うしお》の満つるころ、地が塩水にひたらぬよう、水路を掘《ほ》って備うるべし。人のうわさにのぼるのは、沼《ぬま》に住まうという人魚。サンザシの花がさきはじめ、緑とともに大地はうたう。春のおとずれをいわう火が燃《も》やされる。

「沼《ぬま》の人魚」より

メイ・ファーンズビー著《ちょ》『沼《ぬま》の物語』所収《しょしゅう》

9　春のはじまり

グレースがいなくなってから、季節が一つ行きすぎた。冬至祭《とうじさい》がきて、年が明けた。そのあいだ、海からながれこむ塩水の害をうけた村人もいたけれど、うちは村の中でも高台にあるのでまぬがれた。それに去年、うちは豊作《ほうさく》だったし、家畜《かちく》のための干《ほ》し草《くさ》もじゅうぶんにあった。

雪どけのころにはろうそくをともし、食糧庫《しょくりょうこ》が満たされて、子羊に恵《めぐ》まれたことを大地に感《かん》謝《しゃ》した。スノードロップの季節がおわり、ブルーベルがさきはじめ、木の根の間から若葉《わかば》があふれた。

わたしはいまグロリアスの丘《おか》に寝《ね》ころんで、土にしみこんだ春のぬくもりを感じている。もうすぐ春迎《はるむか》えの祭りがやってくる。となりに寝《ね》そべったフレイアは、朝の陽《ひ》がまぶしいのか、目をしっかりとじている。妹たちがきゃあきゃあ言って、グレイ兄弟の池につづく斜面《しゃめん》をころがりながらくだっていった。池のはたには灯心草《とうしんそう》がおいしげっている。

わたしたちは、春の契《ちぎ》りをかわすために村の家々をまわってきたところだった。朝はやく家を出て、鍛冶屋《かじや》、ハチ飼《か》い、馬具屋、粉屋《こなや》、それからサイラス・カービーの家をたずねた。フレイアとわたしはそれぞれの家に、乳《ち》ばなれした太った子羊をあげると約束し、おかえしにジェットとフリントの蹄鉄《ていてつ》、ラベンダーのはちみつ、新しい鞍《くら》、四袋《ふくろ》の粉《こな》をもらえることになった。サイラスはもちろん、なにをくれるとも言わなかった。じょうぶな子羊のメスとオスを一頭ずつわたすとつたえても、サイラスは苦々しくうなずいて、わたしたちの前で乱暴《らんぼう》にドアをしめた。フリントはグレースの結婚《けっこん》の贈《おく》り物《もの》としてうちにきたのだから、その話がなくなれば、もちろん返さなければならない。だけど、父さんはフリントを手放そうとしない。父さんが乗ると、フリントはいつも大さわぎして、うしろ足で立ったり、ふりおとそうとしたり、急に走りだしたりするのに、父さんにとってはなによりだいじな馬なのだ。フリントをつれた自分は、たいしたご主人さまに見えると思っているのだろう。新しい乗馬服まであつらえて、乗馬用のブーツをぴかぴかにみがいてる。

グレースがすがたを消したあと、父さんは毎日フリントに乗って出かけるようになった。二人が結婚《けっこん》するのは春迎《はるむか》えの祭りの日だから、それまでになんとしてでもつれてかえると、父さんはサイラスにかたくちかっていた。フリントを手もとにおいておくには、それしかない。グレースの消息がつかめないいまま三か月がすぎたいまも、いそいそとフリントに乗って出かける父さんを見て、おばあちゃんはこんなふうに言っている。

「どこかの村で馬を見せびらかしているんだろうよ。このあたりじゃ、あいつがサイラスの馬を返さなければいけないことは、みんなが知っているからね」

結婚《けっこん》の約束は自分の命をかけてまもると、父さんは言ってまわっているけど、そうやって時間をかせいでるだけ。サイラスはけして忍耐強《にんたいづよ》い人ではない。かんたんにゆるしてくれるような人でもない。

ここにくるまでのわたしたちは、高い生《い》け垣《がき》のつらなる道をくだり、沼《ぬま》の水がはいってこないよう、堀《ほり》をめぐらせた家々をまわった。草地ですこし遊んで、冷たく甘《あま》い井戸水を飲んだ。そのあとサイラスの農場のりっぱな馬小屋のそばをとおりすぎ、沼《ぬま》に面した草地をつっきった。何か月かまえに満月座《ざ》がいたところだ。それから共有地をぬけ、この丘《おか》にのぼって、おばあちゃんがもたせてくれたチェリージャムのパンを食べた。

春の光と新鮮《しんせん》な空気、ふくれたおなかが眠気《ねむけ》をさそう。フレイアがつぶやいた。

「グロリアスの丘《おか》は〝かがやく丘《おか》〟という意味でしょ。このあたりでは、ほかはみんな〝沼《ぬま》の底〟や〝カエルの尻《しり》〟のように、しめっぽい名前がついているのに」

わたしは笑ってこたえた。

「ここはほんとうに、かがやいて見えるもの」

ひんやりした草をむしるようにして体をおこし、まわりの景色を目に入れる。緑におおわれた、ゆるやかな斜面《しゃめん》。家や農場。ちらりと見えるのは池で、そばには水責《みずぜ》めの刑《けい》につかわれたいすが、金色をおびた緑のヤナギの葉にうもれている。草地の水路も見える。沼地《ぬまち》はわたしたちをかこむようにどこまでもつづいている。アシのしげった沼《ぬま》がかがやく。茶色い泥炭地《でいたんち》の先には海があるのだという。

わたしの右手にはとてもなだらかな、でこぼこの斜面《しゃめん》がある。そこにはたくさんの木が植わっているけど、自然の森などではなく、墓場《はかば》だ。だれかが亡《な》くなると、わたしたちはここに亡骸《なきがら》をうめ、目印として木を植える。母さんの木は丘《おか》の頂上《ちょうじょう》近くにある、食用のクリの木で、高さはもう、わたしの背丈《せたけ》の二倍か三倍はあった。明るい緑の葉が涼《すず》しげで、枝《えだ》は毎年太くなっていく。近くには、母さんの木よりすこしだけ高いマロニエの若木《わかぎ》もあり、そこはわたしが世界でいちばん好きな場所だった。木の下のあたたかな地面にねそべっていると、欠けていたなにかとあわさって一つになったように、心がやすらぐから。このあたりの木の下には、おばあちゃんの一族もたくさん葬《ほうむ》られている。ハシバミ、リンボク、ヒイラギ、ニレなどはそうだし、オークは、わたしたちが生まれるずっとまえに死んだおじいちゃんの木だという。いつか、わたしが死んだときは、ここにうめてヤナギを植えてほしい。そんなふうに考えるのはけして、ぞっとすることではない。自分はどんな木になりたいのか、想像《そうぞう》をめぐらすのは幸せなことだと思う。グロリアスの丘《おか》はほんとうに特別な場所で、ここはいつも日当たりがいい。夏は池で泳いだり、野の花々の中でまどろんだりして、雪がふれば、そりや台所のお盆《ぼん》をもってきて、木のはえてない斜面《しゃめん》をすべりおりる。上のほうの急斜面《きゅうしゃめん》はスピードが出るから、そり遊びをするのにいいけど、ころがって遊ぶだけでも楽しい。いまも妹たちはそうやって、斜面《しゃめん》をころがって遊んでいる。そしてそのうちに土や草でよごれ、わたしたちのところにもどってきた。三人ともすっかりはしゃいでいて、息を切らしてふらふらしている。

フレイアがようやく体をおこして、声をかけた。

「そろそろ行きましょう。一日じゅうここにいるわけにはいかないわ。モスさんたちも待っているし」

グレースがいなくなってから、フレイアはまえより姉さんぶるようになった。いまではフレイアがいちばん年上なのだけど、わたしのほうがものをわかっていると思うから、ときどきいらついてしまう。フレイアがグレースのかわりをしようとするのも、心にひっかかる。

「ダーシー、髪《かみ》をちゃんとして」

フレイアは毛布《もうふ》からパンくずをはらうと、自分のエプロンのはしで、三つ子の顔についたジャムをぬぐった。それからわたしたちは、今日最後に行くことになっている場所にむけて出発した。湿原《しつげん》をとおって、フレイアの恋人《こいびと》のファーガス・モスの家をめざす。ファーガスはそこで両親といっしょに、泥炭《でいたん》を掘《ほ》ってくらしているのだ。

湿原《しつげん》を歩いていると、芽吹《めぶ》いたばかりの草むらからヒバリがとびだした。すぐに空の上の小さな点にしか見えなくなったけど、ピーチクパーチクさえずっているのが聞こえてきた。澄《す》んだ鳴き声が春のおとずれをつげる。わたしたちは列になって歩いた。地面のあちこちにたまった塩水の上にわたした板をとおり、列はみだれながらすすむ。羊のいる草地や麦畑をぬけるとようやく、茶色い泥炭地《でいたんち》がひろがった。泥炭《でいたん》を掘《ほ》ったあとの四角い穴《あな》に、黒っぽい泥水《どろみず》がたまっている。土の中で草が熱を放ちながら、くさっていくにおい。それはときおり、海から風がふきつけるたびに、潮《しお》のにおいにとってかわった。先立つフレイアは歩く場所をえらんで、やわらかな土からわきでた水たまりをとびこえた。

「こっちよ。ここからは道があるから、そこを歩きましょう」

道はわだちやひづめのあとをのこしたまま、モスさんの家へとつづいていた。

ファーガスがドアのところで出迎《でむか》えてくれた。変わったデザインの緑の服を着て、鹿の角を頭につけている。

「笑うなよ」

でも、ドリーとディーディーはもう、よごれた小さな手で口もとをおさえ、笑いころげていた。

「わたしはすてきだと思う」

フレイアがきっぱり言うと、ファーガスが言った。

「この服は母さんがつくったんだ。みんなのまえでころばないように、丈《たけ》をすこし短くしたらしい。きみにもドレスを試着してほしいと言っていたよ」

つぎの日曜の春迎《はるむか》えの祭りでは、ファーガスとフレイアはグリーンマンと地の精《せい》の役をつとめることになっている。まえに豊作《ほうさく》をいのる五月祭《ごがつさい》で女王にえらばれたときよりも、フレイアはうかれていて、何週間ものあいだずっと、この話をしていた。

「ええ、もちろんよ！」

フレイアがはりきって中にはいろうとしたところに、モスさんがあらわれ、入り口をふさいだ。

「お嬢《じょう》さんたち、なにかわすれてないかい」

モスさんの目はかがやいている。わたしはあわてて前に出て、片手《かたて》をのばして言った。

「子羊をわたすことを約束します」

フレイアがひじでわたしをおしのけ、おなじ言葉をくりかえす。

「子羊をわたすことを約束します」

モスさんは笑って、わたしたちの手をにぎった。

「モス家はファーンズビー家の炉《ろ》のために、手押《てお》し車《ぐるま》四台ぶんの泥炭《でいたん》をわたしましょう」

「よく肥《こ》えた子羊をお願いね！」

家の中からモス夫人の声が聞こえた。わたしは声をはってこたえた。

「わかりました！」

モスさんはにっこりして、横にずれて場所をあけた。わたしたちはそこから、ファーガスの角の下をくぐって、家の中にはいった。

モス夫人が緑のドレスをもってきた。紫《むらさき》の花を一面に刺繍《ししゅう》した、美しいドレスだ。モス夫人はそれをフレイアの体にあてた。

「フレイア、よく似合《にあ》っているわ。あとは胴《どう》まわりをすこしつめればいいわね。髪《かみ》には緑のリボンをつけて、紫《むらさき》のスミレをかざるのはどうかしら」

「はい、そうします」

フレイアはうなずき、堂々《どうどう》とほほえんだ。ファーガスは愛らしい子犬を前にしたように、フレイアから目をはなせない。フレイアはテーブルから緑のリボンをとると、それを金の巻き毛《まげ》につけた。

ドリーがため息をついて、「ああ」とつぶやく。ディーディーもドレスをさわって言った。

「なんてきれいなの」

フレイアがつんとあごをあげ、わざとらしいしぐさで歩く。

「ウィラはどう思う?」

「これを着てファーガスとならんだら、生《い》け垣《がき》に見えるんじゃない? スズメに巣をつくられないように気をつけてね」

「わたしのことがうらやましいから、そんなふうに言うんでしょ」

「ちがうよ」

わたしの言葉に嘘《うそ》はなかった。

観客の前で男の子とくっついて花をまくくらいだったら、死んだほうがましだ。長老たちが、わたしではなくフレイアをえらび、ファーガスがグリーンマンをやることになったときはほっとした。泥炭掘《でいたんほ》りが大役をつとめることにもんくを言う村人もいたけれど、ファーガスを推《お》したおばあちゃんの意見が最後にはとおった。おばあちゃんの言ったとおりになるのはいつものこと。ファーガスに決まったとき、フレイアは大よろこびで、モス家の人たちもとてもほこらしそうだった。

モス夫人が、ファーガスの服のすそを上げながら言った。

「グリーンマンと地の精《せい》の役をつとめた二人はたいてい、何年かしてから結婚《けっこん》するのよねえ」

ファーガスが顔を赤らめる。

「あらファーガス、手をそでから出して、息をすったほうがいいわね」

そでから手を出したファーガスの顔は、さらに赤くなっている。

「カカシさんだあ」

ドリーがくすくす笑うと、ディーディーも笑って言った。

「赤カブを顔にしたカカシね！」

モスさんはファーガスにむかってウインクすると、やさしく言った。

「なんだっていいさ。つぎの日曜には、みんながおまえをうらやましがるんだから」

フレイアはきどったしぐさで、ドレスをあてた体をゆらしている。ダーシーがふと、静かに言った。

「この服、グレースも着てたよね」

みんなが急にだまりこんだあとで、モス夫人がほほえんで言う。

「ああ、たしか二年前の春だったわね。グリーンマン役のジョス・クーパーとお似合《にあ》いだと思ってたのに、サイラスがグレースと結婚《けっこん》したいと……」

モス夫人は立ちあがって、フレイアの手からドレスをとった。白いしっくいの壁《かべ》のフックにドレスをかけながら、言葉をつづける。

「あの年のダンスはすばらしかった」

モスさんが口をひらいた。

「グレースの行方《ゆくえ》は……」

わたしたちは首をふった。そして気づいたときには、わたしはこんなふうに言っていた。

「グレースは無事だと、わたしにはわかります」

そのときフレイアが声を放った。

「たぶん満月座《ざ》でおどり子をやっているのよ」

わたしたちは刃《やいば》のような目でフレイアをにらんだ。フレイアもわたしもこれまで口に出したことはなかったけど、グレースは満月座《ざ》に行ったにちがいないと思っていた。新しいおどり子をさがしているとヴィクターからきいたとき、グレースがどんな顔をしたか、いまでもよくおぼえている。ついにここから逃《に》げる道を見つけたと思っているように見えた。

わたしたちのしぶい顔を見て、フレイアも目をとがらせ、強い口調で言った。

「言っちゃいけなかった？　モスさんたちは身内みたいなものでしょ。なにを聞いたって、父さんにもサイラスにも言わないわ」

「もちろんだよ。それに………」

まだ鹿の角をつけているファーガスが、眉《まゆ》を寄《よ》せ、言葉をつなぐ。

「きみたちの父さんももうわかっているんじゃないかな。グレースも満月座《ざ》もおなじ晩《ばん》にいなくなったんだから。お父さんもまだ、グレースの足どりをつかんでないんだよね。満月座《ざ》がどこにいるかなんて、ぜったいにつきとめられないもんな！」

「ぜったいとは言えないんじゃないかな」

ダーシーがつぶやいた。この子はときどき、わたしの頭にうかんだことを言葉にしてくれる。

わたしはダーシーの肩《かた》をだいた。モスさんがこちらを見ている。いつもの親切そうな顔に、すこしだけ真剣《しんけん》な表情《ひょうじょう》をうかべている。

「いやいや、こんな話になるとは……。いまから秘密《ひみつ》のものを見せるが、だれにも言わないでいられるかい」

10　地図

「ファーンズビーの娘《むすめ》は、秘密《ひみつ》をまもるわ」

ディーディーが言うと、ドリーもまじめな顔でうなずいた。

「フレイアはちがうけど」

そうつぶやいたわたしは、横から腕《うで》をたたかれた。モスさんはほほえんで言った。

「よし、こちらにきて、見てごらん」

モスさんは、炉《ろ》の上に手をのばした。そして壁《かべ》のくぼみから、羊皮紙をまるめたものをとりだした。それを台所のテーブルにのせ、ひらいてのばす。それから紙のはしに、石のカップやドアストッパーをおもしとしてのせた。

「きれいね。これは絵かしら」

紙の上の消えかけた色や線にふれて、フレイアが言う。わたしはこたえた。

「〝迷《まよ》い沼《ぬま》〟の地図だよ」

秘密《ひみつ》だと言われた意味がわかった。この村では、地図も本とおなじくらい悪いものだと思われているから。地図はいま自分がどこにいて、どこにいないかをしめすものだ。地図や本のように、紙に書かれた知識《ちしき》は人に力をあたえる。この沼地《ぬまち》の地図をもっているのを、ほかの人に知られたら、モスさんはいすにしばりつけられたまま池にしずめられることになる。

「どうやってつかうのかしら」

フレイアの問いかけに、モスさんはささやくような声でこたえた。

「地図を見るときは、想像力《そうぞうりょく》がすこしばかり必要でね。自分が鳥になったと思ってみて」

「ヒバリみたいな？」

ダーシーが小さな声で言う。

「ああ、そうだよ、おちびちゃん。きみはヒバリになって、迷《まよ》い沼《ぬま》の上を空高くとぶ。そのとき下に見える景色が、ここにかかれているんだよ」

モスさんは泥炭《でいたん》でよごれた指で、地図にしるされた地点をたどっていった。下のほうに青い海がある。丘《おか》や、萌黄《もえぎ》色《いろ》の草地や、深緑色の森もある。茶色でかかれた泥炭地《でいたんち》は、いまわたしたちがいる場所だ。

「わあ……」

フレイアが思わず声をもらした。ドリーとディーディーも「わあ……」と、声をあわせる。わたしたちのいる沼地《ぬまち》がどんなふうにひろがっているのかがわかって、わたしもみんなも圧倒《あっとう》されてしまったのだ。わたしは、あちこちにちらばっている黒い点々を指さした。黒いもようは四方にのびながら、ひろい範囲《はんい》をかこいこんでいる。

「見て。これは沼《ぬま》だよね」

沼《ぬま》はそばにあるものをのみこんで、季節ごとにすがたを変える。だから、その形を正確《せいかく》にとらえることはできないけど、どの沼《ぬま》も完全に干《ひ》あがることはない。わたしは沼《ぬま》の名前を一つ一つ読みあげた。うつろ沼《ぬま》、涙沼《なみだぬま》、朽《く》ち沼《ぬま》、忘《わす》れ沼《ぬま》、魚《うお》ノ沼《ぬま》、狐《きつね》ノ沼《ぬま》、亜麻《あま》ノ沼《ぬま》……。そして、そのぜんぶがはいった、このあたり一帯の湿地《しっち》が〝迷《まよ》い沼《ぬま》〟だ。

「迷《まよ》い沼《ぬま》は、こんなに大きかったんだね」

緑や茶色にぬった部分の中に、灰色《はいいろ》の家々があつまっているところがあった。

「ここがうちの村だよねえ」

ダーシーが言った。わたしは塔《とう》のようなものを指さした。

「これはなんですか」

「昔の砦《とりで》さ。羊のいる草地に、くずれた砦《とりで》がつったってるんだ。〝けがれっ原〟という村にあって、馬に乗っていけば、ここから一日くらいでつく。気味の悪い場所だよ」

わたしはまたきいてみた。

「満月座《ざ》がつぎに行く場所も、この地図でわかりますか」

「いいや、しかし、先週聞いた話とあわせたら、わかるかもしれないよ。ここにきた、くず屋が言ってたんだよ。そいつは迷《まよ》い沼《ぬま》だけでなく、その先にも行ったことがあって……」

「その先……」

わたしは地図を見て、迷《まよ》い沼《ぬま》の外の世界に思いをはせた。グレースは満月座《ざ》とともに旅をしながら、おばあちゃんの本に出てきたような、町やジャングルや砂漠《さばく》や山を見たのだろうか。

「くず屋はこの村を出たあと、満月座《ざ》の荷馬車に乗せてもらって、けがれっ原や、デンジマーシュの沼《ぬま》や、ホグバックの丘《おか》をまわった。そのあとくず屋は行商人の荷馬車に乗って、ここまでもどってきたんだが、満月座《ざ》は恐《おそ》れ森にむかうと言っていたそうだ」

モスさんはそう言いながら、地図に書かれた村の名前を指さしていった。

フレイアが言った。

「それがわかったところで、わたしにはどうしたらいいのか……。これまでにとおった場所じゃなくて、つぎの行き先を知りたいわ」

すると、ダーシーがフレイアの手から緑のリボンをとって、地図の上においた。リボンの片《かた》方《ほう》のはしは、この村をさしている。そして、けがれっ原、デンジマーシュの沼《ぬま》、ホグバックの丘《おか》をとおりながら一直線にのびて、ドアストッパーでおさえている地図のはしをさしていた。

「満月座《ざ》は東にむかっている」

モスさんが言うと、「東にむかうということは……？」とフレイアがきいた。モスさんは地図に指を走らせた。

「太陽のほうにすすむってことさ」

「ドアストッパーがあるほうってことね」

ディーディーが知ったような口をきいた。わたしは地図をじっくりながめてから、リボンをすこし先までずらしてみた。

「涙沼《なみだぬま》の反対側は首つり村だね」

黒くぬりつぶされた、涙沼《なみだぬま》に目をやる。あちこちにちらばっている村に目を走らせ、満月座《ざ》の足どりをたどろうとする。そのあとで〝恐《おそ》れ森〟の上のリボンにふれ、そっときいてみた。

「グレースはいま、このあたりにいるのかな」

「きっとそうだ」

モスさんが言った。

占《うらな》い師《し》が水晶玉《すいしょうだま》をのぞいて遠くにいる人の消息を知るように、こんなふうにしてグレースの足どりを追えることが不思議だった。

「グレース、そこにいるの？」

わたしはつぶやいた。目に涙《なみだ》がうかび、地図の上の緑のリボンがぼやけて見えた。

その晩《ばん》、わたしは鳥になった夢《ゆめ》を見た。空高くとぶと、下にひろがる沼《ぬま》や草地や農場は切り絵みたいだ。この迷路《めいろ》のような場所のどこかに、満月座《ざ》がいるのだろう。でも、どこにいるのかはわからない。そのとき、グレースのすがたがはるか下のほうに見えた。白鳥の羽《はね》をつけ、涙《なみだ》でぬれた地図の上をさっと舞《ま》いあがる。わたしは大声でさけんだけど、グレースには聞こえない。グレースは大きな白いつばさではばたいた。そしておびえたようすで、わたしには追いつけないスピードで、どこかにとんでいってしまった。

11　春迎《はるむか》えの火

花嫁《はなよめ》は白いロングドレスを着ていた。かがやく茶色の髪《かみ》に、サクラソウを編《あ》みこんでいる。結婚《けっこん》するのは鍛冶屋《かじや》の娘《むすめ》のデイジー・スミス。お相手はサイラスの甥《おい》のピーター・カービー。鍛冶屋《かじや》の娘《むすめ》と馬具屋の息子《むすこ》の縁談《えんだん》は、両家によって決められたものの、二人は幸せそうだった。デイジーとピートはもう長いこと、ずっと恋人同士《こいびとどうし》だったから。

今日はもう一組、グレースとサイラスの婚礼《こんれい》もとりおこなわれるはずだった。けれど、そのことはだれも口にしない。頭上に重くたれこめた雨雲のような事実に、みんな気づかないふりをしている。

父さんも春迎《はるむか》えの祭りにくることになった。おばあちゃんがどうやって説得《せっとく》したのかはわからない。祭りの大役をフレイアがつとめるのだから、父親がくるのは当然なのだけど、うちの父さんも行くと聞いたときはおどろいた。父さんは新しい乗馬服にブラシをかけたり、靴《くつ》をみがいたりしてから、あとでやればいいことをいつまでもやっていた。ののしりながらニワトリを追いたてる声や、尾羽《おばね》をはさみそうないきおいで、鳥小屋の戸をしめる音が、庭のほうから聞こえてきた。そのあとで、ようやく準備《じゅんび》をすませてあらわれた父さんは、乗馬服を着て、ブーツをはき、まるでどこかの紳士《しんし》みたいなかっこうをしていた。祭りでグレースの話が出たときはどうするつもりなのだろう。フリントが父さんのものではないことを、だれかが口にしたときはどうなるのか。サイラスや長老たちの前で、品位をたもってくれればいいけれど……。そしてどうか、地の精《せい》の役のフレイアをほめるようなひとことをかけてあげてほしいと、わたしは心から願った。

やがて、熟《じゅく》した桃《もも》のような満月がのぼった。村人がハンドベルを鳴らす。草地の上にひろがる夕空に、甘《あま》い音色がかすかにひびく。たき火とたき火の間をとおって、デイジーが花婿《はなむこ》のほうに歩いていく。となりあった新郎新婦《しんろうしんぷ》の足もとに、長老のウォーレンが木の枝《えだ》で円をかき、それから聖《せい》なる言葉をとなえた。若《わか》い二人も老ウォーレンのあとにつづいた。ピートがデイジーの手をとると、老ウォーレンは、きめこまかに織《お》られた白い布《ぬの》で二人をつないだ。二人はこの布《ぬの》をたいせつにとっておき、最初に生まれた子のおくるみにつかうのだ。

笑顔《えがお》の二人を見ているうちに、わたしたちも自然とほほえんでいた。幸せそうな二人のすがたが、まわりの人たちをも笑顔《えがお》にするのだろう。そんなふうに思っていたとき、笑っていない人もいるのに気づいて、ぞっとした。サイラスだ。よどんだ目と、しまりのない口もとを見れば、酔《よ》っぱらっているのがわかる。「おれの花嫁《はなよめ》はどこにいるんだ」と、どんよりした目が言っている。

だれかがバイオリンをひきはじめた。たき火の間をぬうようにして、花嫁《はなよめ》と花婿《はなむこ》がおどりだす。それからすぐに太鼓《たいこ》や笛の音がして、みんなは手をたたき、体をゆらしはじめた。おばあちゃんやほかの長老たちが、フルーツケーキやはちみつ酒をくばっている。三つ子たちは手をつなぎ、輪になってスキップしていた。

「ウィラ、おれとおどってくれないか」

わたしの前にいた男の子がさそってきた。二年前の春迎《はるむか》えの祭りで、グレースの相手役をつとめたジョス・クーパーだ。

「わたしと？」

そばかすのある顔が愛想《あいそ》よくにっこりした。

「ああ、そうだよ！」

「遠慮《えんりょ》しとく。見ているほうがいいから」

ジョスは笑って肩《かた》をすくめると、おどっている人たちの中にはいっていった。

わたしのとなりでおばあちゃんが言った。

「おどりたくないのかい」

「うん、今日は……」

花婿《はなむこ》が花嫁《はなよめ》をターンさせる。花嫁《はなよめ》はどんどん速くまわりつづける。輪になった三つ子たちもくるくるまわっている。サイラスが父さんをにらみつけ、おぼつかない足どりで歩きだした。うかれさわぐ人たちの間をとおって、父さんに近づいていく。

そのとき、すぐ近くで声がした。

「ジョスが相手じゃ不満なのかい」

ジョスのおばあちゃんのクーパーさんだ。クーパーさんは言葉をつづけた。

「うちの孫は、グレースといっしょになるのも、ウィラとおどるのもだめなのだと。ファーンズビーのお嬢《じょう》さんは、どれだけお高くとまっているんだか。クーパーの男はまるで相手にならないと言うんだからね」

「ウィラはただ、いまはおどりたい気分ではないんだよ。そっとしておいてやってくれないかい」

おばあちゃんが言ってくれたけど、クーパーさんの怒《いか》りはおさまらないようだ。そのすがたは、羽《はね》をふくらませた年寄《としよ》りのメンドリを思わせた。一度つつきだしたら、どうにもとまらないのだろう。

「ジョスはいい若者《わかもの》じゃないか。じょうぶな体をしているし。兄弟とくらべると、器量ではおとるかもしれないが、ジョスのほうが陽気でおもしろいよ。どんな娘《むすめ》だって、あの子とおどりたいだろうに。ウィラみたいによけいな知恵《ちえ》がついてないのが、そちらは不満なのかねえ」

わたしはクーパーさんの、ビーズのような目を見つめた。怒《いか》りがふつふつとわきあがってきて、いますぐどこかに消えてほしいと思った。それでつい、ひどい言葉を口にしそうになったとき、おばあちゃんがわたしの腕《うで》に手をおいて、こんなふうに言った。

「ジョスはまちがいなく、いい男だよ。グレースの父親だって、ジョスに不足があるから、サイラスにとつがせようとしたわけではない」

はげしい怒《いか》りのために顔をしかめ、クーパーさんはこたえた。

「よくもまあ、そんなことが言えたもんだ。おたくのせいで、うちは村の笑いものだよ。グレースの父親じゃなくて、ぜんぶあんたが決めたんだろう。いつだってそうさ。わたしたちが若《わか》い娘《むすめ》のころから、まるで女王さまのように、なんでもかんでも口を出して引っかきまわす。村のしきたりなど知ったこっちゃないという顔して。あんたのうちには本があるといううわさもあるんだからね。村で羊がたくさん死んだとき、おまえさんのとこだけ子羊に恵《めぐ》まれたのも、悪魔《あくま》の目をもっているからで……」

「バカなことを言うのはよしとくれ。うちの羊が死ななかったのは、農場が沼《ぬま》からはなれた場所にあるからじゃないか」

おばあちゃんの言葉に、クーパーさんは首をふった。

「あんたの悪知恵《わるぢえ》は、そのうち報《むく》いをうけるだろうよ。そのときが楽しみだ」

ささやくような声でそんなふうに言いすててから、クーパーさんは人のあつまってるほうへと、せかせかと去っていった。

わたしはあらい息のまま、戦う準備《じゅんび》をした。おばあちゃんが悪魔《あくま》の目をもっているなどと、どうして言えるのだろう。

おばあちゃんがわたしの肩《かた》をそっとだいた。

「心配しなさんな。クーパーさんの言うことは、だれも気にしないよ。わたしがおまえのおじいちゃんと結婚《けっこん》したときからうらまれているのを、みんなも知っているからね。クーパーさんはその昔、春迎《はるむか》えの祭りでおじいちゃんの相手役だったのさ」

そのとき、なにかがおきた。音楽の調子が変わったのだ。バイオリンの音が消えたのと同時に、おばあちゃんも話すのをやめ、まわりの人たちといっしょに、たき火のほうをむいた。

いま、まわりで鳴っているのは、太鼓《たいこ》の音だけ。巨人《きょじん》の心臓《しんぞう》の鼓動《こどう》のように、リズミカルな低音がひびくなか、おどっていた人たちがうごきをとめた。そのあと、鋤《すき》で線を引いたみたいに、ぱっと二手にわかれた。太陽がしずみ、闇《やみ》があたりをつつみこむ。たき火がゆらめき、はぜて、天にむかって炎《ほのお》があがる。赤々と燃《も》える火を背《せ》にして、人影《ひとかげ》が二つあらわれた。頭に鹿の角をつけた男と、花輪をのせた女だ。炎《ほのお》からぬけだしてきたような男女が、ゆっくりと近づいてくる。血をふるわせる原始のリズムとともに、二人は地面や、ひざまずき頭《こうべ》をたれた新郎《しんろう》新婦《しんぷ》の上に花をまいた。春の恵《めぐ》みをよろこぶ、祝福の儀式《ぎしき》だ。

この二人がファーガスとフレイアだということはわかっていた。魔法《まほう》みたいに思えたとしても、光と影《かげ》があわさってそんなふうに見えるだけ。満月座《ざ》のテントでグレースといっしょに観《み》た、影絵《かげえ》とおなじこと。でも、たき火と太鼓《たいこ》とともに、グリーンマンと地の精《せい》をここにむかえ、この世のものではないような太古の力が満ちるのを感じた。わたしは、グレースが地の精《せい》の役をつとめたときのことを思いだした。燃《も》えあがる炎《ほのお》みたいに舞《ま》っていたグレースのすがたが頭にうかぶ。グレースはあの日、夜風にふかれて、明るくかがやいて見えた。

暗がりの中、人影《ひとかげ》がゆっくりと近づいてくる。そして目の前にあらわれたのは、もちろんグレースではなく、フレイアだった。フレイアは泥炭《でいたん》で、顔にうずのもようをかき、まぶたに灰《はい》をぬっていた。体がふるえるほど美しい。女神《めがみ》か、女王さまに見える。

おぼつかない足どりで、だれかがわたしの横にきた。顔を見ると、サイラスだった。立ちどまったサイラスが、みんなとおなじほうを見る。視線《しせん》の先にいるのはフレイアだ。

「ファーンズビー、あの子もおまえの娘《むすめ》だったな」

ろれつのまわらない口で言ったサイラスに、父さんがほこらしげに「そうですよ」とこたえる。父さんがほほえんだ。サイラスと和解《わかい》し、フリントを返さないですむ方法が見つかった、とでもいうように。

サイラスは目をすぼめて、瓶《びん》の中の酒をあおぎ、くちびるをなめた。

不吉《ふきつ》な予感に胸《むね》がさわぐ。サイラスがこのあとなにを言うのか、わたしにはわかった。

サイラスは父さんにむかって、にやりと笑いかけてから、フレイアを手でさした。

「そうしたら、グレースのかわりにあの娘《むすめ》をもらおうか」

12　カッコウの子

父さんは台所のテーブルの前に、くずおれたようにすわっていた。頭をかかえ、こわばった指で髪《かみ》を引っぱっている。

わたしはふるえる声で言った。

「フレイアを結婚《けっこん》させるなんて、だめだからね。フレイアはまだ、そんな歳《とし》ではないし……」

「おまえはだまってろ！」

怒《いか》りを爆発《ばくはつ》させた父さんが、いすにすわりなおす。血走った目をらんらんとさせて。

「みんなむこうに行って、静かにしてろ。すこし考えさせてくれ！」

わたしは、はげしく打っている胸《むね》の上で腕《うで》を組んだまま、足が床《ゆか》に根をおろしたように、その場からうごけなかった。怒《いか》りがこみあげてきて、首のあたりが熱くなる。ぜったいにここからはなれるものか。

「フリントをサイラスに返して。そうしたら、まるくおさまるから」

わたしの頭がおかしくなったかのように、父さんはじっと見つめてきた。自分が自慢《じまん》できるものはフリントしかないのに、それをうしなうくらいだったら、家族もろとも家に火をつけてやる、とでも言いたそうな顔だ。

父さんは目をすぼめた。

「フリントを返すだと？」

その声には、危険《きけん》なひびきがあった。いすにすわったおばあちゃんが、こちらを見ている。三つ子たちはおばあちゃんの足もとの床《ゆか》にすわっていた。フレイアはまだ地の精《せい》の衣装《いしょう》を着たまま、炉《ろ》を背《せ》にして立っていた。まぶたにぬった灰《はい》が涙《なみだ》で落ち、顔がよごれている。一時間まえに女神《めがみ》を思わせた美しさは、もうすっかり消えていた。

「サイラスとは結婚《けっこん》しない。それでも結婚《けっこん》させると父さんが言うのなら、グレースみたいに逃《に》げるからね」

泣きじゃくっていたフレイアが、顔をあげて言うと、父さんがうなるようにこたえた。

「この家でその名前は口にするな。あいつのせいで、おれはバカだと思われているんだ」

わたしはすぐに言葉を返した。

「バカだと思われているのではなく、ほんとにそうなんでしょ。グレースは父さんのせいでいなくなったんだよ。それなのに、こんどはフレイアも追いだすと言うのね。父さんは、娘《むすめ》が全員どこかに行ってしまえばいいと……」

父さんがこぶしでバンッと、テーブルをたたいた。

「ああ、そうとも！　みんないっしょに消えちまえ！　六人の娘《むすめ》だなんて、ひどい呪《のろ》いがふりかかってきたもんだ！」

「やめなさい」

おばあちゃんがさっと、低い声で言う。しつこくつついてくるニワトリを相手にしているような言い方だ。

「ばあさんはだまってろ！」

父さんはおばあちゃんのほうをむいて、言葉をつづけた。

「あんたには関係ないだろ。おれの娘《むすめ》なんだから、ぜんぶおれの言うとおりにさせる。おれがサイラスといっしょになれと言ったら、フレイアも言われたとおりにするんだよ！」

そのとき炉《ろ》のそばから声がした。

「でも、そうしたら六人の娘《むすめ》の呪《のろ》いはどうなるの」

草地にひびくベルみたいに澄《す》んだ声を、そっとあげたのはダーシーだ。

大きな黒い目をしっかりあけて、そう口にしたときのダーシーの声には、おそれやふるえはまったくなかった。

父さんはぽかんと口をあけ、目をぱちくりさせた。顔が引きつっているのは、ダーシーに話しかけられて、とんでもなく頭にきたからだろう。ダーシーは父さんにとって、足にかみつくネズミのようなものだ。

「おまえ、いま、なにか言ったか……？」

ダーシーはひるまなかった。立ちあがって、父さんになにか言おうとする。わたしたちも思わず立ちあがった。おばあちゃんはダーシーをまもろうとするように、肩《かた》に手をおいている。

ダーシーが口をひらいた。

「フレイアをお嫁《よめ》にやっていいの？　二人目は家にのこせと、六人の娘《むすめ》の呪《のろ》いは言ってるよ。そうしないと、父さんは……」

「そのときはどうなるんだ？　いいからつづけろ。おまえはこう言いたいんだろ。家にのこすはつぎの娘《むすめ》。三女のウィラは、農場ではたらかせる。四人目、五人目は嫁《よめ》にやれ。そのとおりにしなければ、おれはどうなる？」

「死んで、骸《むくろ》をうめられるのよ」

ダーシーはさらっと、最後の言葉を口にした。

春迎《はるむか》えの儀式《ぎしき》のときに鳴りひびいていた太鼓《たいこ》みたいに、心臓《しんぞう》がはげしく打っている。父さんは音をたてていすを引いた。牡牛《おうし》のように鼻の穴《あな》をひろげ、あらい息づかいで、ダーシーにむかっていく。父さんはささやいた。

「おれの骸《むくろ》をうめる気か？　ちびの悪魔《あくま》め。おまえはうちにふりかかった呪《のろ》いだな」

わたしたちはみな息をつめて、事の成り行きを見まもった。わたしは音をたてないようにして、父さんに近づいた。父さんがダーシーに手をあげようとしたときには、そのまえにとめられるだろうか。

父さんはかがんで、ダーシーの顔をのぞきこんだ。

「ダーシー、おまえがおれの骸《むくろ》をうめるのか？」

「そうしなきゃならなくなったらね」

ダーシーがこたえた瞬間《しゅんかん》、世界が真っ二つにわれた。

父さんはダーシーをじっと見つめた。わたしたちもダーシーを見ていた。「バカげている」と言うように、父さんは笑った。でも、すぐにけわしい顔になり、口をゆがめ、手をふりあげた。

「やめて！」

わたしはさけんだ。たぶん、みんないっせいにそうさけんだ。そのとき、火花のようなものが空中ではじけた。そしてつぎの瞬間《しゅんかん》、父さんはいすの上にたおれこんだ。そのまま床《ゆか》にたおれて、いすがこわれるほどのいきおいだった。

いったいなにがおきたのかわからなかった。常識《じょうしき》に目をつむれば、空中で火がポンッとはじけたのだけど、そんなことがおこるはずがない。きっと父さんがバランスをくずして床《ゆか》にたおれたのだろう。わたしたちはとまどって、あたりを見まわした。父さんだけはおばあちゃんに視線《しせん》をむけていた。この世のものでないものを見たかのように、おびえた顔をしている。

おきあがった父さんは、おばあちゃんを見つめたまま、つぶやいた。

「魔女《まじょ》め」

父さんの手はふるえていた。わたしは父さんに言った。

「バカなことを言わないで。そんなわけないでしょ。炉《ろ》の火がはねただけだよ」

「こんなのはもうたくさんだ！」

父さんはしどろもどろにまくしたてると、わたしを指さしてつづけた。

「おまえは出てけ。いますぐ視界《しかい》から消えろ。さっきから口答えはするし、おれのこともバカだのなんだの言いやがって。馬小屋でもどこでも好きなとこに行け。この家で寝《ね》るのだけはゆるさないからな」

「ここはおばあちゃんの家だよ。父さんのものじゃないでしょ！」

わたしは言葉を返したけど、父さんはほえた。

「いいから出ていけ！」

すさまじい剣幕《けんまく》におされるように、うら口のドアに足をむける。父さんは、こんどはフレイアに言った。

「泣くのはやめろ。くさりきった姉さんがつぎの春までにもどらなければ、おまえがサイラスの嫁《よめ》になるんだ」

「でも父さん、わたしはファーガスと……」

「ファーガスだと？　きたない泥炭掘《でいたんほ》りとの結婚《けっこん》を、ゆるしてもらえるなんて思っていたのか？　かけおちしたとしても、おれはおまえたちをぜったいに見つけだす！」

フレイアは泣きながら、二階にあがっていった。

父さんはダーシーを指さした。

「それからおまえ、こんど、おれをおどしてみろ。そのほそっこい首をしめて、井戸になげこむぞ」

ダーシーがたじろぐそぶりを見せることはなかったけど、おばあちゃんは肩《かた》をだいてやった。

そしておちついた声で、父さんに言った。

「わたしのことはどうする気だい？」

父さんはまた、おびえた目をして、おばあちゃんにこたえた。

「あんたは舌《した》をかみきって死んでくれ。そのけがれた力で、おれになにかしようとしたら、村じゅうに言いふらしてやる。それで、あんたがいなくなったときは、だいじなひよっこたちの世話はだれがするんだろうな」

ドリーとディーディーがめそめそしはじめた。おばあちゃんが二人をそばに引きよせる。気づいたときには、わたしは口をひらいていた。

「だいじょうぶだよ。父さんは本気で言ったわけでは……」

父さんがぱっと、こちらを見た。怒《いか》りに顔をゆがめている。

「おれは本気だ。ウィラはなんでまだここにいる？　出ていけと言っただろ。おまえのいる場所は家畜《かちく》小屋だ！」

父さんがいきおいよくうら口の戸を引いた。外の暗闇《くらやみ》に目がくらむ。父さんに体をおされたわたしは、うら口から庭につづく踏《ふ》み段《だん》の上をころがりおちた。底無しの穴《あな》に落ちたような気がして、あっと思ったときには、冷たい泥《どろ》の中にうずくまっていた。踏《ふ》み段《だん》の上には父さんの体が、人食い鬼《おに》みたいにそびえている。

「ウィラ、おまえはうちの巣にまぎれこんだカッコウの子だ。おまえが生まれて、顔を見たときから、おれも母さんもずっとそう思ってた」

父さんは、たたきつけるようにドアをしめた。

わたしは怒《いか》りがおさまらないまま、泥《どろ》の中にすわっていた。いますぐ家にとびこんで、父さんに言ってやりたかった。「娘《むすめ》を追いだすなんて、最低の父親だ。家畜《かちく》小屋にはいるのは、人間以下のあんたのほうだ」と。だけど、そうしなかったのは、父さんの中でなにかが変わり、どこかこわれたのがわかったからだ。古いロープを引っぱりすぎると、急に切れてしまうように、父さんはいままでにないほど、おそろしく危《き》険《けん》な人に見えた。外に出されたことは何度もあるけど、そんなふうに感じたのははじめてだ。

わたしは馬小屋にはいって、すみのほうの、よごれていない場所に行ってまるくなった。わたしがわらで寝床《ねどこ》をつくっているあいだ、ジェットはまったく気をとめてなかった。フリントは不思議そうにこちらを見ていた。わたしの怒《いか》りは消えるどころか、どんどんふくらんでいった。父さんはわたしを家から追いだし、馬小屋で寝《ね》させておきながら、これからも農場の仕事をさせるだろう。六人の娘《むすめ》の呪《のろ》いの言葉にそむけば、大変なことになると思っているから。

わたしは心を決めた。農場の仕事をするのは、もうおわりだ。呪《のろ》いや父さんにしばられて生きるのはやめる。わたしはわたしのもので、だれのものにもならない。

わたしもこの沼地《ぬまち》から逃《に》げだすのだ。

13 旅立ち

「ウィラ、気をつけてね」

寝室《しんしつ》の窓《まど》から身をのりだしたダーシーは、ささやくように言って、シーツにつつんだものを見せた。ドリーとディーディーがうしろでくすくす笑っている。

「頭の上に落とさないで」

ドリーがかん高い声をあげた。わたしはうしろにさがった。ドサッという音がして、大きな包みが庭に落ちた。

「ありがと！」

つづけて別れの言葉を言おうとしたが、そのまえに窓《まど》がしまった。人の声がかすかに聞こえてくる。父さんだ。わたしたちの話を聞いていたのだろうか。荷物のうけわたしに気づいただろうか。わたしは耳をすませた。父さんの大声や、家具をこわす音が聞こえるかと思ったけど、なんの物音もしない。

わたしは、暗く空気のよどんだ馬小屋にもどった。わたしが逃《に》げようとしていることに、はじめから気づかれるのはいやだった。父さんはこれまでずっと、自分に呪《のろ》いがふりかからないようにしてきた。それをぶちこわされたと知ったときには、どれだけ打ちのめされるか。そうして、あとになってから、わたしを追いだしたことや投げつけた言葉をくやめばいい。

さっき父さんが言いはなった言葉が、ふっと頭にうかぶ。カッコウの子とは、いったいどういう意味だろう。けして愛することができないという意味なのかもしれないけれど、わたしが生まれたときからずっとそう思っていたと言っていた。そして、母さんもおなじように思っていたと。

かぎ爪《づめ》で心臓《しんぞう》をつかまれた心地《ここち》がした。

母さんもわたしを憎《にく》んでいたのだろうか。

わたしは荷物をかかえたまま、重い体でわらの上にすわっていた。

わたしはいつも、姉妹《しまい》の中でひとりはずれていると感じていた。三つ子たちはよく、自分たちにしかわからない遊びをしている。わたしはグレースとフレイアにくっついていたけど、美しい姉たちを見あげる自分はどこか、みにくいアヒルの子に似《に》ていると思ってきた。それに、わがやでさわがしかったり、もめごとをおこしたりするのはたいていわたしだから、「ウィラは自分からやっかいごとをさがしているみたいに見える」と、おばあちゃんにも毎日のように言われるし、自分でもそのとおりだと思っていた。やっかいごとではなかったとしても、いつもなにかをさがしていた気がする。もし、わたしが心のすみでずっとさがしていたものがあるとしたら、それはこの先、遠い旅路のどこかで見つかるのかもしれない。

いまからわたしは沼地《ぬまち》をこえて、父さんから何マイルもはなれた場所に行く。悪意にみちた言葉は頭からおしやって箱に入れて、重いふたでとじてしまおう。

わたしは三つ子たちが落としてくれた包みをあけた。いったいなにがはいってるのだろう。荷造《にづく》りをしたのがダーシーだといいのだけれど。ドリーやディーディーだったら、ビーズのネックレスや麦わら帽子《ぼうし》やぬいぐるみを入れそうだから。

最初に出てきたのは、馬の毛の毛布《もうふ》。ちくちくするけど、防寒《ぼうかん》には役にたつ。洋服も何枚《なんまい》かはいっていた。母さんのものだった紺色《こんいろ》のマントと、古い乗馬ズボン。乗馬ズボンはグレースのものだろうか。これも防寒《ぼうかん》のためにもたせてくれたのだろう。それから、くさらないよう布《ぬの》にくるんだチーズ、パン、大きく切ったはちみつケーキ。食べものはきっと、おばあちゃんが父さんに気づかれないようにしながら用意してくれたのだ。だれかが気をきかせて、火打ち箱も入れてくれていた。年季のはいった美しい火打ち箱で、われたふたを直したあとがある。中には、火打ち石と火打ち金《がね》と炭布《すみぬの》がはいっている。やわらかな布袋《ぬのぶくろ》は、手にもつと、チャリンという音がした。中をのぞいたとき目にとびこんできたのは、ぴかぴかした硬貨《こうか》が十枚《まい》ほど。そのあと手にふれたのは、大きな四角いもの。『沼《ぬま》の物語』の本だ。グレースがいなくなるまえの、寒い冬の晩《ばん》、ダーシーはこれをおばあちゃんの戸棚《とだな》からもってきてしまったのだった。うちの末っ子がこの本をしのばせたのかと思うと、顔がほころんだ。食べものやあたたかい服とおなじくらい、読むものも必要だと思ったのか、それとも母さんの本をもっていてほしかったのか……。

そのとき突然《とつぜん》、ほんとうの別れをむかえた気がした。もう二度と会えないかもしれないという思いに、涙《なみだ》がこみあげてきたけど、ぐっとこらえた。この沼地《ぬまち》をひとりで旅するのだったら、もっと強くならないといけない。

わたしは荷物をまとめた。ついにここを出ていくのだと思い、胸《むね》が高鳴る。いつ帰れるのかわからないまま、わたしはこの家と村を出ようとしている。

馬たちはおちつかないようすだった。ジェットは口をもぐもぐうごかしたり、ぐるぐる歩きまわったりしていた。ようやく横になり、のこぎりをひいているような音をたてて、いびきをかいたかと思うと、つぎの瞬間《しゅんかん》にはひづめで床《ゆか》をこすり、大きなおならをして立ちあがろうとした。フリントは立ったままうまどろんでいた。でも、ネズミが走りまわる音やメンフクロウの鳴き声が聞こえたときは、品のいい鼻づらを小屋の戸の上から出し、あたりのようすをさぐっていた。パニックをおこした羊たちがなかなかあつまろうとしないように、考えがぜんぜんまとまらない。はやく計画をたてなければと、自分をせきたてる。

おばあちゃんとフレイアと三つ子たちからはなれて、わたしがこの家を出たあと、行きたい場所は一つしかない。グレースのところだ。満月座《ざ》を追いかけて、グレースを見つけよう。わたしも満月座《ざ》で、動物の世話かなにかの仕事をもらえるかもしれないし。わずかなお金と身のまわりのものだけもって、ひろい世界にとびだすなんて、まるでおばあちゃんの本に出てきたヒロインだ。沼《ぬま》でおぼれたり、食べものがなくなったり、盗賊《とうぞく》やイノシシにおそわれたりして、だれにも知られず命を落とすこともあるだろう。やみくもに沼地《ぬまち》をさまよい、満月座《ざ》をさがすのではなく、もっとかしこくうごかないと……。

わたしはぱっと立ちあがった。どうしたらいいのかわかった。

村を出るまえに、行くべきところがある。

わたしは母さんのマントをはおって、毛布《もうふ》を荷物の中に入れた。パンをすこし食べてから、馬たちをなでて、別れをつげる。そのあと、こっそり出ていこうとしたとき、わたしの背中《せなか》にフリントが鼻をおしつけ、なにかをうったえるように、かすかな鳴き声をあげた。フリントがそんなふうにするのははじめてだ。わたしはふりむいて、フリントを見た。フリントはそっと首をふると、灰色《はいいろ》の鼻先をわたしのひじの内側につけた。何か月ものあいだ心をとざしてきたけれど、ようやくわたしを信用することにしたらしい。

父さんに対する怒《いか》りや憎《にく》しみが、すっととけていく気がする。わたしはフリントにむかってささやいた。

「わたしが出ていくのは、おまえのせいではないよ。グレースのせいでもないよ」

フリントが鼻や口のまわりをなでさせてくれているあいだに、別れをつげる。おばあちゃん、フレイア、ドリー、ディーディー、ダーシーにつたえたかった言葉も、かわりにフリントに言った。がっしりした首に手をまわすと、ぬくもりを感じ、そのとき急に、またうかびかけた涙《なみだ》が一瞬《いっしゅん》で引っこむほど、すばらしいことを思いついた。

フリントもいっしょにつれていこう。

父さんのだいじな馬をつれさってしまうのだ！

父さんはどれだけ打ちのめされるだろうか。つい、意地悪な笑《え》みがうかぶ。わたしは小さな声で言った。

「フリントはどうしたい？　いっしょにグレースをさがしてくれる？　あなたがたすけてくれたら、見つけられるかもしれないのだけど」

そのほうが安全だし、孤独《こどく》を感じることもないだろう。

だけど、父さんがその腹《はら》いせに、家族をひどい目にあわせたらどうしよう。

くつわをにぎった手をとめ、わたしは考えた。フリントは黒くかがやく目で、わたしを見つめた。ふと、ダーシーの目を思いだした。おそれを知らない、かしこいダーシーは、はげしい炎《ほのお》を胸《むね》のうちに燃《も》やしている。あの子だったら、きっと、そんな心配はするなと言うはずだ。体は小さくても、わたしよりずっと強い子だし、おばあちゃんもついている。フリントに乗っていけば、はやくグレースを見つけられると思ったそのとき、わたしは声をあげて笑いそうになった。ダーシーがくれた荷物の中に、乗馬ズボンがあったのを思いだしたのだ。

「ダーシー、ありがと」

わたしはつぶやいて、闇《やみ》にしずんだ家を見つめた。暗がりの中、寝室《しんしつ》の窓《まど》に小さな人影《ひとかげ》が見えた気がしたけど、それは、わたしの願いと星明かりがつくりだした幻《まぼろし》なのかもしれなかった。真剣《しんけん》な表情《ひょうじょう》で、小さく敬礼《けいれい》のポーズをとるダーシーのすがたを心にえがく。

ウィラ、行って！

わたしはさっと敬礼《けいれい》を返した。

わたしがくつわをつけられるように、フリントは頭をさげてくれた。寒さと、これからしようとしていることのためにふるえる指で、ぎこちなくくつわをかませる。それから背《せ》に大きな鞍《くら》をのせた。腹帯《はらおび》を調節しているあいだ、フリントはぴくりともうごかなかった。指が腰《ごし》のあたりにふれたとき、わたしは、もりあがった十字型《じゅうじがた》の傷《きず》に気づいた。父さんがふるったむちのあとだ。

その瞬間《しゅんかん》、フリントをつれさることへの罪悪感《ざいあくかん》は、風にふかれたわらのようにとんでいった。

「いい子だねえ。おまえもいっしょにおいで。たすけあって旅をしながら、グレースを見つけよう」

フリントはやさしく、わたしの肩《かた》を鼻でおしてきた。つんと馬のにおいがした。鼻の穴《あな》からあたたかな息がもれる。

「いいよ」と言っているのだと、わたしはうけとめた。

14　モスさんの家

乗馬ズボンがグレースのものか、母さんのものかはわからないけど、わたしには大きすぎた。だけど、おさがりを着るのはなれている。すそをまくりあげ、腰《こし》をひもでしばれば、じゅうぶん着られるし、あたたかいのもよかった。わたしはこれからモスさんの家に行くつもりだ。目をさました父さんが、フリントがいないのに気づいたら、すぐに追いかけてくるだろうから、大きな道をとおるのはさけよう。春の契《ちぎ》りをかわしにいったときの道を行けばいい。昨夜の火がくすぶっている草地をまわりこむようにして、風車小屋とサイラスの農場の横をとおり、共有地をぬけ、グロリアスの丘《おか》をめざす。

農場を出るときは、夜の闇《やみ》がひろがっていたが、沼《ぬま》のむこうに見える空はほんのり白んだ夜明けの色だった。じきに、さわやかな空気の中、金の光があふれ、めまいがするほど美しい春の朝がおとずれる。

フリントを走らせるのは、老いたジェットに乗るときとはちがった。白い高波か、風がはこぶ雲に乗っている気分だった。グロリアスの丘《おか》の下の、おいしげった草の中をすすむうちに、旅への不安は、夕暮《ゆうぐ》れにニワトリを小屋に入れるみたいに、あっという間に胸《むね》の奥《おく》にしまわれた。春ははじまりの季節。そしてわたしはまばゆい朝日と、家から勝手につれだした、すばらしい馬に心をかがやかせて、冒険《ぼうけん》をはじめたばかり。ひろく、たいらな道が、グレイ兄弟の池のそばをとおっている。ゆたかな土の上を、フリントはおどるように、はずむようにかけぬけた。足でフリントのおなかをおして、好きなだけ速く走らせる。まるで空でもとんでいるみたい。この速さを味わえただけでも、フリントに乗ってきてよかった。息もつけぬ速さで、自由にむかって！

わたしが思わず声をあげると、フリントは体をのばして、足をもっと速くうごかした。このときをずっと待っていたかのように、ひづめで軽快《けいかい》に地面をたたく。

やがてフリントが速度を落とすと、わたしは笑いながら、「よしよし」と声をかけた。鞍《くら》に腰《こし》をおろし、フリントをなでてやる。父さんを乗せたときはふりおとそうとしてばかりいたから、あつかいにくい馬なのかと思っていた。

「おまえは、すこし気むずかしいだけだったんだね。自分の意思をしっかりもっているんだよね」

フリントはきげんよくうなずいた。旅の途中《とちゅう》でなにがおきても、わたしにはフリントという友がいる。

　ほそい道が曲がりながら、ヤナギの下につづいている。その先の木の橋をわたるころには、フリントはおとなしく歩いていた。目の前には地平線がひろがっている。広大な大地はところどころ茶色だったり、緑だったりして、麦の苗《なえ》がのびはじめた畑や、そこにながれこんできた水が見える。羊たちは潮《しお》が引くのを待って、高い場所にあつまっていた。畑の間にめぐらせた溝《みぞ》は、いまにもあふれそうなほど水がたまっている。太陽がのぼるにつれて、溝《みぞ》の水は金のリボンのようにかがやいた。風が草をゆらし、さわがせる。青い空がどこまでもひろがっている。でも、ひとたび天気がくずれれば、わたしは大きな黒雲にかこまれて、天のなすがままの、ちっぽけな存在《そんざい》に感じるのだろう。

　わたしたちは太陽の方角をむいて、泥炭地《でいたんち》をすすんだ。重い一歩をふみだすたびに、何百年もかけてくさっていくもののにおいが、地面からたちのぼる。何度もここにきたことのあるフレイアがいれば、歩きやすい近道を教えてもらえたのに。わたしはすこしでも高くかわいた場所をすすもうとしたけど、フリントはまったく聞いてくれない。そのうちに、足もとのたしかな場所はフリントのほうがわかっていると気づいたから、手綱《たづな》を引くのはやめた。

　わたしがふりかえる回数は、だんだんとふえていった。泥炭地《でいたんち》には、身をかくせる場所がない。木もはえてないし、足のしずむ地面がどこまでもひろがっているだけ。早朝のまばゆい光の中にいると、とても無防備《むぼうび》に感じてしまう。生《い》け垣《がき》でもあれば、そこに体を寄《よ》せてイタチのようにこっそりすすめるけど、そんなものはないし、白い馬は遠くからでも目につくだろう。泥《どろ》に足をとられながら近づいてくる音が、聞こえた気がする。だけど、ふりむいても、だれもいない。こちらにむかって突進《とっしん》してくる父さんのすがたはない。

ひとりで沼地《ぬまち》をうろつかないほうがいいということは、だれもが知っている。沼《ぬま》に落ちるかもしれないし、こんな泥炭地《でいたんち》はとくにあぶない。ここは朝でも、不気味な空気を肌《はだ》に感じる場所だ。

シギが空にとびたった。急に「ギャーッ」と鳴いたから、わたしもフリントもおどろいてしまった。

ようやくモスさんの家についた。雨戸はしまっていたけど、藍鼠色《あいねずいろ》の煙《けむり》が煙突《えんとつ》からあがっている。家のまわりの柵《さく》にフリントの手綱《たづな》をかけ、バケツに入れた水をやる。それから玄関《げんかん》の戸を軽くたたいた。

「こんにちは。モスさんはいらっしゃいますか」

かんぬきを引く音がして、ドアがあく。心配そうな顔をしたモスさんが、湯気のたちのぼるカップをもって立っていた。

「ウィラ、どうしたんだい。中にはいって」

わたしは台所のテーブルの前にすわった。泥炭《でいたん》を燃《も》やした火で足をあたため、ホットミルクをもらって飲んだ。そこに、おぼつかない足どりのファーガスがはいってきた。フレイアではなくてわたしがいるのにおどろき、しきりに目をこすっている。わたしは二人に、うちでおきたことを話した。二人とも、昨晩《さくばん》の春迎《はるむか》えの祭りで、サイラスの言葉は聞いていた。でも、グレースが来年の春までにもどらなければ、フレイアをサイラスにとつがせると、父さんが決めたことまでは知らない。話を聞いたファーガスは顔色を変え、モスさんに言った。

「これからフレイアの家に行ってくる。それで、フレイアがここに住んでもいいと言ったら、そうしていいよね?」

モスさんはファーガスの肩《かた》をだいた。

「心配するな。つぎの春がくるのはまだ先だ。フレイアがここに住みたいと言うのであれば、もちろんそうしたらいいが、まずはお父さんの出方を見よう。フレイアから目をはなさないようにして。お父さんの気持ちも変わるかもしれないしな」

モス夫人は、昨夜のフレイアとおなじくらい動揺《どうよう》したようすだった。そして、そうぞうしくうごきまわりながら、大声で言った。

「よくもまあ、そんなこと!　お父さんもサイラスもひどいわ。あの二人がいっしょになればいいじゃない。それで白馬でもなんでも飼《か》って、二人でお酒を浴びるほど飲んで早死にしたらいいのよ。そうしたら、みんな自由になれるのに」

「そうなんですけど、実は、その馬はいま……」

ため息をついて、話しだす。馬をつれてきてしまったこと、わたしも村を出て満月座《ざ》をさがすつもりだということも、ぜんぶ話した。

ファーガスが玄関《げんかん》の戸をあけた。朝の陽《ひ》をうけてかがやく真っ白な毛なみに、目をほそくする。

「ああ、ウィラ……」

ファーガスがつぶやく。三人の視線《しせん》がわたしにむけられる。

「わかってます」

わたしはこたえた。わたしは馬をぬすんだのだ。その罪《つみ》の重さを、これまではしかと感じていなかった。

モス夫人が言った。

「お父さんの馬をぬすんだというだけではなく、昨晩《さくばん》あなたたちが帰ったあと、老ウォーレンが言っていたのよ。嫁《よめ》にやるグレースがいないのだから、お父さんは今月中に馬をサイラスに返すべきで、それをこばめば、馬をぬすんだ罪《つみ》に問われるって」

「つまり、きみは、ぬすまれた馬をぬすんだんだね」

ファーガスがとんでもないことを言うから、思わず笑いそうになる。ファーガスの口のはしがひくひくうごく。そして、つぎの瞬間《しゅんかん》には四人とも、涙《なみだ》が出るほど笑っていた。だけど、父さんだけではなく、サイラスも追ってくるかもしれないという恐怖《きょうふ》は、胸《むね》のうちに根深くのこった。

「馬はサイラスに返すの？　わたしたちがあとで、かわりに返してもいいのよ」

モス夫人はそんなふうに言ってくれたけど、わたしは父さんにもサイラスにも、フリントをわたしたくなかった。首の傷《きず》や、腰《こし》についたむちのあとを考えると、そんなことはとてもできない。それで首を横にふって、静かに言った。

「フリントのめんどうは、このままわたしが……」

これまで見たことがないほどけわしい表情《ひょうじょう》で、モスさんが口をひらく。

「そうしたら、はやく出発したほうがいい。このあと状況《じょうきょう》がおちつくまで、村にはもどらないように」

「フレイアと三つ子たちをお願いできますか」

三人はうなずいた。ファーガスが立ちあがった。モスさんとおなじ背丈《せたけ》のファーガスの頭に、一瞬《いっしゅん》、グリーンマンの鹿の角がまだついているように見えた。

モス夫人が言った。

「もちろんよ。フレイアたちのことは心配しないで、はやくグレースを見つけて。まだ追っ手の気配はないわ」

「はい、そろそろ行きます」

そのときモスさんが炉《ろ》の上に手をのばし、まるめた地図をとった。

「これをもっていって」

「ありがとうございます。これをお借りしたいと思っていました。いつかかならずお返しします」

「きみを無事に帰すのが、この地図の役目だ。地図がそばにあれば、きっとグレースも見つかるよ」

それからモスさんは、革《かわ》につつまれた小さな箱を見せた。箱の中には、真鍮《しんちゅう》でできた、まるいものがはいっている。そのふたがぱっとあくと、白い面を針《はり》がぐるぐるうごいていた。そういえば老ウォーレンも、似《に》たようなものを鎖《くさり》で上着につけていた。

「懐中時計《かいちゅう》ですね」

「いいや、これはコンパスさ。まえに地図を見せたときのように、まさかドアストッパーが方角を教えてくれるわけではないのだから。コンパスの針《はり》は、いつも北の方角をさすんだよ」

モスさんはほほえんで、コンパスのつかいかたを教えてくれた。わたしはコンパスにすっかり魅《み》せられてしまった。小さな金属《きんぞく》の針《はり》が、しばらくうごいたあとでとまる。モスさんがコンパスを地図の上にのせる。

「まるで魔法《まほう》ね」

わたしはつぶやいた。モスさんは「そうだな」とこたえてから、言葉をつづけた。

「魔法《まほう》のようなものは、たくさんあると思わないかい。自然の中にも、空の上にもね。そういうものはわたしたちの目をひらかせ、世界の不思議をときあかしてくれる。しかし、それをいいと思う人もいれば、おそれる人もいるからね。コンパスと地図は人に見せないようにして、だいじにしまっておきなさい」

「はい、そうします」

わたしたちは玄関《げんかん》にむかった。

「道を見うしなわないようになさいね」

そう言いながらだきしめてくれたモス夫人に、「はい」とこたえた。

地図をふってみせて、マントの布《ぬの》とうら地の間にしまう。

「沼《ぬま》ではけして迷《まよ》わないようにして、それから……」

モス夫人は手を自分の胸《むね》において、わたしの頭の上にキスをした。

「頭も心も、まどわされることのないように」

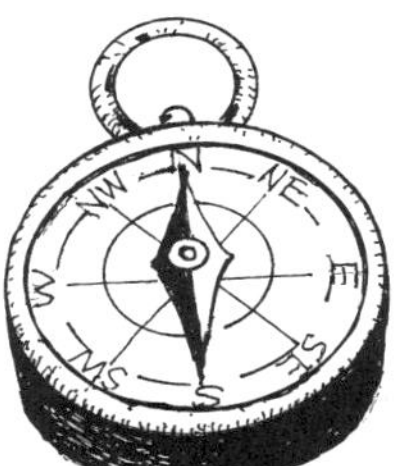

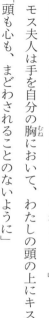

15 赤い月

タカが輪をえがくようにとんでいる。黒い羽《はね》をひろげ、かぎ爪《づめ》をのばしたすがたが、青空にくっきりとうかびあがる。するどい鳴き声が、広大な大地をふるわせる。わたしたちは朝のあいだ、足をしずませながら走りつづけた。北へ、それから東へ、どこまでもひろがる湿原《しつげん》をすすんでいく。海水が草地にながれこまないように、溝《みぞ》を掘《ほ》っている男たちが見えた。ひざまで泥《どろ》につかって、足を前にはこぼうとしている。こちらにむかって帽子《ぼうし》をあげたから、わたしもあいさつを返した。

はじめは南にむかおうかと思った。わたしは海を間近に見たことがない。潮《しお》が満ちるたびに、村の土地は塩水につかり、動物たちの命がおびやかされる。だから、わたしたちの村では、海はいまわしいものとされている。だけど、グレースはそんなふうに思っていなかったはずだ。ときおり風がはこんでくる海のにおいが好きだったこと、アザラシのように冷たい海で泳いでみたいと言っていたことを思いだす。そのとき突然《とつぜん》、わたしにはわかった。グレースはいつも自由をもとめていたのだ。たぶん、グレースは姉妹《しまい》の中でいちばん、呪《のろ》いの言葉に苦しんでいた。

わたしはあんな呪《のろ》いがなかったとしても、農場で動物の世話をするのが、自分にはむいていたと思っている。気づかないところで、そう思いこまされてきたのかもしれないけれど。わたしがそうだとすると、フレイアはどうだろう。村でいちばんおいしいキドニーパイが焼けるのは、家にいることが多かったからだろうか。

グレースは呪《のろ》いにしばられた家に生まれ、まるで動物の競売のように、自分に高値《たかね》をつけた人と結婚《けっこん》することが決まっていた。自由をもとめる強い気持ちが生まれたのも当然だ。

わたしは最後にもう一度だけ、海のほうをむいた。潮《しお》のにおいをかいで、海に別れをつげる。それから、ふたたび東に進路をとった。グレースはきっと、この道の先にいる。はやく追いつかないといけない。

あたりに人がいないときに何度か、フリントをとまらせて、コンパスを出した。水平になるように手のひらにおいてから、ゆれながらまわる針《はり》がとまって、方角をしめすのを待つ。村からじゅうぶんに遠ざかったあとは、ほそい乗馬道をすすんだ。ここははじめてとおる道だ。家や農場など、まわりの景色も見慣《みな》れない。

荷馬車がとおると、わたしは下をむいて、顔を見られないようにした。父さんはきっと、オオカミのようにあとを追ってきているし、わたしのすがたを見なかったか、だれかにきくかもしれない。フリントがこれほど目をひく馬でなければよかったのに。見た人が思わずほほえんでしまうほど、美しい馬なのだ。そしてフリントは、視線《しせん》が自分にむくのを感じると、頭をあげて、はねるようにすすむのだった。

家から遠ざかるにつれて、不安が胸《むね》をしめつけた。わたしは勇敢《ゆうかん》だと思っていたけど、そうでもなかったのかもしれない。わたしがこれまでにした冒険《ぼうけん》は、外で遊んだり、おばあちゃんの本を読んだりしたときに、想像《そうぞう》の中でそのつもりになっていただけ。思っていたよりも、わたしの心は家にくっついていたようだ。それに、子羊やニワトリたちが、いまごろどうしているのかも気にかかる。

「グレースはこの道の先にいる」

声に出して言ってみた。それからフリントをつついて、速足ですすませた。

「行け、フリント！」

だけど、あたりにはどことなく不気味な雰囲気《ふんいき》がただよっているし、うちのことが頭からはなれない。迷《まよ》い沼《ぬま》の奥《おく》にはなにがあるのだろう。この旅は、先の見えない闇《やみ》にむかってすすんでいるような……。

十字路についたときには、日がくれかけていた。高くのびたガマが一面においしげっている。風はそよともふかない。どちらにすすめばいいのかわからず、地図をじっと見た。フリントがじれて、足踏《あしぶ》みをはじめる。

わたしはコンパスを出した。くるくるまわる小さな針《はり》がとまるのを待つ。それからもう一度、地図を見た。なにかがおかしい。ホグバックの丘《おか》のそばまできたはずなのに、ここはぬかるんだ低地だ。

しばらくしてからようやく、いま自分がいるのは、けがれっ原だとわかった。昔の砦《とりで》があると、モスさんが話していた場所だ。曲がるところをまちがえたのだろう。コンパスを見るときは地図の上において、よくよく方角をたしかめるべきだった。

わたしはため息をついた。

出だしから失敗して、時間をむだにしてしまったけど、すこし進路をはずれただけだ。このあたりの道は曲がりくねっているから、それでまちがえたらしい。この近くの沼《ぬま》にぶつかっていたら、もっとこまったことになっていた。

暗くなった空に星がまたたきはじめる。羊のいる草地の真ん中に、モスさんの話していた古い砦《とりで》が見えた。さびしげでありながら美しく、奇妙《きみょう》な雰囲気《ふんいき》のただよう砦《とりで》だ。ぽかりとあいた窓《まど》のむこうは、満点の星空。砦《とりで》の上に、大きなまるい月がのぼっている。赤銅《しゃくどう》のような、不思議な色の月だった。赤い月は不吉《ふきつ》だと言われているのを思いだし、身ぶるいしてしまう。こんな晩《ばん》は外でひとりですごすのではなく、編《あ》み物《もの》をするおばあちゃんたちのそばにいたい。そのとき、頭の中で声がした。

「人の心を恐怖《きょうふ》で支配《しはい》してしまうのが、迷信《めいしん》のこまったところだね」

おばあちゃんが父さんに放った言葉だ。

わたしは、恐怖《きょうふ》に支配《しはい》されるつもりはない。あれは、ただの月。いまは、はやく満月座《ざ》に追いついて、グレースを見つけることを考えないと。くず屋の話では、満月座《ざ》はうちの村を出たあと、けがれっ原までできた。それからデンジマーシュの沼《ぬま》や、ホグバックの丘《おか》をとおりながら東にすすんだ。いまは恐《おそ》れ森にいるはずだけど、今日は満月だから、このあとすぐに出発して東にすすむとしたら、その先にあるのは涙沼《なみだぬま》と首つり村。わたしが道をまちがえなければ、二、三日で追いつける。

「フリント、行こう」

わたしはつぶやいた。しばらくすすむうちに、村が見えてきた。今夜はここにとまろう。昨《さく》晩《ばん》は馬小屋ですごしたけど、今日はベッドで寝《ね》たい。

ポンプで水をくみ、水筒《すいとう》に入れる。そのあと、通りで遊んでいた子どもたちにきいてみた。

「ねえ、この近くに宿屋はある？」

よごれた顔が三つ、ぽかんと口をあけて、わたしを見つめる。子どもたちのお母さんがあわてたようすでやってきた。

「はやく家にはいりなさい！」

わたしはお母さんに話しかけた。

「こんばんは。このあたりに宿屋はありませんか」

お母さんはわたしをじろじろ見てから、通りのむこうの家に子どもたちを追いたてた。

「あの……。ちょっと待って……」

さらに言葉をかけたけど、なんの返事もないまま、家の戸がバタンとしまった。

あたりが急に静かになった。居酒屋《いざかや》から聞こえてきそうな大声や歌声もないし、犬がほえる声すらしない。わたしはふたたび鞍《くら》にあがった。革《かわ》のきしむ音、ひづめが道を打つ音が、不自然なほど大きくひびく。

家がならんだところまでくると、雨戸のしまる音がした。それから、かんぬきをかける音。窓《まど》の内側に人の顔がちらりと、ほんの一瞬《いっしゅん》だけ見えた。

わたしはつぶやいた。

「ようすがおかしいね」

フリントが返事をするように、そっといななく。赤い月はさっきより高くのぼっていた。まわりの影《かげ》と影《かげ》があわさって、闇《やみ》がどんどんひろがっていく。

〝居酒屋《いざかや》　鋤《すき》〟という看板《かんばん》をさげた店までできた。夕食の時間をすこしすぎたばかりだというのに、ドアも雨戸もしまっている。鳥肌がたった。胸がさわぐのをおさえながら、いったいどうしたのだろうと考える。

そのとき、タッタッタッと、うしろから足音が聞こえた。フリントがおどろいて、ぱっとふりむく。

女の人がいそぎ足でそばをかけていった。

「すみません。泊《と》まる場所をさがしていて……」

わたしが声をかけると、その人はうつむいたまま、空を指さした。

「あの月が見えないのかい」

「え、月?」

女の人はおびえたように目を見ひらき、目の上に手をかざしている。

「血染《ちぞ》めの月さ。はやく家に帰ったほうがいいよ」

「どういうことでしょう」

「あの月はおそろしい不幸をもたらすと言われているだろ。月にすがたを見られちゃ大変だ」

「おそろしい不幸って……」

「病気になったり、頭がおかしくなったり、もっとひどいことがおきたりして……」

そう言っているあいだに、女の人は家についた。玄関《げんかん》の前に立ったまま、わたしたちを追いたてる。

「お嬢《じょう》ちゃんもはやく帰りな！」

「そんなこと言われても……」

女の人が家にはいった。わたしとフリントだけがあとにのこされた。

「フリント、どうしよう。わたしたち、どこに行けばいいの？」

フリントがうしろをむいた。おちつかないようすで、ひづめを鳴らし走りだす。闇《やみ》がさらに深くなる中、わたしたちは不安に負けてしまうまえに、草地の中の砦《とりで》にむかった。

「フリント、いい考えだよ。雨露《あめつゆ》はしのげそうだもの」

しのびよる影《かげ》を追いはらうように、わたしは声をひびかせた。

砦《とりで》はくずれかけていたけど、まわりに壁《かべ》があるだけで安心できる。鞍《くら》とくつわをはずし、石のわれ目からのびた草をたっぷり、フリントに食べさせた。

草を食べおえたフリントは、草地に出ていった。

「あまり遠くまで行かないでね！」

フリントが立ちどまって、こちらをむいた。それから草地にいる羊たちのそばで、また草を食べはじめた。小さなふわふわの羊とくらべると、フリントはずいぶん大きいし、足も長すぎるから、群れにまじるのはむずかしそう。それにしても、こんなところに泊《と》まることになるとは思わなかった。ひとまず、泊《と》まる場所が見つかってよかったけれど。さっきの村の雰囲気《ふんいき》は、だいぶ不気味だったもの。

まずは火をおこそう。くずれかけた門の石の間から、サンザシがのびて、とげのある枝《えだ》やかわいた葉がまわりに落ちている。それをあつめて、砦《とりで》の中の、風があたらない場所にはこんでから、三つ子がもたせてくれた火打ち箱をとりだした。われたふたをついだあとが、銀色にかがやいている。わたしは親指で、ふたのつぎ目をなでてみた。それから炭布《すみぬの》に火をつけた。小さな炎《ほのお》がふくらんで楽し気におどるまで、枝《えだ》と葉をくべていく。そうっと息をふきかけていると、炎《ほのお》が急に大きくなった。さらに枝《えだ》をくべるうちに、パチパチという音をたてて、力強く燃《も》えだした。

火打ち石から炎《ほのお》がぱっと生まれるさまは、どこか魔法《まほう》を思わせる。魔法《まほう》のように不思議なことはほかにもいろいろある。パンがオーブンの中でふくらんだり、ミルクをかきまぜるとバターになったり、遠くまで旅をするツバメが、毎年かならずうちの軒下《のきした》の巣にもどってきたり……。モスさんの地図やコンパス、おばあちゃんが戸棚《とだな》にかくしている、金文字の美しい本にも不思議はつまっている。そしてなかには、そういうものをおそれる人もいるのだ。

わたしは赤い月を見あげた。

うちの村でも、こんな月の夜は羊を小屋に入れたり、悪霊《あくりょう》を遠ざけるために火をたいたり、煙突《えんとつ》に魔《ま》よけのしるしをかく人がいた。でも、この村の迷信《めいしん》は、ずっと根深いようだ。恐怖《きょうふ》があたりの空気をふるわせているのを感じる。

だけど、ここには恐怖《きょうふ》を入れない。

わたしは月にむかってささやいた。

「不吉《ふきつ》なしるしなどではない」

みごとにまんまるの月だった。満月座《ざ》のテントの中にさがっていたランタンを思いだす。心がふっと、グレースのいなくなった夜に引きもどされる。マジックショーのきらびやかな舞台《ぶたい》には煙《けむり》がたちこめ、白鳥のかっこうをしたおどり子がいた。そして影絵《かげえ》のショーでは、夢《ゆめ》のような場面がくりひろげられた。日のしずみかけた沼《ぬま》、赤らむ空、ムクドリの群れ……。そういえば、あの影絵《かげえ》も魔法《まほう》を思わせるものだった。カーテンをあけた瞬間《しゅんかん》ぱっと消えてしまう、狡《こう》猾《かつ》な魔法《まほう》の世界。

たき火に枝《えだ》をすこしくべてから、荷物をほどいた。馬の毛の毛布《もうふ》と母さんのマントで、砦《とりで》の壁《かべ》の近くに寝床《ねどこ》をつくる。地面はしめっていたけど、石の壁《かべ》には、春のひざしをあびたあとのぬくもりがのこっていた。チーズをすこしとパンののこり、別れるまえにモスさんがくれたリンゴを食べたあとで、体にかける布《ぬの》はないかと、荷物の底をさぐっているうちに、『沼《ぬま》の物語』の本に手がふれた。うねるような、ふるえるような金文字の表題を、炎《ほのお》がてらす。中をあけてみると、わたしが三つ子たちに読んでやった、沼《ぬま》の王の話が目にとびこんできた。一瞬《いっしゅん》、どきっとして、あわててほかのページをめくる。不気味な廃墟《はいきょ》ですごす夜に、このあたりの沼《ぬま》に城をきずいた、邪悪《じゃあく》な小鬼《こおに》の話など読みたくない。思わずまわりを見て、身ぶるいしてしまった。沼《ぬま》の王が迷《まよ》える魂《たましい》をさがしているかもしれないと思ったのだ。姉さんや妹たちがそばにいれば、これを読むのもいいだろう。ダーシーは小さな、真剣《しんけん》な声でこの本を読み、ディーディーが目を見ひらいて変な顔をしてみせて、ドリーがきゃあきゃあさわぎだし、フレイアは仰向《あおむ》けになって星を見ながら、「もう寝《ね》なさい」と言うのだ。

だけど、赤い月の下、ひとりでいるときに読む本ではない。

わたしは深く息をすった。沼《ぬま》の王の話ではなく、母さんが書いた文字のことを考えよう。母さんが文字のはしをくるりとまるめるように書くところを思いうかべながら、ページをめくっていった。すると、いちばん最後に欠けたページがあるのにはじめて気づいた。切れ目のようすから、一枚《まい》だけやぶいたのがわかる。そのまえのページに題名がのこっていた。

〝うしなわれた物語〟

わけがわからず、顔をしかめる。ページをやぶったのは母さんなのだろうか。ここにはどんな話が書かれていたのだろう。

母さんや、おばあちゃんや、うちのことが頭をよぎる。

赤い月

ゆらめく炎《ほのお》のむこうは、闇《やみ》がいちだんと濃《こ》く見えた。雲のない漆黒《しっこく》の空が、おそろしいほど、どこまでもつづいている。今夜はひえそうだ。ぶきみな赤い月は、いまでは空の高いところまであがっていた。村で会った女の人はひどくおびえていたけど、月を見ただけで不幸になるものだろうか。

そんなことはありえないと思って、笑いとばそうとした。でも、顔にうかびかけた微笑《びしょう》は、夜風がかぼそい明かりにふきつけたかのように消えた。こんな夜にはなんでもおきそうだ。闇《やみ》の中には狂気《きょうき》や魔法《まほう》、幽霊《ゆうれい》や悪魔《あくま》や小鬼《こおに》がひそんでいるかもしれない。グレースがいなくなったのは、冬の満月の晩《ばん》だった。恐怖《きょうふ》が体の中にはいりこむ。どうしようもなくおそろしくて、体をぶるっとふるわせた。

フリントのすがたを目でさがす。フリントはもうもどってきていて、砦《とりで》の中にはえた草や花を食べていた。炎《ほのお》にてらされて、おなかの白い毛なみがかがやいている。塔《とう》の中からつぎつぎとコウモリがとびだし闇《やみ》に消えるのを、フリントはじっと見た。わたしが寝《ね》ても、フリントが見張《みは》りをしてくれるはず。だから、安心していいと思うのに、それでもなかなか寝《ね》つけないのは、恐怖《きょうふ》や憎《にく》しみが頭をはなれないからだろう。「おまえはうちの巣にまぎれこんだカッコウの子だ」と、父さんは言ってた。父さんの言葉のとおり、母さんはわたしを憎《にく》んでいたのだろうか。それとも、父さんはわたしを傷《きず》つけたくて、あんなふうに言っただけなのか……。

毛布《もうふ》の中でまるくなり、かたく目をとじて、暗い感情《かんじょう》を頭からしめだそうとする。体はいつまでもあたたまらないし、低い梁《はり》が上にないのも、すぐそばのベッドから寝息《ねいき》が聞こえてこないのもおちつかない。泥炭《でいたん》で火をおこしたあとの、むっとする空気。洗濯《せんたく》ものからただよう石鹸《せっけん》の香りと、しめったにおい。厚底《あつぞこ》の鍋《なべ》の中で煮《に》えるシチューの香り。たった一日家をあけただけなのに、もう恋《こい》しくてたまらなかった。

16 煙《けむり》

不気味なほど静まりかえった、寒い夜だった。うごくもののない世界で、フリントだけが歩きまわっていた。神経《しんけい》をとがらせ、警戒《けいかい》したようすで、番兵みたいに見はっている。やがて暗い夢《ゆめ》にしずんでいくようなねむりがつかの間やってきて、そこから出ようとしてもがくうちに、目がさめた。たき火が消えている。くずれた砦《とりで》の石におしつけた背中《せなか》は、汗《あせ》をかいて、ひえきっていた。沼《ぬま》の虫が耳もとをとんでいる。夜が明けるのを、これほどうれしいと思ったことはなかった。

わたしとフリントは夜明けとともに出発した。けがれっ原からはやくはなれたかったのだ。わかれ道でコンパスと地図を見て、東にすすむ。

「フリント、ホグバックの丘《おか》まで行くよ」

湿原《しつげん》で冬をこしたガンの群れが、うちの農場のほうにとんでいった。にぎやかに鳴きかわすのを聞いているうちに、ドリーとディーディーのバカげたおしゃべりを、めずらしく聞きたくなった。さわやかな朝の風がふき、陽《ひ》の光があたたかくふりそそぐ。おばあちゃんはきっと

「洗濯《せんたく》びよりだよ」と言って、家の中をせかせかと歩きまわっているのだろう。いまごろ窓《まど》を目いっぱいあけて、シーツやねまきやスカートや下着をかかえているのかと思うと、ほおがゆるむ。そして、胸《むね》がしめつけられた。

ホグバックの丘《おか》に近づくにつれて、道が混《こ》みあうようになった。村で市《いち》がたっているのだ。孤独《こどく》な旅をしてきたあとだから、村のにぎわいにほっとする。

市場につくと、灰色《はいいろ》の煙《けむり》がたちこめていた。春迎《はるむか》えの祭りのたき火のようなものではなく、燃《も》えあがる炎《ほのお》をいだいた金属《きんぞく》の火鉢《ひばち》が、広場をかこんでいる。生木とクマニラが燃《も》える強烈《きょうれつ》なにおいに、息がつまりそうだ。

広場のポンプで水筒《すいとう》に水を入れているあいだ、フリントは水桶《みずおけ》に顔をつっこんでいた。わたしも水をたっぷり飲んでから、フリントの手綱《たづな》を引いて、人混《ひとご》みと煙《けむり》の中にはいっていった。フリントはそうぞうしい場所になれてないし、煙《けむり》も好きではないだろう。急にあばれられるのはこまるから、頭をしっかりささえてやるようにして歩いた。

パン屋からパイと、パンを一斤《きん》買って、赤みをおびた大きな手の少年に硬貨《こうか》をわたす。

「満月座《ざ》はここにきましたか」

あたり一面、煙《けむり》がただよう中、目をしばたたきながらきいてみた。正しい道をすすんでいるのか知りたかったのだ。はぐれた羊をさがす牧羊犬が地面に鼻をつけ、水たまりやイラクサやイバラをこえていくように、グレースのにおいをたどっていけたらいいのに。わたしにはそんなことはできないから、いちいち人にきくしかない。

少年がおつりの銅貨《どうか》をくれた。

「何か月かまえにきたよ」

その瞬間《しゅんかん》、小さな希望が胸《むね》にともった。

「そのあと、どこにむかったか知ってますか」

「恐《おそ》れ森だよ」

少年がつぎの客の相手をしながら教えてくれる。わたしはにっこりして、お礼を言った。わたしは正しい道をすすんでいる。きっと、もうすぐグレースに会えるだろう。

そのとき、ざわめきのむこうに、かすかな歌声が聞こえた。広場のはしで、荷車のあとに人が列をなしている。やがて声が大きくなり、歌詞《かし》を聞きとることができた。

「なんじの糧《かて》をあたえし大地の
土に帰るときぞ　きたりぬ
なんじの命をあたえし大地の
土にいまこそ　いだかれん」

あの人たちは葬式《そうしき》をしているのだ。

少年が葬式《そうしき》の列にむかって、うなずいてから言った。

「沼地熱《ぬまちねつ》にかかって死んだのさ。あんたも気をつけたほうがいい。みんなばたばたたおれているぜ」

うちの村で沼地熱《ぬまちねつ》がはやったというのは聞かないけど、暑い日の夕方には、泥炭地《でいたんち》やうつろな沼《ぬま》の上が黒く見えるほど、蚊《か》があつまっている。そして、その蚊《か》にさされた人が沼地熱《ぬまちねつ》にかかるという話は、なんども聞かされてきた。昔はよく、夏の夜ふけに外にいる恋人《こいびと》たちや、密輸《みつゆ》船《せん》の商人がかかっていたと、おばあちゃんや村のお年寄《としよ》りは言っている。

せきをこらえながら、きいてみた。

「それで火をたいているんですか」

「ああ、蚊《か》を追いはらうのにね」

葬式《そうしき》の列が角を曲がって見えなくなるまで、目で追う。

「なんじの糧《かて》をあたえし大地の　土に帰るときぞ　きたりぬ……」

あの歌をはじめて聞いたとき、わたしは、もぞもぞうごく赤《あか》ん坊《ぼう》の妹たちをだいたおばあちゃんにくっついて、スカートのすそをつかんでいた。母さんが死んだのが悲しくて、わたしはずっと泣いていた。そのとき、九歳《さい》だったグレースがわたしをだきあげてくれた。あたたかい腕《うで》につつまれたわたしはほっとして、もうだいじょうぶだと思ったのだ。

グレースはいま、どこにいるのだろう。

はやく満月座《ざ》に追いついて、グレースに会いたい。だけど、体はつかれているし、頭も痛《いた》むし、煙《けむり》をすったせいで、のどの調子もおかしかった。いま体力をとりもどさなければ、この先すすめなくなってしまう。

広場を見まわしてみたところ、静かな一角に宿屋があるのに気づいた。エプロンをつけた男が、玄関《げんかん》の前の踏《ふ》み段《だん》の掃除《そうじ》をしている。わたしはそこに行って、声をかけた。

「部屋はあいてますか」

「あいてるよ」

フリントを見てうなずいてから、さらに言葉をつづける。

「お客さんのすてきな相棒《あいぼう》には、馬小屋を用意するかね」

「はい、お願いします」

宿屋の主人は、しっくいの壁《かべ》にほうきをたてかけた。宿屋のうらをとおって、馬小屋がならんでいるところまで案内してくれる。わたしが鞍《くら》をとってやると、フリントはすぐに、きれいなわらの中でころげまわった。そのあとで、ぱっと立ちあがり、赤《あか》ん坊《ぼう》の馬のようにはねて、わらの中にまた、もぐりこんだ。

宿屋はにこにこしながら、フリントを見ている。

「きれいな馬だねえ。実は若《わか》い馬を買いたくて、さがしていたところなんだよ」

「この馬はわたしのものではなくて……」

「まさかぬすんできたわけではないよな！」

宿屋がふざけて言う。わたしの笑い声は、馬小屋のほこりっぽい空気の中、不自然にひびいた。家を出てから百回くらい思ったことだけど、これほど目をひく馬でなければよかったのに。かくれて逃《に》げるには、フリントは目立ちすぎる。

耳もとで高くうなるような羽音が聞こえた。びくっとして、手ではたく。頭がむずむずする。

宿屋の顔が青くなった。

「どうしたんだい。蚊《か》にさされたのか」

「いや、べつの虫だと思います」

「このあたりは、涙沼《なみだぬま》から蚊《か》がとんでくるんだ」

宿屋は警戒《けいかい》しているようすで、あたりを見まわしてから、いそいで馬小屋を出た。

「出かけるときは、日がしずむまでに部屋にもどって、窓《まど》をしめておくように。沼地熱《ぬまちねつ》にかかりたくないだろ」

くずれた砦《とりで》ですごした昨晩《さくばん》のことが頭にうかぶ。わたしはまた、頭をかいた。赤い月のせいで、不運に見舞《みま》われたらたまらない。

顔をあげると、宿屋の外につるした看板《かんばん》が目にはいった。骨《ほね》の冠《かんむり》をかぶり、にやにや笑う小鬼《こおに》がえがかれている。

わたしの視線《しせん》に気づいた宿屋が言った。

「〝王の首〟にようこそ！」

宿屋があけてくれたドアをとおって、中にはいりながら、「王の首？」とききかえす。

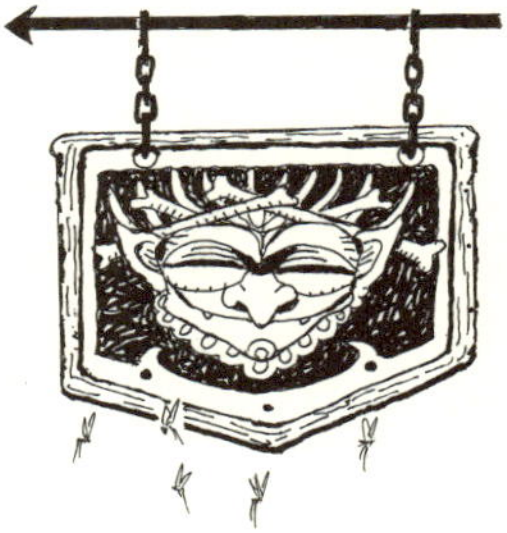

「沼《ぬま》の王の話を聞いたことはないかい」
宿屋を見つめて、ゆっくりとうなずく。沼《ぬま》の王を知っている人がいるとは思わなかった。母さんのつくり話なのかと思っていた。
「このあたりじゃ、ある真夏の晩《ばん》、沼《ぬま》の王が千羽《ば》のツバメをつかまえて、魂《たましい》をうばったと言われているんだよ。それで、蚊《か》を食べる鳥がへり、沼地熱《ぬまちねつ》がはやるようになったんだと。こういう昔話は、みんな好きだよなあ」
宿屋は笑って言った。わたしはうなずいた。そして、母さんの本からぬけだしてきたような、骨《ほね》の冠《かんむり》をかぶった小鬼《こおに》のすがたに、ふるえをおぼえたのをわすれようとしながらほほえんだ。

17 沼地熱《ぬまちねつ》

あたたかい午後だったのに、部屋は暗く寒かった。それでも、清潔《せいけつ》なのはよかったし、どれだけかたいベッドだとしても、馬小屋の床《ゆか》や砦《とりで》の石の上で寝《ね》るよりいい。大きな部屋にベッドがぽつんとあるのは、家畜《かちく》小屋のような、うちの寝室《しんしつ》とはちがって、おちつかなかった。あの部屋も、いまではベッドが二つあいているのだろう。姉妹《しまい》の中でうちにのこっているのは、もう四人しかいないのだ。

グレースがいなくなってから、からっぽの世界がひろがっている。なにもかもがおかしい気がするし、この世界はまったくなじめない場所になってしまった。だれかの死を悲しむのとはちがう。グレースはぱっと消えてしまったように見えても、どこかにいると知っている。どうか、どこかで生きていてほしいと思う。そんなふうに、いつまでもきりなく願うのは苦しい。わたしがいなくなって、おばあちゃんたちもそう感じているのだろうか。ひどい言葉をぶつけた父さんは、ちらりとでもくやんだりしただろうか。

部屋の湿気《しっけ》をとるために、火をおこした。宿屋の主人がお湯をもってきてくれた。さっき市場で買ったパイを食べて、体を洗《あら》ってからベッドにはいる。ようやく夕方になったばかりだというのに、すぐにまぶたが重くなった。枕《まくら》と毛布《もうふ》が心地《ここち》よかったし、二日間、昼間はずっと馬に乗り、夜は外ですごしたから、つかれきっていた。

ぐっすりねむって、うすいカーテンのむこうからぼんやりした光のさすころ、目がさめた。頭はまだ痛《いた》くて、体の芯《しん》から寒気がする。寝返《ねがえ》りをうち、毛布《もうふ》をあごまで引っぱりあげる。そのうち夢《ゆめ》にのみこまれ、森をとぶフクロウのように、歌詞《かし》が頭の中をびゅんびゅんまわった。

なんじの糧《かて》をあたえし大地の　土に帰るときぞ　きたりぬ……。

はじめは春迎《はるむか》えの祭りの火かと思った。夜明けの空に、炎《ほのお》がリボンのようにのぼっていく。わたしはせきこみながら、おきあがった。部屋は煙《けむり》のにおいがした。

ベッドから出て、窓《まど》のところにまっすぐむかう。市のたっていた広場を見おろすと、火鉢《ひばち》の中がくすぶっていた。一晩《ひとばん》じゅう火をたいていたのだ。夜明けの風が敷石《しきいし》に灰《はい》をちらす。建物の壁《かべ》にそって、煙《けむり》があがっていく。そういえば、モスさんの家では一年じゅう火をたいている。湿気《しっけ》や沼《ぬま》の虫を、煙《けむり》が追いはらうのだという。煙《けむり》のにおいをかいでいるうちに、おばあちゃんを思いだした。わたしたちが病気になると、おばあちゃんはカモミールやイラクサやナツシロギクなど、薬草のたばを炉《ろ》で燃《も》やしていた。そして、グレースのことが頭にうかんだ。まだひどくつかれているし、手も足も頭も痛《いた》い。だけど、これ以上は時間をつぶせない。荷物をまとめて、フリントのところに行こう。はやく満月座《ざ》に追いつかなければ。

わたしにわかっているのは、満月座《ざ》は恐《おそ》れ森にむかったということ。あたりの景色はこれまでとはちがっていた。腐臭《ふしゅう》のする湿原《しつげん》。木のはえた石灰岩《せっかいがん》の斜面《しゃめん》。今日も気温があがりそうだ。生《い》け垣《がき》の上を蝶《ちょう》がとんでいる。青空の中、たまにどこからともなく雲があらわれ、雨をふらせた。はげしくふって、すぐにやむのが、夏の雨のようだった。ひろい道をすすんでいると、ハチ飼《か》いの荷馬車に追いこされた。御者《ぎょしゃ》の女は網目《あみめ》のベールで体をおおっている。ハチにふれないときでも、ベールをかぶっているのが不思議だった。

丘《おか》の上で、しばらくあたりの景色をながめた。道の両側には果樹園《かじゅえん》があり、リンゴの木がならんでいる。道は恐《おそ》れ森につづいていた。その先は遠くまで、黒々とした草のはえた湿原《しつげん》がひろがっている。あれは涙沼《なみだぬま》。このあたりでいちばん大きな沼《ぬま》だ。まるで山の上から、暗い海を見おろしている気分だった。あたたかな風にのって、潮《しお》のにおいがただよってくる。沼《ぬま》に落ちてくさっていくもののにおいもする。涙沼《なみだぬま》のむこうの、木におおわれた丘《おか》は首つり村だろう。胸《むね》がどきどきして、おなかがおちつかない。

わたしはつぶやいた。

「グレース、いま行くからね」

「そのかっこうじゃあ、行けないね」

そばで低い声がして、わたしはとびあがった。柵《さく》の戸のむこうがわに、男が立っている。男は柵《さく》に手をかけていた。網目《あみめ》のベールでかくした顔が、遠くの丘《おか》のようにぼやけて見える。この人もハチ飼《か》いなのだろうか。

「お嬢《じょう》さんも体をおおわないと、日がくれるまえに蚊《か》にさされるよ。そうなったら、先にすめないのはまちがいないね」

ベールはハチではなく、蚊《か》をよけるためのものなのだ。そのときはじめて、フリントがいらだち、しっぽをふっているのに気づいた。高くうなるような音をたてて、蚊《か》がとんでいる。自分の体をさわり、蚊《か》がとまってないのをたしかめる。体じゅうがむずむずする。

「お嬢《じょう》さん、だいじょうぶかい」

「わたし……」

急に、我慢《がまん》できないほど、頭が痛《いた》くなった。体が燃《も》えるように熱い。目の前の恐《おそ》れ森が、夢《ゆめ》の中の景色みたいな青緑色にそまり、そのあとを黒色がおおっていく。わたしはフリントの首につかまるようにして、たおれこんだ。

「おいおい、しっかりしろ」

たすけてもらいながら、地面におりる。

「ぐあいが悪いのなら、うちで休んでいくか。おれの妹は、なにかしてやれるかもしれないが」

暗闇《くらやみ》にのまれそうになり、もつれる足で、近くの白い家にむかう。若《わか》い女が玄関《げんかん》の戸をあけた。

「サラ、そこに、この子がいたんだ」

くずおれるようにいすにすわると、サラが水をくれた。

「蚊《か》にさされたの？」

「わかりません。ぐあいが悪くて」

わたしはなんとかこたえた。それから、冷たい水を一口のんだ。サラは、わたしの顔やひたいをじっと見ている。

サラが見ているあたりの肌《はだ》をさわってみた。ぽつりとはれているのがわかる。かゆくて、熱をもっている。その瞬間《しゅんかん》、心臓《しんぞう》がちぢんだ気がした。

砦《とりで》で野宿したとき、蚊《か》にさされたのだ。

「わたしはだいじょうぶです」

ささやくように言った。涙沼《なみだぬま》をこえれば、ようやく首つり村につくのに、ここでたおれるわけにはいかない。

「すこし休めば、よくなるから……」

だけど、きっとそうならないのはわかっていた。わたしはつづけて言った。

「沼地熱《ぬまちねつ》にかかって、死なない人もいるんでしょう？」

「ええ、そうよ」

サラはやさしくこたえてくれた。やさしすぎると感じるような言い方だった。

「あなたの名前は？」

わたしは声をしぼりだした。

「ウィラ」

「ウィラ、熱い湿布《しっぷ》をあてるわね。すこし痛《いた》むわよ」

心臓《しんぞう》がはげしく打った。首や頭の血管がずきずきと脈打《みゃくう》つ。ひたいに湿布《しっぷ》をおしつけられた。湿布《しっぷ》は熱くて、わたしは悲鳴をあげたけど、サラは手をはなさない。

いまは身をゆだねよう。この人の率直《そっちょく》な雰囲気《ふんいき》は信用できる。

サラがわたしの手を、まるめた布《ぬの》の上においた。

「さされた場所がほかにもないか、しらべるわね。痛《いた》むときは、これをにぎって」

やけどするほど熱い湿布《しっぷ》がふれるたびに、布《ぬの》をにぎりしめて、歯をくいしばった。ここまできて、沼地熱《ぬまちねつ》にかかるのはこまる。わたしには時間がないのに。

外で馬の鳴き声がした。

「フリント……わたしの馬が……」

「心配しなくていい。うちの馬小屋に入れてくるよ。そこにいれば安全だからね」

そう言いながら、男がドアのほうにむかう。

「ありがとうございます。フリントも沼地熱《ぬまちねつ》にかかっていたらどうしよう」

「馬はだいじょうぶよ。子豚《こぶた》はたまに沼地熱《ぬまちねつ》にかかるけど。この時期は蚊《か》が多いのよねえ。涙《なみだ》沼《ぬま》の上に、黒雲のようにあつまっているのを見なかった？」

髪《かみ》の分け目にもさされたあとがあるのに、サラが気づいた。

「我慢《がまん》して」

熱い湿布《しっぷ》が肌《はだ》にふれる。

頭と首が燃《も》えるように熱い。体の中を毒《どく》がまわっている。涙《なみだ》がほおをつたった。それが痛《いた》みのせいなのか、恐怖《きょうふ》のためなのか、家からはなれた場所にいて、おばあちゃんに会いたいからなのかはわからなかった。

サラが蚊《か》や沼《ぬま》のことを話している。だけど、声はどんどん遠くなり、時間の流れがわからなくなる。ひりひりと痛《いた》む目をとじて、頭を腕《うで》にのせた。体じゅうが脈打《みゃくう》っている。

サラがまた、ひたいに湿布《しっぷ》をのせたときは、ぴくりともうごかなかった。腹《はら》の底が氷のように冷たい。温湿布《おんしっぷ》をあてられても、鳥肌《とりはだ》がたったままだ。

ドアのかんぬきがあいた。床《ゆか》の上を歩く足音がつづき、だれかが息をのむのがわかった。

「だいぶ、ぐあいが悪そうだ……」

「かわいそうにね……」

サラと兄さんの声がした。でも、熱にうかされた頭の中では虫の羽音が鳴っていて、二人の声はかすかに聞こえただけだった。

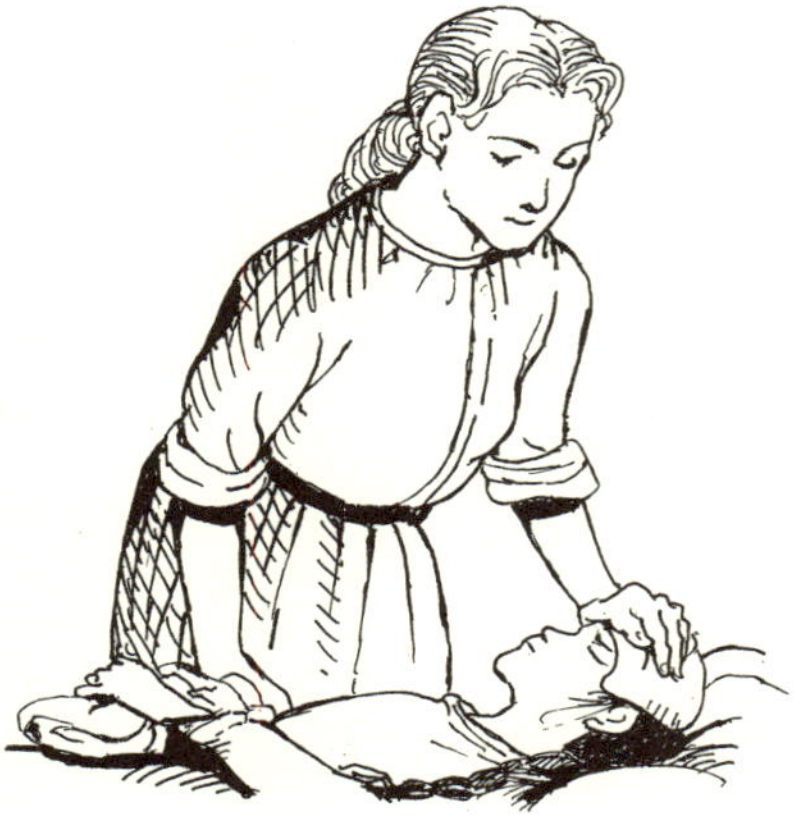

18　追っ手の声

わたしは死にはしなかったけど、生きているともいえないありさまだった。最初の数時間は、はげしい痛《いた》みと熱に苦しんだ。そのあとは悪寒《おかん》と燃《も》えるような熱が交互《こうご》にやってきて、頭と骨《ほね》がいつまでも痛《いた》かった。朝がきて、また夜がくるのも、ぼんやりとしかわからない。ほとんどの時間は深いねむりの中にいた。ときには重いバケツを井戸から引きあげるように力をふりしぼり、ねむりの淵《ふち》から顔を出せるときもあった。痛《いた》む目をあけ、まぶしい部屋の中をながめる。くちびるが水やスープにふれて、わたしはなにか言おうとするのだけど、たえがたい痛《いた》みが襲《おそ》ってきて、なんにもできなくなってしまう。

そんな状態《じょうたい》だったのに、わたしはどういうわけか生きながらえた。そして、そのまま、リンゴ畑のそばの家でサラ・スターリーと兄さんのエイモスに看病《かんびょう》してもらいながら、体力をとりもどしていった。ここはサラとエイモスのお父さんの農場だ。カササギのような、楽しそうな笑い声をあげるサラは、おいしいスープをつくってくれる。エイモスはまじめで、馬の世話がとくいで、リンゴの栽培《さいばい》やリンゴ酒づくりのことだったら、なんでも知っている。大きな灰色《はいいろ》の目に悲しみがふっとうかぶのは、二人ともおなじだった。

二人はフリントの世話もしてくれた。フリントは、ピピンという、ふとったポニーといっしょに馬小屋に入れられている。わたしの荷物はベッドのそばにおいてあった。夜、静まりかえった部屋の中で、わたしは『沼《ぬま》の物語』を読んだ。人魚や怪物《かいぶつ》、沼《ぬま》の王の話は、読むたびに現実《げんじつ》のように思えて、夢《ゆめ》の中にも出てきた。母さんが題名だけのこした「うしなわれた物語」も、そのうち夢《ゆめ》に見るようになった。それはドラゴンが出てくる話だったり、山の中で冒険《ぼうけん》する話だったり、六人の姉妹《しまい》とおばあさんと羊たちが、農場で幸せにくらす話だったりした。

熱が高いときは、おばあちゃんがわたしを見おろしながら、ひんやりした手をひたいにあてているのが見えた。

わたしが寝《ね》ているのは、白いしっくいの壁《かべ》の小さな部屋だ。あけはなった窓《まど》から、新鮮《しんせん》な空気がはいってくる。蚊《か》がはいってこないように、窓枠《まどわく》にはすき間なく網《あみ》がはってある。わたしがたおれてから三週間がたったと、サラが教えてくれた。沼地熱《ぬまちねつ》の流行もおさまってきた。春のおわりのこの時期は、海からの風がはいってきて、ツバメがあちこちからとんでくる。ツバメは蚊《か》の群れをどっさりつかまえて、巣で待っているヒナにあたえるのだ。

「ひとりで首つり村に行くなんてむちゃよ」

わたしの体をささえながら、サラが言った。サラはわたしに、野菜スープを食べさせてくれていた。まゆをひそめ、心配そうな顔をしている。

こわばった声で、静かに言葉をつづける。

「まさか、涙沼《なみだぬま》をつっきっていけるなんて思ってないわよね。うちの父さんは涙沼《なみだぬま》に行ったあと、帰ってこなかったの。あなたがくるまえだけどね、朝はやく首つり村の近くの池にコイをとりにいったとき、近道しようとして沼《ぬま》をとおったことまではわかっていて……」

わたしが目をあわせるまで待ってから、サラは言った。

「あそこはなにがおきるかわからない場所なのよ」

「そんなことがあったんですね……。わたしは沼《ぬま》をぐるっとまわっていくようにします。それにフリントもいるから、きっとだいじょうぶですよ」

サラはほほえんだけど、まだ納得《なっとく》してないようだ。

「体力がもどるのを待ったほうがいいんじゃないかしら」

「だいぶ元気になりました。これ以上は待てないんです」

満月座《ざ》はいま首つり村にいる。きのうの夜、涙沼《なみだぬま》のむこうから音楽が聞こえてきた。色とりどりのランタンの明かりが、丘《おか》に点々とともっているのも見えた。

わたしはさらに言葉をかさねた。

「つぎの満月のあと、満月座《ざ》がどこに行くかわからないし、そうしたらグレースも見つけられなくなってしまうから……」

首つり村より東に道はない。地図でいうと、ここはモスさんの家のドアストッパーがおかれ、緑のリボンがさしていたあたり。その先は、東にも南にも海がひろがっているから、満月座《ざ》はきた道をもどるか、北にむかってすすむだろう。北には古い森や白亜《はくあ》丘陵《きゅうりょう》があり、ひろい世界につづいている。

もし満月座《ざ》が北にすすめば、あとをたどるのはむずかしくなる。だから、なんとしてでも、首つり村で追いつかないといけない。

「もうすぐ元気になって、旅をつづけられるようになるから、そうしたら満月座《ざ》とお姉さんを見つけましょう。心配しないで、体が回復《かいふく》するのを待って」

サラはそう言うと、スープを口にはこんでくれた。

窓《まど》から、月がのぼるのをながめた。まんまるに近い月が、星一つない空にうかんでいる。わたしはたおれてからはじめて、いすにすわった。寝《ね》ているのはもううんざりだった。足がぴくぴくしておちつかない。サラがおいていってくれたまるパンをかじって、コップの中のミルクを飲んだ。「できるだけ食べたほうがいいわよ」と、サラは言っていたけど、食欲《しょくよく》はまだもどらない。おなかはからっぽなのに、弱った胃《い》が食べものをうけつけないのだ。

わたしは荷物をあさって、『沼《ぬま》の物語』を出そうとした。そのとき、なにかがとびだした。コツンという音をたてて、床《ゆか》に落ちる。ひろいあげた瞬間《しゅんかん》、うれしくて胸《むね》が高鳴った。黒くかがやく石をはめた銀のブローチだ。これは母さんのものだった。まえに三つ子たちは、おばあちゃんがベッドの下においている貴重品《きちょうひん》の箱から、このブローチを見つけたのだ。

「見て、おもりよ！」

ブローチをかかげたドリーに、フレイアは笑って、こう言った。

「おもりじゃなくて、おまもりでしょ。それをもっていると、幸せになれるおまもりのことを、おとぎ話で読んだのね」

「そう、これはおもりなの」

「おもりは、重さをはかるのにつかうものでしょう」

グレースが妹の巻《ま》き毛《げ》をなでながら言う。すると、ダーシーが言った。

「これは魔法《まほう》のおもりなんじゃない？　きらきらした魔法《まほう》がずっしりつまっているのよ……」

その日から母さんのブローチは〝魔法《まほう》のおもり〟として、根の深い草のように、わがやに根づいた。三つ子たちと数々の冒険《ぼうけん》をともにし、妖精《ようせい》と邪悪《じゃあく》なトロールのはげしい戦いのすえ、台所の窓《まど》をわったこともあった。

わたしはにっこりして、ブローチをにぎりしめた。これはあの子たちにとって、とてもたいせつなものだ。わたしの冒険《ぼうけん》にはこのブローチが必要だと、あの子たちは思ったのだろう。

窓《まど》の外の道はひっそりしていた。モリフクロウが何度か、「キューキュー」と鳴き、それにこたえるように、果樹園《かじゅえん》の先のマロニエの木から「ホーホー」と聞こえてきた。グロリアスの丘《おか》にたつ、大好きなマロニエの木のことを思いだして、わたしはほほえんだ。それから網戸《あみど》に顔をつけて、首つり村にともった満月座《ざ》の明かりに目をこらした。かすかにながれてくる音楽に耳をすます。すると、べつの方角から人の声が聞こえた。

馬のひづめの音もする。

こんな夜ふけに出歩く人もいるのだ。

「〝門屋《かどや》〟という宿屋が、丘《おか》のふもとにある。そこで夕飯を食べよう。月が明るいから、このまま夜どおしすすめば、朝までに首つり村につくぞ」

もうひとりが「ああ」と、つかれた声でこたえる。その瞬間《しゅんかん》、体の芯《しん》が寒くなった。

父さんの声だ。

いや、まさかそんなはずがない。わたしはまた熱を出して、幻《まぼろし》の声を聞いたか、悪夢《あくむ》でも見ているにきまっている。

馬に乗った二人のすがたが見えた。ぼんやりした月明かりの中、遠くから網《あみ》をすかして見ても、父さんとサイラスだとわかる。これほど暗ければ、二階にいるわたしが見えるはずはないのに、何歩かあとずさってしまう。胸《むね》がはげしく打っている。汗《あせ》で体がひえていく。

フリントはうらの馬小屋にいる。外で草を食べていなくてよかった。するとそのとき、フリントがわたしの心にこたえるようにいななき、足をふみならした。

フリント、お願い、静かにして。

サイラスの乗っている、グレーの馬が足をとめる。

「おい、どうした？　シルバー、はやく行け！」

サイラスが馬をけりつけた。シルバーはうごかない。馬小屋のほうをじっと見ている。そうするのも当然だろう。シルバーはフリントの母親なのだ。父さんを乗せたジェットまで、馬小屋に顔をむけた。うちの農場でいっしょにいた仲間を、ちゃんとおぼえていたようだ。それにしても、歳《とし》とったジェットをこんなに遠くまで走らせるなんてひどい。首をさげ、胸《むね》が波打つようすから、ジェットがつかれきっているのがわかった。首つり村まで行ったあと、ジェットはきっと家にはたどりつけない。

シルバーはまだ馬小屋のほうを見て、やさしくいなないている。

フリントがまた鳴けば、ここにいるのを気づかれてしまうかもしれない。わたしはいそいで窓《まど》の網《あみ》をめくり、パンを投げた。パンは二人の頭をこえて、生《い》け垣《がき》に落ちた。近くにいたキジがおどろき、かん高く鳴いて空にとびたつ。馬たちはおびえ、ジェットは父さんをふりおとしそうになった。シルバーはうしろ足で立ったあと横にはねた。そして悪態《あくたい》をつき、しがみつくサイラスを乗せて、丘《おか》をかけおりていった。

ジェットがよろけながら、そのあとを追う。かろうじてつかまっている父さんを乗せたまま、丘《おか》をころがりおちるように走りさる。

「なんとかうまくいったかな」

わたしはつぶやいた。ほっとしたとたん、こわくてたまらなくなった。グレースが見つかるのはこまる。きっと二人は力ずくでつれてかえり、結婚《けっこん》させるだろう。それまでにわたしがグレースを見つけて、二人がむかっていることをつたえなければ。

月明かりのさす静かな部屋で、いそいで計画を練った。体は弱っているけど、いま出発しないと、まにあわなくなってしまう。

わたしの服は洗濯《せんたく》して、きれいにたたんであった。サラがかしてくれたねまきをぬいで、服にきがえる。母さんのマントを上からしっかりとまきつけ、首もとに〝魔法《まほう》のおもり〟のブローチをつけた。それから荷物をせおい、しのび足で階段《かいだん》をおりた。ひんやりした石の壁《かべ》につかまりながら、ゆっくり歩くのがせいいっぱいだ。台所にはいったところで、ここでぐあいが悪くなったのを思いだした。暗がりの中だと、まえとはずいぶんちがって見える。いまではもう、こんなに元気にうごけるなんて信じられないと思っていると、急にひざががくがくしてきたから、しばらくすわって休んだ。

旅をつづけるのは、まだむりなのかもしれない。だけど、ほかに選択肢《せんたくし》はない。はやくグレースに会って、父さんたちがきたことをつたえたほうがいい。

食べものをつつみ、つぼの中の水を水筒《すいとう》に入れた。テーブルに硬貨《こうか》を何枚《なんまい》かおく。これまでにもらった食べものと、世話してくれたことへのお礼のつもりだ。

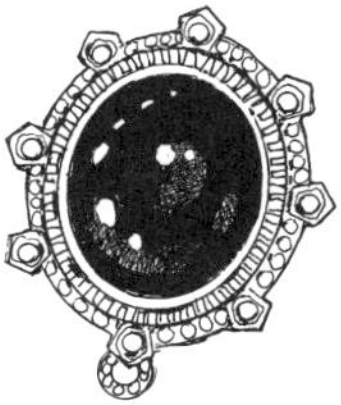

19　涙沼《なみだぬま》

わたしを見たフリントはとてもよろこんだ。頭としっぽをはげしくふっている。出発するのが待ちきれず、どこに行くのかもわかっているようだ。わたしはなんとか鞍《くら》にまたがった。フリントは恐《おそ》れ森をめざして出発した。恐《おそ》れ森はこの村の先にある。父さんたちはそろそろ宿についたころだろうか。夕飯の時間をじゅうぶんにとってくれるといいのだけれど。

空に雲のない、すずしい晩《ばん》だった。スターリーさんのうちからもってきたベールを、マントの上からかぶる。ハチ飼《か》いのように体をおおったのは、蚊《か》がまだとんでいるかもしれないと思ったから。明かりのともった宿屋の窓《まど》の前をとおったときには、マントのフードで顔をかくし、フリントをいそがせた。

村から遠ざかるにつれて、勝負に勝った気がしてきた。わたしが先にすすむほど、二人との距離《きょり》はひろがっていく。胸《むね》のうちがそわそわして、息ができなくなりそうだ。新鮮《しんせん》な空気をすったことで、弱っていた体がもとにもどった気がする。速度を落とし、手が自由になるように手綱《たづな》をむすんでから、ベールをめくってパンを食べ、水といっしょに飲みこんだ。パンをかんだだけで、あごがつかれた。おじいさん馬のジェットだって、あとでこの道をたどるのだから、わたしにもできるはず……。

やがて、大きな古い木が両側にならんでいるところにきた。恐《おそ》れ森にやってきたのだ。道の上で枝《えだ》と枝《えだ》がかさなりあい、トンネルのようになっている。呪《のろ》われた不気味な場所に見えたのは、月明かりの下、白くかがやく枝《えだ》が骨《ほね》を思わせるせいだろう。まるで怪物《かいぶつ》の腹《はら》の中にはいっていく気分だった。フクロウがさあっと、音もなくとんでいく。フリントがそわそわしはじめた。耳をねかせて、暗闇《くらやみ》に目をこらしている。オオカミの群れかなにかがいると思っているのか、それとも……。

シルバーとジェットがここにいればいいのに、とでも思っているのだろうか。もしかしたら、さっきとおりすぎた宿屋で二頭の鳴き声を聞いたのかもしれない。あるいは父さんかサイラスの声を聞いたのか。それで、また傷《きず》つけられるのではないかと思い、こわくなったのかもしれなかった。

「フリント、だいじょうぶだよ。もうすぐグレースに会えるからね。グレースのことはおぼえているでしょ？　おまえも気にいっていたよね」

わたしはフリントに話しつづけた。グレースは村でいちばん、ダンスと歌がうまいこと。甘《あま》くてふわふわのはちみつケーキをつくれること。けして苦しくないように、ちょうどいい強さでだきしめてくれること。こわい夢《ゆめ》を見たときは母さんの子守歌《こもりうた》をうたってくれること。

「おとめは川の　ほとりでねむる
うつら　うつら　夢《ゆめ》を見る……」

わたしの歌を聞いているうちに、フリントはおちつきをすこしとりもどし、ねていた耳が立った。木の枝《えだ》のトンネルの出口が見えてきた。わたしは小声で言った。

「フリントはいい子だ。勇敢《ゆうかん》だね」

涙沼《なみだぬま》についたのは、夜明けが近づいたころだった。闇《やみ》はうすれているものの、あたり一面、真っ白な霧《きり》におおわれている。目の前の道は二つにわかれていた。左の大きな道は、沼《ぬま》をぐるっとまわりこんでいて、もう一つの道は沼《ぬま》の中をとおっている。わたしは左にすすんだあとで、すぐにとまった。ひづめの音と人の声がする。声をひそめて、だれかがうしろで話している。しめった重い空気にさえぎられ、ぼんやりとしか聞こえない。なにを話しているのかはわからないけど、二人の声で気づいた。あの声は父さんとサイラスだ。こんなにはやくここまできたということは、宿屋には長くいなかったのだろう。

いま追いつかれるのはこまる。父さんたちより先にグレースを見つけないと。

わたしはフリントの向きを変えた。外側の安全な道はやめて、沼《ぬま》の中のぬかるんだ道をすすもう。

父さんたちはきっと、遠まわりでも足もとのたしかな道を行くはずだ。わたしが沼《ぬま》をつっきれば、二人よりはやく首つり村につける。

心臓《しんぞう》がふるえて、はげしく打っている。思っていたよりも、霧《きり》がこい。

小さな声でフリントに話しかけた。

「これは霧雨《きりさめ》みたいなものだから、太陽がのぼれば視界《しかい》がよくなるよ」

フリントはそんなふうに思っていないようだった。立ちどまり、引きかえそうとする。不安そうに鳴きだしたから、「静かにして」とささやいた。父さんたちに聞かれたら大変だ。

「フリント、行こう。だいじょうぶだから」

フリントの進路をもどし、沼《ぬま》の中の道をすすむ。やわらかい地面は、フリントが一歩ふみだすたびにピチャピチャという音がした。

涙沼《なみだぬま》をとおりぬけないとサラに約束したことや、サラのお父さんがここで行方《ゆくえ》不明になったことは、考えないようにする。〝沼《ぬま》には危険《きけん》がひそんでいる。沼《ぬま》ではけして迷《まよ》わぬよう〟と、母さんは『沼《ぬま》の物語』に書いていた。「日が落ちたあとは沼《ぬま》に近づいてはならない。けして、ひとりで沼《ぬま》をわたってはいけない。とくに霧《きり》が出ているときは」と、村の長老たちも言っていた。

そんな言葉を頭からしめだし、先へとすすみつづけた。

沼《ぬま》では命を落とすこともあると、これまで何度も言われてきた。それはほんとうにあったことだったり、おとぎ話だったりしたけど、そうした話がぜんぶ頭の中でまざって、ありうる話かもしれないと思ってこわくなった。悪臭《あくしゅう》のただよう沼《ぬま》で不気味な霧《きり》につつまれていると、いままでになかったほど、おとぎ話が現実《げんじつ》のように思える。沼《ぬま》の中でのたくるウナギは、血にうえた人魚の尾《お》に見えるし、泥《どろ》がたまっているところには、怪物《かいぶつ》がひそんでいる気がする。怪物《かいぶつ》に飲まれた馬はあとかたもなく消えうせるだろう。そこにはただ泡《あわ》がうかぶだけ。

わたしはしめった手綱《たづな》をにぎりしめた。フリントは注意深く、ゆっくりと歩いている。手をのばしてフリントの体をなでた。たしかな手ざわりにほっとする。あたたかな首にふれているうちに、頭の中がはっきりしてきた。

立ちどまって、モスさんのコンパスを出した。正しい道をたどっているのかたしかめる。濃《こ》い霧《きり》の中、ガラス面についた水滴《すいてき》をぬぐいながら、針《はり》がとまるのを待つ。

「方角はあっているから、このまま行こう」

わたしはフリントにそっと言った。でも、道をそれずにすすむのはむずかしかった。ぼんやりした薄明《うすあ》かりの中、霧《きり》がたちこめているので、先がほとんど見とおせない。道のように見えてもそうでないところがたくさんあって、足もとの地面が急にがくっと落ちこんで道がなくなる。泥水《どろみず》につかって、道が見えないこともあった。水がたまっている場所にはところどころ板がわたしてあるけど、くさった板の上を歩くのはあぶないと、フリントもわかっているようだ。大きくまたぐか、まるで巨大《きょだい》な白ウサギになったみたいに、ぴょんととびこえる。わたしはフリントの首にしがみついた。

　おなじ場所をぐるぐるまわってしまわないように、数分おきにコンパスで方角をたしかめる。ここまではうまくいっている。

　すぐうしろで男の声がした。はっと息をのんで、口を手でおさえる。つい、フリントのおなかを足でしめつけてしまった。おどろいたフリントがびくっとする。

「シーッ」となだめるうちに、フリントはまた、たしかな足どりで、やわらかい地面を歩きだした。あたりを見まわしても、霧《きり》の中に人影《ひとかげ》はない。だけど、あれはたしかに父さんの声だった。父さんたちもこの沼《ぬま》をとおってきたのだ。まさか、わたしを追って、沼《ぬま》にはいってきたのか……。ここにわたしがいることに気づいただろうか。

　これからはもっと気をつけてすすもう。フリントに話しかけるのもやめたほうがいい。フリントの鳴き声や息づかいが二人に聞こえませんように。人の声が近づくと、恐怖《きょうふ》が背中《せなか》をはいあがってくる。足がむずむずして、フリントをせかしたくなる。だけど、あせる気持ちをおさえ、力をぬいて、人形みたいにすわっていようと思ったのは、ここでわたしの恐怖《きょうふ》がフリントにつたわれば、大変なことになるから。目の前の道をじっと見つめる。ウィラ、おちついて、正しい道をたどって……。

「あいつはきっと男と逃《に》げたんだ」

父さんの声が鐘《かね》のようにはっきりとひびいた。

霧《きり》の中では音がゆがんで聞こえる。遠くにいるのか、近くにいるのかわからない。霧《きり》がわたしのすがたをかくしていてよかった。

「なあ、サイラス、おれは何か月もグレースをさがしたが、なんの手がかりもつかめなかった。これだけさがしても見つからないということは、きっと沼《ぬま》の底にしずんでいるんですよ。今日のところは宿屋にもどって、馬を休ませるのがいいと思いませんかね」

「いいや、思わないね。わたしの馬に似《に》たやつを、たったいま目にしたとこなんだから」

わたしはくちびるをかんで、静かに悪態《あくたい》をついた。わたしのすがたはベールとマントにかくれていたけど、宿の窓《まど》の前をとおった一瞬《いっしゅん》のあいだにフリントを見られてしまった。

サイラスは声をはって、意地悪くつづけた。

「宿屋で見たのがわたしの馬で、乗っていたのがウィラだとしたら、グレースのところにむかうはずだ。そうしたら一気にまとめてつかまえられる」

「おれは気分が悪くてね……。虫にさされたのかな。手がはれてきたよ」

「おおげさだな。蚊《か》にさされただけだろ」

「さっき沼地熱《ぬまちねつ》がはやっているといううわさを聞いたでしょう。ハチ飼《か》いのようなかっこうをした人もいたし。沼地熱《ぬまちねつ》にかかっちゃ大変だ」

「そんなことはどうでもいい」

ふきげんな声で冷たく言いはなってから、サイラスは言葉をつづけた。

「たとえあんたが死んで、首つり村に死体をはこぶことになってもかまわない。いったいだれのせいでこうなったと思っている？　娘《むすめ》をつれもどして馬を返すと、村の長老たちの前でちかったじゃないか。約束はまもってくれ」

「すこし休んでもいいと思いますけどね。それに、わざわざ沼《ぬま》をとおって命を危険《きけん》にさらさなくても、迂回《うかい》する道があるのに」

「わたしはこの目で自分の馬を見て、そのあと、このくさい沼《ぬま》にはいっていく音をたしかに聞いた。だから、ここをとおるしかないんだよ。おまえの娘《むすめ》がせっかく教えてくれたんだ。地の精《せい》の役をやった、なんとかっていう娘《むすめ》っ子《こ》がね」

「フレイアですよ」

「ああ、そいつが言っていただろ。グレースは満月座《ざ》のところにいて、ウィラもそこに行ったと。ホグバックの丘《おか》やら恐《おそ》れ森やらこえて、ここまではるばるきたんだからな。グレースとフリントが見つかるまでは、わたしのそばにいてもらおう」

サイラスの言葉を聞いた瞬間《しゅんかん》、体じゅうの血がこおった気がした。フレイアはなぜ、わたしたちの行き先を父さんに話したのだろう。

おなかがしめつけられ、さっき食べたパンをはきそうになった。わたしたちをうらぎるようなことを、フレイアがしたなんて信じられない。

「ほんとに気分が悪くなってきた。サイラス、どこに行ったんですか？」

「バカだなあ、さっきとおなじ道にいるだろ。おまえこそどこにいる？」

「おれもそこにいますよ」

「わたしたちのどちらかが、道をはずれたということか。くそ、こっちは行きどまりだ」

サイラスの声が、右手の遠くのほうから聞こえる。

「ファーンズビー、さけんでみろ。そっちに行くから」

「ここですよ！」

父さんの声がすぐうしろに聞こえた。そのとき、妙《みょう》なことがおきた。霧《きり》がうずをまきながら、さらに濃《こ》くなったのだ。音が霧《きり》のうずにのみこまれる。サイラスの声は右に聞こえたと思うと、左に聞こえて、父さんの声もいろいろなところから聞こえてきた。

「サイラス？　どこにいるんですか？」

急に音が消えた。父さんの声もサイラスの声も聞こえない。そして霧《きり》の中、不思議な光が道の先に見えた。やわらかな光がちかちかとまたたいている。太陽がのぼったのか、あるいは沼《ぬま》のむこうがわの家に明かりがついたのかもしれなかった。いや、あの桃色《ももいろ》の光はひょっとして、迷《まよ》える魂《たましい》を引きよせるという鬼火《おにび》だろうか。かすかにゆらめく光はランタンにも見える。

「沼《ぬま》の王のランタンだ」

熱にうかされたような頭の中で、声がした。目の前の景色がまわりだす。こめかみのあたりがずきんとした。手がふるえて、手綱《たづな》をにぎっていられなくなる。ここではきっと、これまでたくさんの人が死んだはずだ。恐怖《きょうふ》の中迷《まよ》いつづけたすえ、一歩あやまったために沼《ぬま》に落ち、いまも冷たい泥《どろ》の中にしずんでいる人がどれだけいるだろう。

アシの間を、あやしい光がゆれながらうごく。鎖《くさり》のついたランタンだ。

「こっちにおいで」という声が聞こえた気がした。体がそちらに引きよせられそうになったけど、フリントは道をはなれようとしない。

「フリント、ごめん。正しい道はこっちだね」

わたしは小声で言ってから、コンパスを出して方角をたしかめた。

手がこわばってコンパスを落としてしまいそうだったから、いそいでしまった。呼吸《こきゅう》がどんどん速くなる。不気味な桃色《ももいろ》のあたたかな光が、わたしをよんでいる。親しい人の声のようになつかしいわがやのように。

手綱《たづな》がぐいと引っぱられた。また道をはずれそうになっていたのだ。フリントが不安そうに地面をけっている。

「ああ、ごめんね。だいじょうぶだよ。もうすぐつくからね」

でも、ほんとうのところ、この沼《ぬま》がどこまでつづいているのかわからなかった。

不思議なまやかしの光が弱くなった。沼《ぬま》の王が狩《か》りをおえたのかもしれない。

「サイラス?」

おびえた声が、遠くに聞こえた。

「いま、どこにいますか?」

返事はない。

「サイラス、聞こえますか?」

父さんの恐怖《きょうふ》がこちらにもうつったみたいだ。わたしは耳をすませて、あちこち見まわした。サイラスも、馬も、父さんも、どこにもいない。虫が体をくねらすように、霧《きり》がうねっているだけ。

突然《とつぜん》、フリントがうしろ足で立ちあがった。とびはねるフリントの鞍《くら》に、わたしは必死にし

がみついた。

「どうしたの？　ウナギでもいた？」

足もとの暗い水に目をこらす。つぎの瞬間《しゅんかん》、フリントといっしょに、わたしの心臓《しんぞう》もとびはねた。

20　迷《まよ》える魂《たましい》

水の中に顔が見えた。たくさんの死体が、うつろな目でわたしを見ている。おじいさんも女の子も、顔にもようをかいた戦士《せんし》も、キツネもノスリもいた。ぬけがらのような体がすぐそこに、あちらにもこちらにも……。

目の前の光景が信じられない。呼吸《こきゅう》がとまって、手の中の手綱《たづな》がゆるむ。

わたしはつぶやいた。

「熱がぶりかえしたのかな。それか、夢《ゆめ》でも見ているんだよね」

目をかたくとじてからあけてみたけど、死体はまだそこにある。冬のリンゴみたいに肌《はだ》がしなびて、色あせた髪《かみ》が聖人《せいじん》の光輪のようにひろがっている。

これは夢《ゆめ》かまぼろしだ。霧《きり》がたちこめたり、沼《ぬま》に光があたったりして、そんなふうに見えるだけ。

こおりついたように見入っていると、感覚のなくなっていた手をフリントが引っぱった。わたしは目いっぱい体をのばし、フリントの目や、息をするたびにひろがる鼻の穴《あな》をのぞきこん

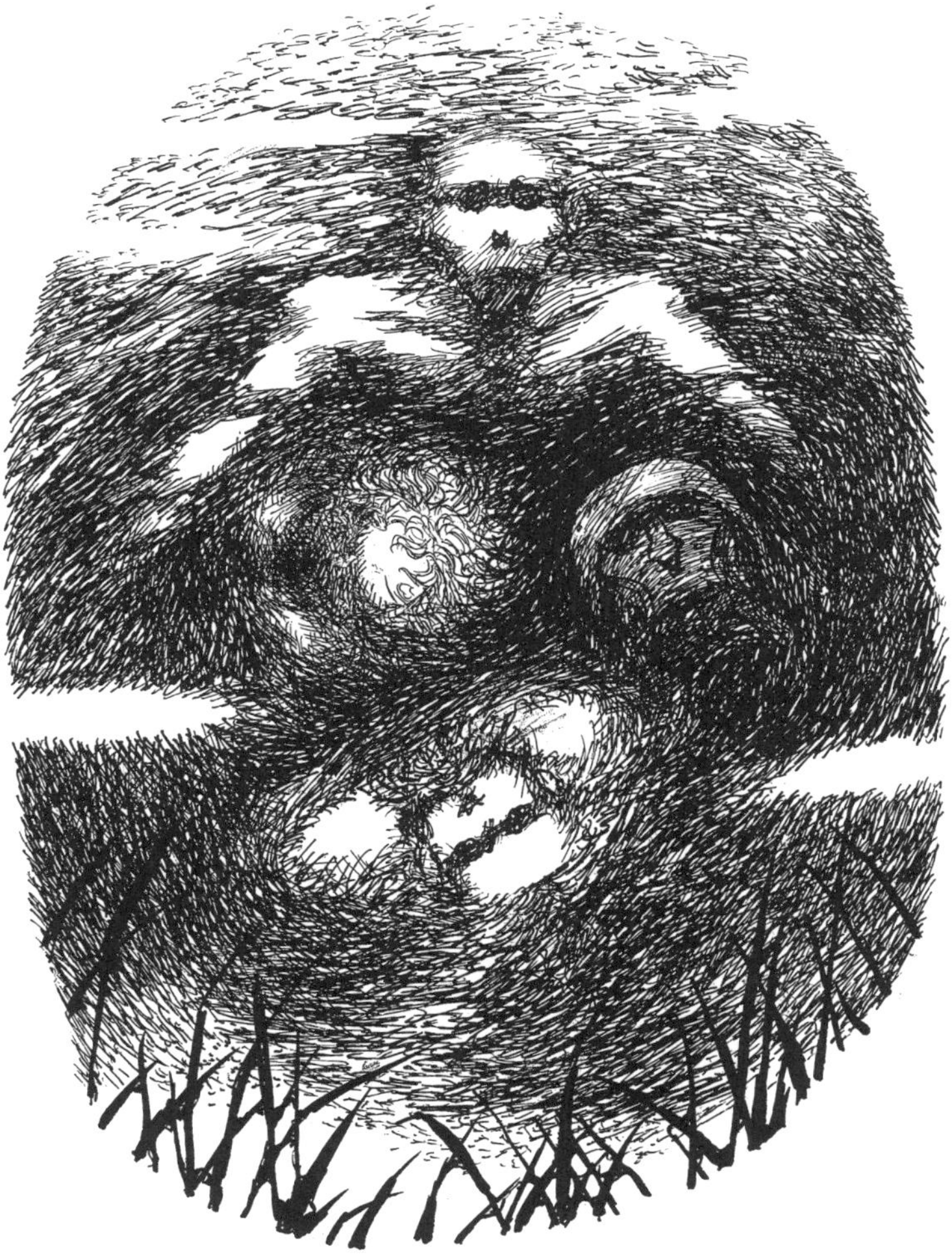

た。フリントがおびえて、いななく。そして頭をぐいとあげてから、ぱっとはねて走りだした。足もとの死体から逃《に》げようとしているのだ。わたしはフリントにしっかりとつかまった。

「サイラス？　そこにいるんですか」

父さんの声がうしろに聞こえた。フリントの鳴き声が聞こえたのだろう。

フリントにたすけをもとめているのか、ジェットが悲痛《ひつう》な声で鳴いた。フリントは前足をあげたまま、その場でとまってふりむいた。いますぐ死体から逃《に》げたいけど、昔の友を見捨《みす》てることができないのだろう。

思いきって、声を強めて言ってみた。

「フリント、行こう。だいじょうぶ。ジェットもあとからくるよ。いい子だからすすんで」

すると、父さんが声をあげた。

「だれだ？　まさかウィラか？　ウィラ、そこにいるのなら、おれをたすけてくれ！」

いまにも消えそうな声で、必死にわたしをよんでいる。

わたしはフリントをいそがせた。泥《どろ》をはねあげて走るフリントの背《せ》にゆられていると、ぬかるみを歩く音や、あらい息づかいやうめき声がうしろに聞こえた。

ただひたすらに、すすみつづけた。たすけをもとめる声が耳にはいらないようにして。暗い水にとらわれた死体を見ないようにして。視線《しせん》は前をむいているのに、海藻《かいそう》のようにゆれる長い赤毛や、白いひげが目のはしに見えた。沼《ぬま》で迷《まよ》って命をおとした人たちだ。

「フリント、だいじょうぶだから、このまま行って。あとすこしだよ」

自分の中のどこからか、おちついた言葉が出てきたのをそっと口にした。

ようやく、足もとの地面がすこし高くなった。かわいた草のようすから、沼《ぬま》があさいのがわかる。

「ほら、もうすぐつくよ！」

霧《きり》がうすくなった。さらに高くなった地面には幅《はば》のひろい、しっかりとした道がつづいている。

どうにか対岸にたどりつけた。

フリントもやっとおちついたようだ。たしかな足どりで、かたい地面をふんでいる。

涙沼《なみだぬま》を背《せ》にし、父さんをあとにのこして……。

父さんがさけんでいるのが聞こえたけど、その声はすっと霧《きり》に消えていった。

「ウィラ、そこにいるのはおまえなのか。父さんをたすけてくれ……」

先にすすむか、引きかえすか、心がゆれた。胸《むね》の中で小さな声がきっぱりと言う。

「父さんはさんざんまわりを苦しめてきたのだから、ひとりで死ぬことになってもしかたがない」

フリントからおりて、ねじれた木の枝《えだ》に手綱《たづな》をつなぐ。ふりむいて闇《やみ》に目をこらしたとき、マントの布《ぬの》とうら地の間に入れた地図が音をたてた。

「道を見うしなわないようになさいね」と、モス夫人は言っていた。ふるえる胸《むね》に手をあてる。モス夫人がやっていたように。すると、こんなことを言われたのも思いだした。

「頭も心も、まどわされることのないように」

わたしは霧《きり》の中にもどった。ひざまで水につかり、よろめいているジェットの影《かげ》が見えた。その背中《せなか》では父さんがくずおれていた。手綱《たづな》を引っぱって、沼《ぬま》の奥《おく》にむかおうとしている。あやしげにゆらめく鬼火《おにび》は、父さんにも見えただろうか。水の中をただよう死体に気づいただろうか。

「こっちにきて！」

わたしの声に、ジェットがぱっとこちらをむいた。すっかりとりみだした父さんは、ジェットのおなかをけったり、むちをふるったりして、まちがった方向にすすませようとしている。わたしの足首までとどいた暗い水は、氷のように冷たい。まるで足もとの死体の手がつかんできて、いまにも沼《ぬま》に引きずりこまれそうな気がした。

「ジェット、だいじょうぶだよ。いい子だから、こっちにおいで」

老いたジェットの足はふるえて、力がはいらない。近くに寄《よ》ってから、父さんのこわばった手から手綱《たづな》をとった。ゆっくりと一歩ずつすすんで、道までつれていく。

父さんは怒《いか》りと混乱《こんらん》の中、ひとりぼっちで死んだっていい。小さな声がわたしの心の中ではっきりと、そう言っている。わたしは父さんから逃《に》げてきたのに、その命を救《すく》うなんて……。だけど、いまの父さんは沼地熱《ぬまちねつ》にかかっている。意識《いしき》がほとんどないほど弱っていて、わたしに手をあげそうなようすはない。それで、気づいたときにはたすけていた。

あらい息づかいのジェットが、わたしの肩《かた》をそっとおした。わたしは言った。

「それに、おまえのことも見捨《みす》てられなかったよ」

フリントのところまでもどると、手綱《たづな》をはずした。馬たちは鼻と鼻をくっつけて、そっと鳴いてあいさつをかわした。

道のわきに、木が何本かあつまってはえている場所があった。草がしげっていて、花もさいている。きれいな水がほそぼそとながれているのを見つけて、フリントがぱっとかけだした。水の流れは木立をぬけて、さっきまでいた沼《ぬま》にそそいでいる。馬たちはつかれていて、のどもかわいていた。わたしはフリントのくつわと鞍《くら》をはずした。フリントは音をたてて、水を飲んだ。それから草の上にころがって、体をのばした。まるで毛皮についた悪《あ》しきものを、こすりおとしているようだ。わたしは、しめったわきばらをなでた。

「フリントはいい子だね。とっても勇敢《ゆうかん》だったよ」

フリントが鼻を鳴らした。

ジェットの鞍《くら》から父さんをおろし、草の上にねかせた。父さんは意識《いしき》をうしなっていた。しめった服の上からふれても、熱が高いのがわかる。道からさらにはなれた木の下まで、父さんを引きずっていく。そのあとジェットの鞍《くら》をはずして、水がながれているところにつれていった。ジェットはすこしだけ水を飲むと、その場にたおれてしまった。わきばらがひくひくとうごいている。フリントはジェットに鼻をおしつけた。鼻の穴《あな》からやわらかな息をふきかけている。

ジェットは老いた農耕馬《のうこうば》なのに、こんなに遠くまで走らされたのだ。きっとつかれきっているのだろう。いまはゆっくり休ませて、体力がもどるのを願うしかない。

父さんのそばで火をおこす。わたしが毛布《もうふ》をかけてあげると、父さんはもごもごつぶやいた。なにを言っているのかわからない。そのすがたを、じっと見た。汗《あせ》をかいてふるえながら泣いている。こんなに弱ったすがたは見たことがない。父さんのせいで、グレースは家を出た。父さんはいつもダーシーにつらくあたっていた。わたしを家から追いだしたあとでつかまえようとして、こんなところまで追ってきた。父さんを憎《にく》む理由はじゅうぶんにある。生まれてからこれまでずっと、わたしは憎《にく》しみをぶつけられてきたのだし、そして父さんだけではなく、母さんからも憎《にく》まれていたという言葉は、とげのある種のように心にひっかかっている。

苦しむ父さんを見てよろこんでいいはずなのに、どうしてだか、そんなふうに思えなかった。いまのわたしはつかれきっていて、心が波立ち、なにも感じない。沼《ぬま》を逃《に》げまわったり、死体を見たりしたことで、まだ混乱《こんらん》している。悪臭《あくしゅう》のただよう暗い水……。そこで見た人や動物の死体……。

めまいがして、頭がおかしくなったように感じた。体じゅうが痛《いた》み、ボロ雑巾《ぞうきん》みたいにつかれていた。

なにか口に入れたほうがいいと思って、リンゴとチーズのかけらを食べた。水をくんできて、父さんにあげると、すこし飲んだ。そのあと水は、ひげのはえたあごをつたってたれた。父さんはまた意識《いしき》をなくしている。

燃《も》えるようなオレンジと金の光が、首つり村の方角に見えた。太陽がのぼったのだ。汗《あせ》をかいてひえた体があたたまっていく。わたしは涙沼《なみだぬま》を見た。霧《きり》の中からサイラスがあらわれるのではないかと思ったけど、いつまでたっても出てこない。あきらめて引きかえしたのか、沼《ぬま》にのまれたのか、あるいは沼《ぬま》の王につかまったのかもしれなかった。

そのとき、なにかがこちらにむかってくるのが見えた。わたしはあわてて体をおこした。恐《きょう》怖《ふ》が胸《むね》に落ちてくる。ついにサイラスがきたらしい。ここでわたしを見つけたあとは、グレースをつかまえようとするだろう。そのすがたは近づくにつれて、はっきりした形をとり、灰色《はいいろ》の馬だとわかった。シルバーだ。背《せ》にはだれも乗せていない。

　ごくりとつばをのむ。

　ジェットがぐったりと、首をもたげる。フリントは走っていって、子馬にもどったように、シルバーのわきばらにそっと頭をおしつけた。そのあとは頭をふりながら、うれしそうにはねまわった。

　わたしたちのそばにきたシルバーはつかれているようすだった。足や胸《むね》が泥《どろ》でよごれている。サイラスはどこに行ったのだろう。

　もしかしたら、サイラスには二度と会わないですむかもしれない。そんな残酷《ざんこく》な願いがうかんだけど、それはもう考えないようにしよう。だれかの死を願うなんてひどいことだ。だけど、サイラスがいなければ、うちの家族は救《すく》われる。グレースの結婚《けっこん》の話はひとまずなくなるし、フリントもうちの農場にいられるのだから。

　横になって目をとじると、サイラスの顔が頭にうかんだ。沼《ぬま》にのまれた、たくさんの迷《まよ》える魂《たましい》。サイラスの体もそのうちにしなびて、うつろな目で、にごった水の中からくうを見つめるのだろうか。

21 首つり村

地面に横たわっていたわたしは、こわばった体の痛《いた》みで目がさめた。さえた頭の中では、グレース、グレース、グレース……と、虫の声のようにいつまでも鳴っていた。赤い太陽はものうげに、涙沼《なみだぬま》のむこうにしずもうとしている。ずいぶん長いことねむってしまったらしい。もう夕暮《ゆうぐ》れが近づいていた。はやく首つり村に行かないと。今夜は満月。満月座《ざ》はつぎの公演《こうえん》をおえたあと、朝がくるまでに旅立ってしまう。

グレースに会うのが待ちきれない。胸《むね》をざらつかせるさびしさはずっと感じていたものの、会いたいという気持ちは、痛《いた》いほど強くなっている。グレースに会えば、そばにいるときはいつもそうだったように、きっとやすらげる。いまのわたしは、なにかが心にひっかかっている。どうしてかはわからない。道に迷《まよ》ったような、自分の一部が欠けているような気がする。涙沼《なみだぬま》では何度も、おそれと絶望《ぜつぼう》にのみこまれそうになった。あとすこしで迷《まよ》いそうになった。地図とコンパスがなければ、どうなっていただろう。フリントがいなければ、ここまでたどりつけただろうか。

だけど、涙沼《なみだぬま》もなんとかこえられたのだし、そんなことはもう、考えるのはやめよう。わたしはもうすぐ、ようやくグレースに会える。

父さんをどうするかということは、あとでゆっくり考えればいい。

父さんの体を毛布《もうふ》でしっかりとおおってから、枝《えだ》をひろってきて火にくべた。それから地図とコンパスで、自分のいる場所をたしかめた。首つり村まではわずか一マイル。馬はここで休ませて、わたしだけ歩いていくことにする。ジェットは立ちあがって、草をむしるようにして食べている。そのすがたは、霧《きり》の中をよろよろと歩いていた今朝より、元気そうに見えた。

ジェットの体をなでながら言った。

「行ってくるね。おまえの中に生きる力がのこっていて、ほんとうによかった」

旅のあいだフリントが人目をひいていたのを思いだし、ぬすまれるかもしれないと一瞬《いっしゅん》思ったけど、そばで父さんが寝《ね》ているのだから、その心配はなさそうだ。行商人が馬を休ませているように見えるはず。ふりむいて父さんを見たとき、胸《むね》がしめつけられた。人生をかけて、成功した農場主としてみとめられようとしてきた父さんが、行商人だった若《わか》いころのように道ばたで寝《ね》ているなんて……。

村までの道は静かだった。荒《あ》れた土地がひっそりとひろがっている。ここは涙沼《なみだぬま》と古い森にはさまれた場所だ。首つり村は地図のいちばん右上にあり、目のまえの景色もまた、色あせた地図のはしにふさわしい。南には、潮《しお》が満ちると水にしずむ大地がつづいている。その先はもう海だから、ここでも潮《しお》のにおいを感じる。海からふいてくるさわやかな風が、沼《ぬま》の悪臭《あくしゅう》を消していた。空を見あげると、カモメが見えた。カモメはほっそりした翼《つばさ》に風をうけ、陸地の奥《おく》にとんでいった。

首つり村の北には、古い森がある。森にはオオカミなどもいるのだろうか。

このあたりの草地には羊がいない。わずかな畑にはエンドウマメやキャベツがうわっている。人でにぎわうようすはまったくなく、家々はまとまって、しげみや林の奥《おく》にたっている。そのうちに、涙沼《なみだぬま》を迂回《うかい》する道にぶつかった。そこをこえると、村についた。十字路に絞首台《こうしゅだい》がある。首つり村などという、奇妙《きみょう》な名のついたわけがようやくわかった。古い木の枠《わく》から、ロープがつるのようにたれている。絞首台《こうしゅだい》を見ないようにしてとおりすぎるあいだ、満月座《ざ》の音楽に耳をすませた。

満月座《ざ》に近づくにつれて、熱気を感じるようになり、音楽や笑い声が聞こえてきた。ベールをかぶっている人もいたけど、ほとんどの人は体をおおっていない。沼地熱《ぬまちねつ》のはやる季節はすぎたと思っているのだろう。わたしは自分のすがたを見られたくなかったから、まだベールと、母さんのマントのフードをかぶっていた。サイラスがまだ生きていて、沼《ぬま》からはいあがったばかりの、おそろしいすがたで、グレースに結婚《けっこん》をせまるなんていうことになれば……。それに不穏《ふおん》な空気というか、いまもだれかに見られていて、あとをつけられている気配を感じる。ついにグレースに会えると思ったら緊張《きんちょう》して、そんな気がするだけなのかもしれないけれど。

満月座《ざ》についたあとはまず、焼きリンゴを食べた。そうしたら、まるでなにかの儀式《ぎしき》のように、魔法《まほう》をおこせるのではないかと思ったから。あの冬の夜にしたのとおなじことをなぞれば、もつれた状況《じょうきょう》をときほぐし、グレースといっしょにいたときにもどれそうな気がした。わたしは姉さんたちのことを考えた。色のついたランタンの明かりをうけて、金色の髪《かみ》をかがやかせた、グレースとフレイアのすがたが頭にうかぶ。

そのうちに怒《いか》りがふつふつとわいてきた。わたしの行き先を父さんたちに話してしまうなんて、フレイアはなにを考えているのか……。首をふって、怒《いか》りやいろいろな思いを頭からしめだす。フレイアのことはあとで考えればいい。まずはグレースを見つけないと。

満月座《ざ》のようすはまえとはずいぶんちがっていた。場所が変わり、雪がつもっているかわりにサンザシの花がさいているからというだけでなく、テントも屋台もおなじなのに、ならびがまったくちがうから、壁《かべ》のうごく迷路《めいろ》をさまよっている気分になる。立ちどまってふりかえると、とおりすぎたばかりのテントさえ見慣《みな》れない。つかれているのか、沼地熱《ぬまちねつ》からすっかりたちなおってないのか、あるいは、涙沼《なみだぬま》の光景をわすれられないのかもしれなかった。満月座《ざ》にきたときに感じた、自由とよろこびを思いだそうとする。あざやかな色があふれ、屋台の煙《けむり》がただよう中を走るのは、どんなにたのしかっただろう。

あのときのわたしたちは大きなテントにむかっていた。また、そこに行こう。真ん中にそびえたち、てっぺんに旗をはためかせているテントだ。あちこちさまよいながら、赤と白の縞《しま》のテントをめざす。グレースをさそった団員《だんいん》は、あそこのショーのおどり子をさがしていると言っていた。あの男の子の名前はたしか……。そう、ヴィクターだ。

この数か月、美しい白い羽《はね》をつけておどるグレースのすがたを思いうかべていた。そうでなければ、すけた羽《はね》のついたダークブルーの衣装《いしょう》をまとい、シルクのリボンをなびかせて、空中ブランコにのりイトトンボのようにとんでいるのか……。グレースはおどり子として幸せにくらしているだろうか。わたしもここではたらかせてもらえればいいのだけれど。わたしにはグレースのような音楽の才能《さいのう》はない。うたったり、おどったり、楽器をひくのはむずかしそうだから、わたしは、フリントやシルバーやジェットといっしょに、満月座《ざ》の動物の世話をさせてもらえたら……。美しい漆黒《しっこく》の馬の世話をしながらテントの中でくらすというのは、いまはまだ夢《ゆめ》みたいだけど、グレースに会えば、現実《げんじつ》の話に思えるかもしれない。

そんなふうに考えながら、大男のそばをとおった。ふと、わたしの首もかんたんに折ることのできそうな巨大《きょだい》な手を見て、腹《はら》の底が寒くなる。大男は大声をあげたり、ぶつぶつつぶやいたりしながら、ラム酒の樽《たる》をかけて、見物客と腕相撲《うでずもう》の勝負をしている。まえに見たのとおなじ樽《たる》に見える。この人に勝てる人などいない。

男の肩《かた》の上でサルが鳴き声をあげた。ついさっき、この人の前をとおった気がするのに。にぎやかな音がそこらじゅうで鳴っている。そろそろ真ん中あたりまできたから、このへんに大きなテントがあるはずだ。

悪夢《あくむ》の中の怪物《かいぶつ》がぱっといなくなるように、屋台や曲芸師《きょくげいし》たちが急に消えた。目の前には、赤と白の縞《しま》のテントがそびえている。

心臓《しんぞう》が陽気なリズムをきざむ。わたしはにっこりした。もうすぐグレースに会える！　ヴィクターは入り口に立って、三人の女の子から硬貨《こうか》をうけとっていた。大きなカーテンのすぐうしろを、だれかが歩いているのが見えた。丈《たけ》の長い紫《むらさき》の上着を着て、むちをもっている。あれは、ホワイトタイガーをつれた座長《ざちょう》にちがいない。ヴィクターが、自分のお父さんだと言っていた人だ。三人の女の子のうち、ひとりはわたしが着ているみたいな、紺色《こんいろ》の長いマントを身につけていた。その子がカーテンの中にはいっていくとき、時間が横すべりしたように感じた。あの子はわたしで、グレースとフレイアといっしょにショーを観《み》にきていて、もう一人のわたしがそれをここからながめている……。そんな奇妙《きみょう》な感覚をおぼえた。ヴィクターが女の子たちに笑いかけてから、座長《ざちょう》になにかささやく。座長《ざちょう》がさっとすがたを消したあと、ヴィクターはわたしをじっと見た。茶色の目が楽しそうにほほえんでいる。

「こんばんは。ショーを観《み》にきたのかな」

「姉さんをさがしているんです。グレースはここのおどり子をしているの」

ヴィクターはわたしを見つめて、顔をしかめた。

「グレース……？」

その瞬間《しゅんかん》、冷たいなにかが全身をつらぬき、内臓《ないぞう》がひっくりかえった。

ヴィクターは首をふった。

「いいや、グレースという名の子はいないね。グウェンならいるけど、その子のことかい」

「グレースです」

もう一度、名前を言えば、いま聞いた言葉をとりけせるかのように、わたしはくりかえした。

「姉さんはグレースという名前で、冬至祭《とうじさい》のころ、沼《ぬま》のはざまの村で満月座《ざ》に行ったんです。もうひとりの姉さんのフレイアがわたしたちをさがしていたとき、あなたがたすけてくれましたよね。そのあとで、おどり子にならないかとさそってくれて……」

ヴィクターはにっこりした。

「ああ、思いだした……。きみたちがいなくなって、フレイアはおこってたね。もうひとりのお姉さんのこともおぼえているよ。とてもきれいな人だった。満月座《ざ》にはいってくれたら、父さんはよろこんだと思うけど、グレースはこなかったから、おどり子はまだ募集《ぼしゅう》中さ」

「満月座《ざ》にこなかった？」

心臓《しんぞう》がこわれたように、はげしく打っている。首が熱くなって、涙《なみだ》がこぼれた。

ヴィクターはわたしの顔をじっと見た。

「お姉さんをさがして、ここまできたの？」

「はい、ここにいるかと思って。おどり子ではなくて、ほかの仕事をしているのかもしれませんね。食べものを売ったり、動物の世話をしたり……」

息が苦しくなってくる。ヴィクターがゆっくりと首を横にふると、黒い髪《かみ》が顔にかかった。

「満月座《ざ》の団員《だんいん》は、きみが思っているほど多くないよ。みんな、だれがここにいるかわかっている。残念だけど、何か月もまえに入団《にゅうだん》した人に気づかないはずがないんだ」

「それなら、グレースはどこに……」

「わからないな。きみの村では入団《にゅうだん》しなかったし、ここにはいないということしか……」

わたしのうしろにできた列にむかって、ヴィクターはうなずいてから言葉をつづけた。

「きみの気持ちはわかるよ。力になれなくて悪いね。じゃ、そろそろ仕事にもどらないと。ショーのチケットを売らないと、父さんにおこられるから」

わたしは横にずれて、うしろの人をとおした。まだ口をあけていたけど、言葉がまったく出てこない。

体の感覚がなくなって、この場にたおれてしまいそうだ。ヴィクターの言葉が体の中にながれだす。また沼地熱《ぬまちねつ》にかかったように、頭がくらくらした。グレースはここにいない。満月座《ざ》のおどり子にはならなかった。グレースが満月座《ざ》にいたことはない……。

22
鬼火《おにび》

涙沼《なみだぬま》の上をただよう霧《きり》のように、テントの外をふらふらと歩いた。さわがしい音楽と笑い声の中、人にぶつかりながらさまよっているあいだ、なににも気にとめなかった。

まさかグレースがいないなんて……。

この数か月間、グレースは満月座《ざ》にいると思いこんでいた。井戸の底の暗闇《くらやみ》にバケツをおろすとき、水があるのをうたがわないのとおなじように、それはたしかなことだった。グレースは自由になって、満月座《ざ》のおどり子として幸せにくらしてると思っていた。

だけど、グレースは満月座《ざ》にいなかった。

それが真実だったら、〝自由に、幸せにくらしてる〟というのもちがうのかもしれない。グレースは沼《ぬま》の底にしずんでいると、父さんはサイラスに言っていた。ほんとうにそうなのだろうか。いや、そんなはずはない。わたしの中のどこかでそう感じる。けれど、だんだんわからなくなってくる。

ひとりでここまでくるあいだ、いろいろな恐怖《きょうふ》をあじわった。不気味なけがれっ原ですごした夜。ホグバックの丘《おか》で見た葬式《そうしき》。恐《おそ》れ森では沼地熱《ぬまちねつ》で死にかけ、涙沼《なみだぬま》にただよう死体も見た。それでも、グレースはここにいると思っていたから、どうにか旅をつづけられたのだ。

音楽や人の声がうしろに遠のき、ぼんやりとしか聞こえなくなる。ほとんど無意識《むいしき》のまま丘《おか》をおりて、涙沼《なみだぬま》にもどった。馬はわたしを見たあと、また草を食べはじめた。父さんの毛布《もうふ》はせわしなく上下している。まだ熱が高いのだろう。たき火に枝《えだ》をくべたあと、しばらくその場に立って、体があたたまるのを待った。

なにかがそっと、心のすみをたたいている。つかまえようとすると、そのたびに蛾《が》のようにとんでいってしまう。

目の前の沼《ぬま》を見おろした。危険《きけん》な、不気味な沼《ぬま》は、獲物《えもの》がくるのを待っている。うすく白い羽《はね》のついたなにかが、心の中をとびまわる。あともうすこしでつかまえられそうなところで、ぱっとどこかに逃《に》げていく。

沼《ぬま》の王と、ランタンの明かりに引きよせられた迷《まよ》える魂《たましい》のことを考えた。ギーサ・グリーンウッドの物語と、沼《ぬま》でいなくなったという、サラとエイモスのお父さんのことも。わたしはふと思った。もしグレースが村を出ていなければ？　もしかしたら、逃《に》げるとちゅうでなにかがおきて、迷《まよ》える魂《たましい》として沼《ぬま》をさまよっているのではないだろうか。

その瞬間《しゅんかん》、きっとそうだと、体の芯《しん》に強く感じた。

グレースの子守歌《こもりうた》のメロディが、夢《ゆめ》のように頭の中にながれこむ。
「おとめは川の　ほとりでねむる
うつら　うつら　夢《ゆめ》を見る……」
わたしは息をのんだ。グレースの声が聞こえる。暗闇《くらやみ》の中、あえぎながら、目をこらしてグレースをさがした。胸《むね》がしめつけられ、涙《なみだ》がこぼれた。わたしの中にあった勇気や希望は、ぜんぶつかいはたしてしまった。そういうものをすこしずつ心にふやして、ここまできたけれど、もうなにものこってない。
わたしの心をしずめるように、グレースの歌があたりにひびく。
「闇《やみ》にひかる星　白い月
やわらかな雨がふったあと
日はまたのぼり　冬は深まる……」
涙沼《なみだぬま》の上に桃色《ももいろ》の光が見えた。あたたかくむかえてくれる明かりに引きよせられる。グレースがよんでいる。わたしの帰る場所はあそこだ。
「おとめは目をさまさない
とわにねむる　さだめのために……」
沼《ぬま》の上にかがやく光にむかって、何歩かすすんだそのとき、なにかの気配をうしろに感じた。

わたしはとびあがった。あやしげな術《じゅつ》からさめて、現実《げんじつ》に引きもどされる。

「メイ?」

しわがれた声でよんだのは、父さんだった。体をおこし、ぼんやりした目でわたしを見ている。熱のせいで顔じゅうに汗《あせ》をかいた父さんは、あごをふるわせて泣きだした。

「そこにいるはメイか。会いたかったよ」

メイというのは、母さんの名前だ。

父さんは目をほそくして、こちらを見つめてから、まばたきをした。わたしのうしろでは、火が赤々と燃《も》えている。春迎《はるむか》えの祭りのときに、炎《ほのお》を背《せ》にして立っていたフレイアを思いだした。

いまのわたしも影《かげ》になっているし、顔はベールと長い髪《かみ》にかくれている。

しかも、母さんのマントとブローチまで身につけてるから、わたしのことを母さんだと思っているのだ。

「ああ、メイ……」

父さんが手をのばしてきた。手がふるえている。顔をくしゃくしゃにして、涙《なみだ》をながしている。

「すまない。まさかこんなことになるとは……」

涙《なみだ》にむせびながら、父さんがたおれこむ。

いったい、なにをあやまっているのだろう。どうしたらよいのかわからず、その場でかたまってしまう。わたしが声を出したら、母さんでないのがわかってしまうだろうか。いや、熱にうかされた父さんは気づかないかもしれない。それにかけることにした。

やさしい声できいてみた。

「なんの話？」

「おまえの母さん……つまり、ばあさんのことさ」

「お母さんがどうしたの」

「村のやつらに、あいつは魔女《まじょ》だと言ったんだ。妙《みょう》な魔法《まほう》をつかって、部屋の反対側までおれをとばしたって……」

とんでもない話に、耳をうたがった。父さんは話しつづけた。

「しかたがなかったんだよ。フリントが見つからないのは、おれがぬすんでかくしているからだと言われて、さらし台につれていかれたもんだから。とっさに口から出ちまった。馬や娘《むすめ》たちが消えたのは魔法《まほう》のせいだと。村で子羊が死んだのも、どこかの納屋《なや》が焼けたのもぜんぶ、ばあさんが悪魔《あくま》の目で術《じゅつ》をかけたことにした。そうしたら、ばあさんは魔女《まじょ》だと言われるようになったのさ。もう時間の問題だな……」

わたしの手も父さんのようにふるえていたけど、沼地熱《ぬまちねつ》のせいではない。氷のように冷たい恐怖《きょうふ》につかまれているからだ。

「時間の問題?」

そう、ささやいたわたしに、父さんはこたえた。

「ああ。もうじき、連中がばあさんをつかまえにくる」

23　村へ

フレイアがわたしの行き先を父さんに話したわけが、ようやくわかった。どうしても帰ってきてほしかったから、猟犬《りょうけん》にあとを追わせるように、父さんとサイラスをむかわせたのだ。

村の人たちはおばあちゃんが魔女《まじょ》だと思っている。

もうすぐ、おばあちゃんのもとにやってくる。

おばあちゃんがひどい目にあうまえにとめないといけない。

父さんがわたしにむかって手をのばした。びっしょりと汗《あせ》をかいた父さんは、すすり泣きながらつぶやいた。

「メイ……」

「メイじゃない」

冷たい声でつづける。

「わたしはウィラだよ。はやく家に帰らないと」

父さんはここにおいていこうか。このまま死なせるのがいいのではないか。そんな思いがちらとうかんだけど、村の人たちに真実を話してもらう必要がある。父さんの言ったことはぜんぶつくり話で、おばあちゃんは魔女《まじょ》ではないと。そうしたら村の人たちも考えをあらためるだろう。おばあちゃんがどんな目にあうか、考えるのもこわかった。まさか火あぶりの刑《けい》などということは……。うちの村で魔女《まじょ》だと言われた人が火あぶりになったのは、もう何百年もまえだけど、もしや、むちで打たれたり、水責《みずぜ》めにされたり……。おそろしい想像《そうぞう》がどんどんうかんでくる。

とにかく一刻《いっこく》もはやく、手遅《ておく》れになるまえに帰ったほうがいい。

荷物をまとめているあいだ、家族や村のことを考えた。三つ子やフレイアはきっと、とんでもなくおびえている。それに気がかりなのは、うちの村にはクーパーさんのように、おばあちゃんをよく思ってない人もいるということだ。おばあちゃんがほかの長老たちに影響力《えいきょうりょく》をもっているのが、気にくわないらしい。それに、おばあちゃんのものの見方がほかの人とはちがっていて、知恵《ちえ》と強い意志《いし》があり、なんでもはっきり口にするのが気にさわるようだ。それがねたみや憎《にく》しみにつながって、クーパーさんは何年ものあいだ、こういう機会を待っていたのではないだろうか。おばあちゃんさえいなくなれば、自分の好きなようにできるから。

馬たちに鞍《くら》をつけるあいだ、父さんは草の上にねかせておいた。ジェットは元気をとりもどしたみたいだ。「うちに帰るよ」というわたしの言葉に、ぴょんとはねた。

涙沼《なみだぬま》に目をやると、今夜は霧《きり》が出ていない。こうこうとかがやく、まるい月の下、アシやガマのしげみがあやしげにゆれる。かすむ水面にうつった、ぼやけた月は、沼《ぬま》の深みにとらえられているようだ。

沼《ぬま》をつっきれば近道だけど、それで無事にたどりつける気がしなかった。死体がたくさん沼《ぬま》をただよっていたり、沼《ぬま》の王の鬼火《おにび》が見えたりするかもしれない。それに、サイラスは沼《ぬま》の底にしずんでいるか、あるいはまだ生きていて、どこかでわたしたちを待ちかまえているかも……。

遠まわりだとしても、沼《ぬま》をぐるっとまわっていこう。どうか手遅《てお》れになるまえに、おばあちゃんのところに行けますように。

ジェットの手綱《たづな》がからまないように結んでから、フリントの背《せ》に荷物をくくりつける。それから、足がかりになりそうな丸太にシルバーをつなぎ、近くまで父さんを引きずっていった。

「乗って」

父さんはよろめきながら、できないだのなんだの言っていた。最後にはなんとか丸太の上にあがったけど、ブーツをあぶみにかけるときも、まだぶつぶつ言っていた。

「ほっといてくれよ……。おれはもう死んだっていい……」

「おばあちゃんが魔女《まじょ》だなんて言ったのは嘘《うそ》だと、村の人たちに言ってからにして。死ぬのはそれからだよ」

父さんがおぼつかない足どりで、鞍《くら》にあがろうとした。わたしは父さんをおしあげて、シルバーの背《せ》に乗せた。混乱《こんらん》したようすでまわりを見ていた父さんが、フリントに目をとめる。

「おれの馬だ！　ずっとさがしてたんだ。これほどきれいな馬はどこにもいないからな」

目に涙《なみだ》をうかべながら、父さんが言うのを聞いた瞬間《しゅんかん》、胸《むね》がしめつけられた。父さんがわたしにむかって、こんな言葉をかけたことはない。わたしたち姉妹《しまい》のだれのことも、そんなふうには言わないだろう。

わたしは、シルバーの手綱《たづな》を丸太からはずし、フリントの背《せ》にのぼった。背《せ》の上でゆられながら、シルバーに合図を送る。それからジェットをよんだ。

「ジェットもおいで」

ジェットが首をふりながらやってきて、顔をこちらによせた。わたしは鼻をなでてやった。

「シルバーが父さんを乗せて、フリントがわたしと荷物をはこぶから、おまえはただついてきて。きっとだいじょうぶだよ。がんばって家に帰ろうね」

涙沼《なみだぬま》のまわりの道は曲がりくねっていた。フリントに乗ったわたしが先頭を走り、間をあけずにシルバー、ジェットがあとにつづいた。走っているあいだ、だれともすれちがわなかった。

わたしたちしかいない道を、月明かりがてらしている。わたしはもっと速く走りたかったし、フリントがうずうずしているのもわかったけど、おなじペースですすみつづけた。でこぼこした道で速度をあげれば、父さんが馬から落ちてしまうかもしれない。ジェットがたおれるのもこまる。

どこまでもつづいているような道が腹立《はらだ》たしい。

勇気を出して、涙沼《なみだぬま》をわたったほうがよかったのではないだろうか。

おそれを知らないダーシーのすがたが頭にうかぶ。マントにつけた〝魔法《まほう》のおもり〟をさわってみた。ここまでほんとうに大変な旅をしてきたものだ。

ようやく、涙沼《なみだぬま》のはしまできた。不気味な〝恐《おそ》れ森〟をぬけたところで一時間ほど馬を休ませたあと、夜が明けるころに出発した。このあたりまでくると、道がよくなって、速度をあげられるようになった。フリントとシルバーはペースをゆるめず走りつづけた。父さんは鞍《くら》にしがみついている。ジェットもなんとかついてきていた。うちに帰れるのがわかっているのだろう。はやく自分の馬小屋でくつろいで、カラスムギを食べたいと思っているにちがいなかった。

わたしも一刻《いっこく》もはやく、うちにたどりつきたい。だけど、そこになにが待ってるのか、考えるのはこわかった。

日がくれるまえにホグバックの丘《おか》までできた。そのうちにジェットが足をひきずるようになった。立ちどまってしらべてみると、左のうしろ足のやわらかい部分に石がくいこんでいる。わたしは石をはずしてから、鞍《くら》をおろした。

「ここで休もうか」

ジェットがそっと、鼻先をわたしの肩《かた》におしつける。元気のありあまっているフリントは、草を食べているロバと追いかけっこがしたいらしく、近づいていった。前を行ったりきたりしてさそったものの、ロバにその気はないようだ。やがてフリントもあきらめて、憤慨《ふんがい》したようすで草を食べはじめた。

わたしはその場に腰《こし》をおろし、モスさんの地図をながめた。行きは大きな道をさけて湿原《しつげん》や農地をとおってきた。そのあと曲がる場所をまちがえて、けがれっ原まで行ってしまったけど、もうコンパスのつかいかたにもなれたから、そんなことにはならないだろう。父さんとサイラスがたどった、いちばん近い道を行けば、明日、日がくれるまえに村につく。

最初の晩《ばん》、けがれっ原ですごしたときのことを思いだすと、体がふるえた。

グレースに会いたくて、たったひとりで家をとびだしたあと、あの不気味な場所で胸《むね》の寒くなるような恐怖《きょうふ》を味わった。あれから一か月がたったけど、グレースはまだ見つからない。いったいどこにいるのか、まったく見当がつかない。いや、それだけでなく……いまはおばあちゃんにも危険《きけん》がせまっている。

24 魔女《まじょ》

村についたときは、まだ夜にもなってないのに、空が薄暗《うすぐら》かった。嵐《あらし》をよぶ黒雲がたれこめて、うずをまいている。風が雷鳴《らいめい》のように、耳の内で鳴っている。

はげしくふきつける風のむこうから、人の声が聞こえる。声をたどっていくと、うちの農場に行きついた。そして、人が大勢《おおぜい》あつまっているのが目にとびこんできた。村じゅうの人がうちの農場におしよせている。

「魔女《まじょ》を出せ！」

ざわめきの中、だれかの声がひびく。そのあとべつの声もした。

「魔女《まじょ》をここにつれてこい！」

怒《いか》りと恐怖《きょうふ》に体がふるえる。きのうのうちか、せめて何時間かでもはやく帰ってきていれば、父さんが村の人たちにわけを話していただろう。そうしたら、こんなことにはならなかったかもしれない。

熱狂《ねっきょう》した群衆《ぐんしゅう》は、なにをしでかすかわからない顔をしていた。この瞬間《しゅんかん》を楽しんでいるようにも見えた。憎《にく》しみが村人をひとつにしていた。おばあちゃんが魔女《まじょ》だったら、自分たちはなにをしてもいいと思っているのか……。

「ひどすぎる」

わたしはつぶやいた。それから、馬たちを門の柱につないだ。父さんはシルバーの背《せ》の上でくずおれている。馬たちはまわりの音や光景に動揺《どうよう》して、不安そうにしていた。葬式《そうしき》で鳴らす太鼓《たいこ》のように、心臓《しんぞう》がわたしの胸《むね》の中で打っている。

おばあちゃんはきっと無事だと、自分に言いきかせた。村の人たちがこんなふうにさわいでいるということは、まだつかまってない。なんとかまにあった。

マントのフードをかぶって、だれにも気づかれないことをいのりながら、人混《ひとご》みをかきわけてすすんだ。興奮《こうふん》した人々の汗《あせ》と、酒のにおいがする。ふみつけられた庭のたい肥《ひ》のにおいもした。

家のうら口の前の踏《ふ》み段《だん》に、フレイアと妹たちが立っているのが見えた。フレイアは斧《おの》をもって、戸口を見はっている。火かき棒《ぼう》をにぎりしめたダーシーは、まるで剣《けん》でも手にしたようだ。ふっくらとした顔に、真剣《しんけん》な表情《ひょうじょう》をうかべている。おそれの色がまったくないところが、おばあちゃんによく似《に》ていた。

おばあちゃんは家にいるはずだ。家の中から、村の人たちがさけぶ声を聞いているのだろう。

人混《ひとご》みの中、むっとするにおいをかぎながら、村人が手にした、さびたシャベルをよけてすすむ。この場の空気に酔《よ》った人たちがおそろしかった。荒《あ》れもようの空の下、雷鳴《らいめい》がとどろく。大粒《おおつぶ》の雨がばらばらと落ちてくる。

「魔女《まじょ》を出せ！　魔女《まじょ》を出せ！」

すると、苦しそうにうめく声がした。だれかの声があとにつづく。

「おい、こいつはネイトじゃないか。ネイト・ファーンズビーが帰ってきたぞ」

みんながふりむいて、父さんを見た。

「たすけてくれ……。おれはもう死にそうだ……」

父さんが言ったあと、だれかがさけんだ。

「魔女《まじょ》になにかされたんじゃないかい。きっとそうにきまっているよ」

クーパーさんだ。わたしの目の前にクーパーさんがいる。赤々と燃《も》えるたいまつをもって、うちの戸口のすぐ近くに立っている。目をらんらんとさせて。おばあちゃんがこの村で女王のごとくふるまうのは、もうおわりだと言っているようだ。

「悪魔《あくま》の目でなにかしたんだな！」

だれかが言って、クーパーさんがこたえた。

「ああ、魔女《まじょ》が呪《のろ》いをかけたのさ！」

人々は口々に声をあげた。

「子羊が死んだのは魔女《まじょ》のせいだ！」

「うちの納屋《なや》が燃《も》えたのもそうだ！」

この人たちはあまりに多くのものをなくしたから、それをだれかのせいにしないかぎり、気がおさまらないのだ。

「おばあちゃんは魔女《まじょ》じゃない！　悪魔《あくま》の目なんかもってないし、羊を殺《ころ》したり、納屋《なや》を燃《も》やしたりもしていない。父さんは虫にさされて、沼地熱《ぬまちねつ》にかかっているだけで、おばあちゃんがなにかしたわけじゃないよ」

わたしは大声で言った。だけど、だれの耳にもとどかない。わたしは家のうら口の前に、フレイアや妹たちといっしょに立った。

「父さん、この人たちに言って。ほんとうのことを話して」

でも、父さんは熱にうかされていて、「おれはもう死にそうだ」とつぶやくだけ。

村の人たちは、父さんがシルバーの背《せ》からおりるのを手伝った。いまの父さんにはなにも話せない。まわりの人たちの顔を見て、考えを変えるのはむずかしいとわかった。これはみんながずっと待っていて、いつかおきることだったのだ。

「これまでずいぶん、えらそうにしてきたからねえ、すこしとっちめてやったほうがいいんじゃないか」

横にいるおばさんをひじでつつきながら、クーパーさんがぼそっと言った。だれかがさけんだ。

「馬のむちをもってこい！」

「その必要はない」

群衆《ぐんしゅう》をかきわけて前に出てきたのは、老ウォーレンだ。でも、そのあとも周囲《しゅうい》の声はやまなかった。

「ばあさんをかばう気か！」

「あいつは魔女《まじょ》なんだぞ！」

老ウォーレンは心の中でなにかと戦っているように見えた。群衆《ぐんしゅう》がのぞむものをあたえなければ、自分の身があやうくなるだろう。

老ウォーレンはけわしい顔をして言った。

「水責《みずぜ》めの刑《けい》がいいだろう。明日の朝、グレイ兄弟の池につれていけ」

つぎの瞬間《しゅんかん》、老ウォーレンをおしのけて、人の波がこちらにむかってきた。

「朝までに逃《に》げられたらどうするんだ！」

「とっとと魔女《まじょ》をつかまえろ！」

「いますぐ池につれていけ!」

わたしたちは群衆《ぐんしゅう》をおしかえした。ふきあれる風の中、たいまつをかかげた村人たちにむかって、わたしたちはさけんだ。

「おばあちゃんのことはほっといて!」

「うちの農場から出ていって!」

稲光《いなびかり》が目をくらませる。空に雷鳴《らいめい》がとどろき、わたしたちは声をあげつづけた。

「はやく、ここから出ていって!」

村人たちは空を見あげると、とまどったようにこちらを見て、ひそひそ言葉をかわしはじめた。

「まさか、この子らも魔女《まじょ》ではなかろうね」

「いや、ひょっとしたら、ファーンズビーの女はみんなそうなんじゃないか」

人々があとずさる。このまま引きさがることはないだろうけど、次の手を考える時間はかせげそうだ。

わたしは声をおとして言った。

「家にはいろう」

「でも、父さんをおいていけないよ」

ドリーがこたえたとき、庭のほうから声がした。

「ドアをあけてくれ」

モス夫妻《ふさい》とファーガスだ。三人は父さんの手足をつかんで、ここまではこんできてくれていた。

わたしはドアをおさえながら、オオカミの群れを前にした牧羊犬のように、村人たちを見はった。三人は台所をとおって、炉《ろ》のそばの寝床《ねどこ》に父さんを寝《ね》かせた。全員が中にはいったあとで、ドアにかんぬきをかける。フレイアはドアをおさえるために、大きないすをもってきた。ファーガスはフレイアを手伝ったあと、モスさんといっしょに、家じゅうの戸や窓《まど》の前にものをつみあげた。

あらい息のおさまらぬまま、たがいに顔を見あわせていると、炉《ろ》のそばのいすから声がした。

「そこにいるのはウィラかい」

「おばあちゃん！」

わたしはおばあちゃんにかけよった。床《ゆか》にひざをつき、やわらかな肩《かた》に顔をうずめる。涙《なみだ》があふれて、とまらない。おばあちゃんはわたしの背中《せなか》をなでて、やさしく言った。

「ああ、ウィラ、帰ってきたんだね」

わたしがまだ小さかったときのように、このままずっと、おばあちゃんの腕《うで》の中にいたい。

外に大勢《おおぜい》の村人があつまっていることを考えると、体の芯《しん》がふるえる。

「おばあちゃんのことは、ぜったいにまもるからね」

すると、わたしの体をすこしはなして、おばあちゃんが言った。

「さらし首にするとか、牢屋《ろうや》に入れるとか、ウォーレンになにか言われたのかい」

わたしたちは首をふった。フレイアが静かにこたえた。

「いいえ、水責《みずぜ》めの刑《けい》にすると」

みんなだまりこんで、おなじことを考えていた。池にしずめられるのは、どんなに苦しいだろう。しかも、それが何度もくりかえされるのだ。

おばあちゃんはほほえんで、口をひらいた。

「そうかい。そんな気がしていたよ。五十回かもっと、冷たい水の中に入れられたら、わたしの心臓《しんぞう》はもたないだろう。この世をはなれるときがきたようだね」

「おばあちゃん、そんな……」

「この日がくることは決まっていたのさ。覚悟《かくご》はできているよ」

胸《むね》に手をあてて、そのまま言葉をつづける。

「ちかごろ体力が落ちて、息がつづかなくなってきたし、胸《むね》がひどく痛《いた》んでねえ。そろそろお迎《むか》えがくるころだと思っていたんだよ」

「でも、こんなのだめだよ……」

「そうかねえ、こんなふうに死ぬのはなかなかのもんだと、おばあちゃんは思うけれど。わたしはこの村の魔女《まじょ》として、おまえの孫やそのまた孫にまで語りつがれるだろうよ。おまえの母さんの本に出てきた、グリーンウッドの姉妹《しまい》のように。それも悪くないじゃないか。それに、わたしは死ぬのをこわがっていないのだから、おまえたちがこわがることはないんだよ」

外からはいろいろな音が聞こえてくる。雨粒《あまつぶ》が屋根をはげしく打つ。村人たちがさけんだり、はやしたりする声にあわせて、ブーツやシャベルが地面をたたく。それでも、おばあちゃんはなにも気にしてないようだ。

おばあちゃんはハンカチでわたしの涙《なみだ》をぬぐうと、わたしのあごにそっと手をあてた。

「グレースは見つかったかい」

わたしは大いそぎで、旅のあいだにあったことをぜんぶ話した。おばあちゃんは目に光をやどし、わたしを見ていた。フレイアや三つ子たちも、じっとわたしを見つめていた。

「グレースは満月座《ざ》にいなかったのかい。そうしたら、いったい、どこにいるんだろうねえ」

そう、つぶやいたおばあちゃんに、わたしは声を低くしてこたえた。

「わからないよ。だけど……母さんの本に出てきた、沼《ぬま》の王の話をおぼえている？　沼《ぬま》の小鬼《こおに》が迷《まよ》える魂《たましい》を引きよせると、おばあちゃんは言っていたよね」

「あれはおとぎ話さ。いろいろなことを理解《りかい》するために、人がつくった話だよ」

「そうなのだけど、もしかしたら……」

「もしかしたら？」

大きな目でわたしを見つめながら、ドリーがくりかえす。ずんぐりした指でわたしの腕《うで》にふれて、ディーディーがうなずく。

「もしかしたら？」

フレイアとモスさんたちも、わたしが話をつづけるのを待っている。

とうとう、おばあちゃんがわたしのかわりに声を放った。

「グレースはいまも沼《ぬま》で迷《まよ》っていると言うのかい」

わたしはうなずいた。

だれも、なにも言わなかった。

おばあちゃんはすこし考えたあとで、口をひらいた。

「そうだねえ、すべての物語にははじまりがある。もしかしたら、このあたりには昔、暴君《ぼうくん》がいて、自分のもののように人を操《あやつ》っていたのかもしれない。恐怖《きょうふ》には、人を支配《しはい》する力がある。おそれがどこかにとりつくと、それは地面や人の心にしみこむ。まるで沼地《ぬまち》の冷気のごとく」

おばあちゃんは、寝床《ねどこ》の中で悪寒《おかん》にふるえている父さんに目をやった。モス夫人が父さんの口もとに、水のはいったカップをもっていった。

「沼《ぬま》の王はまだいるの？　鬼火《おにび》に引きよせられた、迷《まよ》える魂《たましい》はどうなったの？」

外から聞こえる声が大きくなった。だんだん、こちらに近づいてくる。

「魔女《まじょ》を出せ！」

「魔女《まじょ》を出せ！」

「魔女《まじょ》を出せ！」

おばあちゃんはドアのほうをむいてから、わたしに顔をむけてほほえんだ。

「おまえはいつも、自分からやっかいごとをさがしてるようだが、やっかいごとだけでなく、グレースのこともきっとさがしだせるだろうよ。グレースがどこかで迷《まよ》っていて、うちに帰れなくなっているとしたら、見つけてあげられるのはウィラだと、わたしにはわかる。自分はちっぽけで、無力で、ひとりぼっちだと感じても、ぜったいにそんなことはない。どうかわすれないでおくれ。おまえは自分が思っているより強いし、けしてひとりぼっちになることはない」

わたしは鼻をすすって、うなずいた。

おばあちゃんはエプロンでわたしのほおをふいた。

「もっと時間があればねえ。おまえに話しておかなきゃいけなかったこともあるんだけど……」

おばあちゃんの声が小さくなる。おばあちゃんは首を横にふって、わたしのひたいにキスをした。

「外の物騒《ぶっそう》な連中は、これ以上待っていられないだろう。ドアをけやぶって、うちに火でもつけられちゃたまらないからね……。そこの棒《ぼう》をとっておくれ」

おばあちゃんはため息をつくと、ドアの横にたてかけた棒《ぼう》にむかってうなずいた。わたしが満月座《ざ》に行った日、屋根から雪をおろすのにつかった棒《ぼう》だ。それをつえにして立ちあがったおばあちゃんは、わたしが思っていたよりずっと弱々しかった。台所をよろよろと横切るすがたは、急に歳老《としお》いてしなびたようだ。つえが長いぶんだけ、いっそう小さく見える。

「おばあちゃんのことは、ぜったいにつれていかせないよ」

「バカを言うんじゃないよ！　わたしをつれていかせるなんて、どこのだれにもできやしない。わたしは自分の意志《いし》で行くのさ」

おばあちゃんはぴしゃりと言うと、わたしたちを見まわして言葉をつづけた。

「この村の人たちは、自分の意志《いし》をもつことをおそれる。疑問《ぎもん》をもったり、もののあり方を変えたりすることもね。おまえたちの父さんとわたしは、それで何度やりあったか……。おばあちゃんがおまえたちにのぞむのは、他人や迷信《めいしん》や呪《のろ》いの言葉に、心をゆずりわたさないということさ。おまえたちはおまえたち自身のもので、ほかのだれのものでもないのだから。姉妹《しまい》のつながりを強くして、恐怖《きょうふ》やほかの人たちに支配《しはい》されないように」

わたしたちは「はい」とこたえた。ダーシーは敬礼《けいれい》のポーズをとった。

「あたしはあたし自身のもの。ほかのだれのものにもならない」

ドリーとディーディーが声をあわせた。おばあちゃんの言葉の意味がわかったとは思えないけど、二人でうたうように言いながら、その場で足踏《あしぶ》みをしている。

おばあちゃんがにっこりした。

「おまえたちひとりひとりに、炎《ほのお》がやどっている。人々はそれを好まないだろうが、火を消させてはいけないよ」

わたしたちはうなずいた。

すぐそばで雷《かみなり》の音がした。わたしの心臓《しんぞう》がはげしく打つ。

おばあちゃんは窓《まど》ごしに荒《あ》れた空を見て、満足そうな笑《え》みをうかべた。

「よしよし。そろそろ行こうかね」

フレイアとわたしは顔を見あわせた。いますぐ、とめないと。

だけど、おばあちゃんをとめるなんてできるだろうか。おばあちゃんはいすをどかし、ドアをあけた。黒々とした戸枠《とわく》の中、あざやかなショールをはおったすがたはとても小さく見える。

魔女《まじょ》のつえのような棒《ぼう》をもったおばあちゃんを見て、人々は急に静かになった。

「バカさわぎはそのくらいにおおし。わたしはたき火に投げこまれるカカシじゃないんだからね。

おまえさんたちに引きずられていくつもりはない。わたしに指一本でもふれたら、魔法《まほう》でヒキガエルに変えちまうよ」

おばあちゃんはきっぱりと言いはなった。

村人たちはおばあちゃんに視線《しせん》をむけたまま、身うごき一つしない。

おばあちゃんは陽気に、言葉をつづけた。

「それじゃあ行こうかね。おまえさんたち、どうしてそこにつったってるんだい。はやいとこ、やることをすませちまうよ」

25 嵐《あらし》をよぶ黒雲

燃《も》えながらのたくる蛇《へび》のように、たいまつをもった人の列は村の中をぐるぐるすすんだ。行列をひきいるのはクーパーさんだ。老ウォーレンが急ぎ足でそばを歩いている。雨に打たれたたいまつの火が、あちこちでジュッと音をたてる。

沸騰《ふっとう》した大釜《おおがま》の中をのぞいたような、波打つ暗い空に、いなずまが走る。

わたしたちはおばあちゃんのとなりを歩いた。ほかの人たちを寄《よ》せつけたくなかった。おばあちゃんはいったい、どういうつもりなのだろう。こんなおそろしいショーに引っぱりだされて、どうして平気でいられるのだろう。わたしはおばあちゃんのそばをけしてはなれない。そして、おばあちゃんに言われたとおり、わたしたち姉妹《しまい》はかたくつながっていよう。おばあちゃんの片側《かたがわ》をわたしとフレイア、もう片側《かたがわ》をドリーとディーディーが歩いた。前を歩くダーシーは、まだ火かき棒《ぼう》をもっている。ほそっこい足を懸命《けんめい》にうごかし、まわりについていこうとしている。

人々はぺちゃくちゃしゃべりつづけている。うしろを歩く少年が弟に話しかけた。

「魔女《まじょ》は本をかくしてるという話もあるんだよ！」

「ああ、そうとも」

おばあちゃんがふりかえって、口をはさんだ。とびあがるほどおどろいている兄弟にむかって、おばあちゃんが言葉をつづける。

「うちには本があるかもしれないね。そして、ほかの人たちも口に出さないだけで、実はもっているのかもしれないよ……」

おばあちゃんが立ちどまった。うしろを歩いていた人たちもみな、足をとめた。おばあちゃんは話しつづけた。

「ぼうやの頭には脳《のう》みそがつまっていて、善良《ぜんりょう》な心をもっているから言っておくがね、道を見うしなったり、残酷《ざんこく》なことをしたりするのは、とてもたやすいことなのさ」

「やかましい！　そうやってえらそうなことを言うから、こういうことになるんだよ」

クーパーさんが大声でさえぎった。おばあちゃんはほほえんだ。

「そうかい。わたしがえらそうにしているから、恥《はじ》をかかせると言うんだね。恥《は》ずべきなのはそっちだよ。あんたこそ恥《はじ》を知るがいい」

わたしたちはグロリアスの丘《おか》のふもとまでやってきた。ここにグレイ兄弟の池がある。深い池の水は冷たく、にごっている。水責《みずぜ》めにつかう古いいすは、ヤナギの木にかくれていた。巨《きょ》大《だい》なシーソーのような装置《そうち》は、絞首台《こうしゅだい》みたいなもの。ぬれた草地にそそいだ雨水が、水かさを増《ま》した池へとながれこむ。

クーパーさんは歳《とし》をとった、プライドの高いハトのように首をのばして立っていた。

「準備《じゅんび》はいいかい？」

準備《じゅんび》はもうできていた。

池のまわりでは人々がおしあっている。見やすい場所を確保《かくほ》しようとしているのだ。

空は不穏《ふおん》な音をたてて、さっきよりはげしく雨をふらせた。ヤナギの枝《えだ》の間から雨粒《あまつぶ》がばらばらと落ちてくる。

クーパーさんの孫息子《まごむすこ》が二人、おばあちゃんのところにやってきた。そのうちのひとりは、春迎《はるむか》えの祭りでグレースの相手役をつとめたジョスだ。ジョスはうつむいたまま、わたしたちのだれとも目をあわせようとしない。

おばあちゃんがジョスたちをおしのけた。

「わたしは羊じゃないんだからね。追いたてられるのはごめんだよ」

それから、おばあちゃんはおぼつかない足どりで丘《おか》をのぼりはじめた。池から遠ざかるおばあちゃんを見て、どこからか声があがる。

「どこに行こうとしてるんだ？」

おばあちゃんはふりむくと、丘《おか》の上のほうにはえた木を指さした。

「ご先祖《せんぞ》さまに最期《さいご》のあいさつをするんだよ」

「最期《さいご》のあいさつだと？　いまから死ぬわけでもなかろうに」

鼻で笑ったクーパーさんに、おばあちゃんがまゆをひそめて問いかける。

「ほんとうにそう思うかい？」

「ああ、そうさ……」

クーパーさんの声は、周囲《しゅうい》の怒声《どせい》にかきけされた。

「魔女《まじょ》を池にしずめろ！」

「それか火をつけて燃《も》やしてしまえ！」

まわりの友だちや近所の人たちに、クーパーさんが目をむけた。そのうちに、はっとした表《ひょう》情《じょう》になった。

おばあちゃんはよろよろと丘《おか》をのぼりつづけ、木のはえてない急斜面《きゅうしゃめん》にさしかかった。天気のいい日に三つ子たちはよく、この斜面《しゃめん》をころがって遊んでいる。

おいしげった草の中、ひろがった人の群れは、一定の距離《きょり》をとりつつ、用心深いオオカミのようについていった。雨がふりかかるたびに、たいまつの炎《ほのお》がかすかな音をたててゆらめく。

おばあちゃんがつえをつかいながら、地面をはうようにしてすすむすがたは、どこか小動物を思わせた。老いた骨《ほね》にのこった命と力を、つかいはたそうとしているようだ。先祖《せんぞ》の墓《はか》に行くというのは、ほんとうなのだろうか。もし、目的がほかにあるとしたら……。ひょっとしたら、このあと形勢《けいせい》が変わるのではないかと、どうしても願ってしまう。

空から不気味な音が聞こえる。あたりの空気が泡立《あわだ》ち、体がうずく。肌《はだ》がぴりぴりと痛《いた》み、全身の毛が逆立《さかだ》つ。おばあちゃんはすこしずつ、すこしずつ丘《おか》をのぼっていく。丘《おか》のてっぺんには母さんやおじいちゃん、おばあちゃんの父さんや母さんがうめられている。おばあちゃんはその手前で立ちどまり、近くの塚《つか》にあがった。ここは丘《おか》の上でいちばん高く、何マイルも先まで見わたせる。

魔法《まほう》つかいがもつような長いつえが、小さなまるっこい体をささえている。

いったいなにをする気だろう。

すさまじい音をひびかせる暗い空を、おばあちゃんはただ見あげながら、その場に立っていた。

突然《とつぜん》、目の前にまばゆい光が見えた。うずまく雲から落ちた雷《かみなり》が、おばあちゃんの体をつらぬいたのだ。

なにもかもが一瞬《いっしゅん》見えなくなり、つぎの瞬間《しゅんかん》、光は消えた。むこうで雷《かみなり》が鳴っている。ふりそそぐ雨に、すべてがぼやけて見える。

「なにがあった？　魔女《まじょ》はどこに行ったんだ？」

「魔女《まじょ》が消えたぞ！　きっと黒魔術《くろまじゅつ》をつかったんだ」

おばあちゃんは消えたわけではない。魔術《まじゅつ》をつかったわけでもない。

雷《かみなり》に打たれたのだ。

塚《つか》の上に湯気がただよっている。ふりしきる雨の中、何度も目をしばたたいた。おばあちゃんのすがたもつえも見えない。強烈《きょうれつ》な光に射《い》られた目は、なにもとらえられなかった。わたしは塚《つか》にむかって走りだした。フレイアと妹たちも息をきらして、あとにつづいた。

「おばあちゃん！」

おばあちゃんはあざやかなショールのきれはしとともに、地面にたおれていた。つえが草の中でくすぶっている。おばあちゃんの上に雷《かみなり》が落ちたとき、手からとんでいったのだ。

わたしはひざをついて、おばあちゃんの顔を手でつつんだ。白髪《しらが》の三《み》つ編《あ》みが、わたしのひざの上にたれる。

涙《なみだ》がわたしのほおをつたった。

「おばあちゃん？」

おばあちゃんの目はとじたままだ。

ダーシーがそばに立った。ダーシーがおばあちゃんの手をとると、つえをにぎっていた手は真っ黒になっていた。

フレイアもとなりにやってきた。

「おばあちゃん、だいじょうぶ？」

おばあちゃんの手足はだらりとたれていた。胸《むね》がわずかにうごくこともない。顔と首にひどいやけどをおっている。雷《かみなり》に打たれたあとだ。

おばあちゃんはもう、息をしていなかった。

夏至《げし》のころ

花咲《さ》き麦がのびゆく五月、草は風にゆれながら、刈《か》り入《い》れのときを待っている。ひなたにねそべる犬のごとく、日はますます長くなり、沼《ぬま》はこがねの色にかがやく。

「沼《ぬま》の王」より

メイ・ファーンズビー著《ちょ》『沼《ぬま》の物語』所収《しょしゅう》

26　わかれた魂《たましい》

おばあちゃんの亡骸《なきがら》は、雷《かみなり》が落ちた場所にうめた。母さんの墓《はか》には栗《くり》の木がうわっているけど、おばあちゃんの墓《はか》にはニワトコをうえることにした。埋葬《まいそう》のあいだ、そばにいたのはモスさんの家族だけ。丘《おか》をすこしくだったところに、埋葬《まいそう》を見まもる人たちのすがたが見えた。その人たちは立ったまま、こうべをたれて手をあわせていた。老ウォーレンは、おばあちゃんが死んだつぎの日に、うちの農場にやってきた。うしろにはクーパーさんがいた。

「こんなことになるとは思わなかったよ。わたしたちはただ……」

おばあちゃんが言っていたように、すこし恥《はじ》をかかせるつもりだったとでもいうのか。でも、おばあちゃんはそんなすがたを見せなかった。冷静でほこりたかく、池にしずめられるのをかたくこばんだ。けして、人々の言いなりにはならなかった。

あそこに雷《かみなり》が落ちることを、おばあちゃんは知っていたのだろうか。のぞんでむかえた最期《さいご》だったのかどうかはわからないけど、いずれにしても、自分の死に方を自分で決めたいと思っていたのはたしかだ。まったく、なんという逝《い》き方《かた》だったのだろう。きっと、おばあちゃんの言ったとおり、人々はこの話を語りつぐはずだ。

グロリアスの丘《おか》に陽《ひ》の光がふりそそぐ。わたしたちはおばあちゃんのためにうたった。

「なんじの糧《かて》をあたえし大地の
土に帰るときぞ　きたりぬ
なんじの命をあたえし大地の
土にいまこそ　いだかれん」

わたしたちはリュウキンカ、ワスレナグサ、カッコウセンノウを墓《はか》にそなえた。それから花の種をニワトコの苗木《なえぎ》のまわりにうめた。まわりの土をならしていると、ダーシーが言った。

「お花のベッドね」

そう、これは花のベッドだ。

「おばあちゃん、ぐっすりねむってね」

「沼《ぬま》の虫にさされないでね」

「いい夢《ゆめ》を見てね」

墓《はか》をかこむように、姉妹《しまい》五人で手をつなぐ。これほどグレースを恋《こい》しく思ったことはなかった。土でよごれた、小さなダーシーの手が、わたしの手をにぎる。どうしたら、この悲しみにたえられるのだろう。ぽかりと穴《あな》のあいたような世界で、どうやって生きていけばいいのだろう。あらゆるものがすぎさって、うずをまきながら、暗い沼《ぬま》の底にすいこまれていく。わたしたちも、なにもかも……。

そのあとの数週間、村の人たちはわたしたちを遠巻《とおま》きに見ていた。老ウォーレンやクーパーさんのように、自分たちのしたことを恥《は》じている人や、おばあちゃんの墓《はか》にきて、弔《とむら》いの歌をうたってくれた人もいた。その人たちはおばあちゃんの死に責任《せきにん》を感じているようで、おばあちゃんが魔女《まじょ》だという、父さんの言葉ももう信じていなかった。「村のみんなに尊敬《そんけい》されているばあさんが魔女《まじょ》だと？ ネイト・ファーンズビーみたいな、飲んだくれの言葉など信用できるものか」などと言っていた。だけど、暗い迷信《めいしん》にしがみついている人たちはまだ、おばあちゃんが魔術《まじゅつ》をつかって刑《けい》をのがれたのだと信じこんでいて、そんな視線《しせん》を感じる瞬間《しゅんかん》がときどきあった。

わたしたちが村の井戸に水をくみにいくと、子どもたちはさっとかくれたり、サンザシの生《い》け垣《がき》のかげでくすくす笑ったり、きゃあきゃあ言いながら逃《に》げたりする。わたしたちがそばをとおれば、村の人たちは話すのをやめた。顔をよせあい、ひそひそと話しはじめるときもあった。

「サイラスがどうなったかおぼえているだろ？ ネイトと出かけたまま帰ってこなかったじゃ

ないか。それでファーンズビー家は結局、フリントもシルバーも自分のものにしたんだよ。あいつらは馬を手に入れるために、サイラスを殺《ころ》したに決まってる」

馬を返したくなかった父さんが、サイラスを殺《ころ》して死体を道にすててきたのだと言う人もいれば、殺《ころ》したのはわたしだと言う人もいた。

「ネイトも魔女《まじょ》になにかされたんだろ。ファーンズビーの魔女《まじょ》たちはいろいろ悪さをしてきたからな」

父さんはひとまず生きながらえた。すくなくともいまは生きているけど、きっともう長くないのは、みんながわかっていた。寝床《ねどこ》に横たわった父さんは、壁《かべ》をむいてなにやらぐずぐず言っている。沼地熱《ぬまちねつ》が木食い虫のように父さんの体をむしばみ、ぼろぼろにしてしまったのだ。わたしたちの目の前で、父さんの残骸《ざんがい》がくずれていく。なにも食べられなくなり、顔色が悪くなって、ほおがこけた。手をうごかすたびに、手首のあたりの骨《ほね》や血管がうごくのがわかる。

まるで部屋のすみに幽霊《ゆうれい》がいるようだ。料理や掃除《そうじ》や食事をしたり、テーブルをみがいたりするあいだも、父さんの存在《そんざい》を強く感じた。だから一階にいるとき、わたしたちはあまり話さなくなった。なにか言わなければいけないことがあっても、それは父さんには聞かれたくなかったから、だまっていることが多くなり、居心地《いごこち》の悪い沈黙《ちんもく》がつづいた。そして、わたしたちの傷《きず》ついた心は、怒《いか》りと悲しみと願いでいっぱいだった。

わたしはいつも、おばあちゃんのことを考えている。〝ヴィラはグレースを見つけられる〟という、おばあちゃんの言葉が頭からはなれない。

ある晩《ばん》おそく、わたしはベッドの中でフレイアに話しかけた。

「沼《ぬま》の王はほんとうにいると思う？」

「まさか。だまって寝《ね》てよ」

「雷《かみなり》が落ちたとき、おばあちゃんの体に傷《きず》がついたでしょ」

フレイアはため息をつきながら言った。

「だからなに？」

「ずっと考えていたんだ。なにか意味があるんじゃないかと。あの傷《きず》は、体を二つに分けたように見えたよね。それで、沼《ぬま》の王をたおして迷《まよ》える魂《たましい》を救《すく》うのは、わかれた魂《たましい》の持ち主だと、おばあちゃんが言っていたのを思いだして……」

フレイアはすこしだまってから口をひらいた。

「おばあちゃんは死んだんだよ」

「そうだけど……」

「ここにいないのだから、沼《ぬま》の王とは戦えないよ」

フレイアの声はいつもよりやさしくひびいた。

そのあとしばらく、わたしたちはだまっていた。もう寝《ね》たのかと思っていると、フレイアは急にこんなことを言いだした。

「わたしたちはみんな、わかれた魂《たましい》の持ち主なんじゃないかな。生まれたときにまず母さんとわかれて、そのあともたいせつな人が死んだり、どこかに行ってしまったりするでしょう。でも、魂《たましい》のかたわれをなくしても、不完全な人間だということにはならないし、ひとりぼっちになるわけでもないのよね」

「いいこと言うじゃない」

「たまにはね」

暗闇《くらやみ》の中でほほえんでいると、フレイアが言った。

「実はね、おばあちゃんがそんなふうに言っていたの」

わたしはまたにっこりした。フレイアは言葉をつづけた。

「ウィラがいないとき、ダーシーが夜、沼《ぬま》の王の話をせがんでね」

沼《ぬま》の王の話は、ダーシーの頭の中にすっかりはいりこんでいるようだ。

そして、それはわたしの頭にもいすわっているのだった。村に帰ってきてからずっと、沼《ぬま》の王の話がほんとうのできごとのように思えてしかたがない。わたしにとっては、おばあちゃんが死んだことより現実味《げんじつみ》があるくらいだ。沼《ぬま》の王はきっとどこかにいる。いつわりの火をつかい、迷《まよ》える魂《たましい》をおびきよせている。もしグレースがまだ迷《まよ》っているとしたら、つれもどせるのはわたしだと、おばあちゃんは言っていた。だけど、いったいどこからさがせばいいのだろう。

わたしはなかなかねむれなかった。太陽はまだしずんでいない。最近は日が長くなり、あたたかくなってきた。もうすぐ一年でいちばん日の長い、夏至《げし》がやってくる。草地ではもう、夏《げ》至祭《しさい》のたき火の準備《じゅんび》がととのった。

金色の空が闇《やみ》に変わるまで、何時間もねむれぬまま横になっていた。霧《きり》の中で道に迷《まよ》ったみたいに、いつまでもぐるぐるとおなじことを考えてしまう。だれもがわかれた魂《たましい》の持ち主だと、フレイアは言っていた。そうしたら、みんなもわたしとおなじなのだろうか。自分の一部をなくしたような孤独《こどく》に、胸《むね》を痛《いた》めているのだろうか。

ねむっている父さんがうめき声をあげる。こんな声が聞こえるたびに、こんどこそ死んでしまうのではないかと思う。わたしはろうそくをもって一階におりた。

父さんはほとんど意識《いしき》のないまま、骸骨《がいこつ》のような指を折りながらつぶやいていた。

「はじめの娘《むすめ》は玉《たま》の輿《こし》……

家にのこすは二番目よ……

農家についた娘《むすめ》なら……

三人目の子に害はなし……」

父さんが苦々しく笑う。

「三人目の子に害はないんだと！」

突然《とつぜん》、父さんが顔をこちらにむけた。憎《にく》しみに顔をゆがめて、わたしを見つめる。そして死のにおいのする息をはいて、しわがれた声で言った。

「ウィラ、おまえはうちの巣にまぎれこんだカッコウの子だ。おまえはうちに災《わざわ》いをもたらしたんだ」

27 おばあちゃんの手紙

父さんの言葉が頭からはなれない。

「ウィラ、おまえはうちの巣にまぎれこんだカッコウの子だ。おまえはうちに災《わざわ》いをもたらしたんだ」

わたしは目をあけたまま横になっていた。

暗い記憶《きおく》がよみがえってきて、刃《やいば》のようにするどい恐怖《きょうふ》がするりと胸《むね》にはいりこむ。旅に出た晩《ばん》も、父さんに言われたのだ。わたしは父さんだけでなく、母さんからも愛されていなかったと。

うちの巣にまぎれこんだカッコウの子というのは、いったいどういう意味なのか、母さんはほんとうにそんなふうに思っていたのか、おばあちゃんにききたい。おばあちゃんが死んでからずっと、ききたいことは山ほどあった。

「はちみつケーキにはどれくらいはちみつを入れるの」

「かがり針《ばり》はどこにしまってあるんだっけ」

それからなにより、「どうしてわたしたちをおいていってしまったの」

つぎの朝、食事のあとかたづけをすませるとすぐに、二階のおばあちゃんの部屋に行った。ドアをしめ、深く息をすって、おばあちゃんのにおいをすいこむ。ハッカとシャボンソウの香りに、心がおちついた。このにおいはいつまでもつだろう。

おばあちゃんがいなくなったあとも、部屋はそのままにしていた。洗《あら》いおえたスカートはとっくの昔にかわいていたけど、いまも、部屋の中にわたしたロープにかかっている。

窓《まど》の外を見ると、三つ子たちが庭で遊んでいた。泥《どろ》をはねかえし、歓声《かんせい》をあげるすがたにほっとした。うちの中にただよっている、重苦しい沈黙《ちんもく》からのがれる時間が必要だと思ったから、鳥小屋に卵《たまご》をとりにいかせたのだ。三人は騎士《きし》かなにかになったつもりで、かごを頭にかぶり、ほうきの柄《え》をふりまわしていた。そんなふうに遊んでいても、おばあちゃんが死んだのが悲しくないわけではないし、いたんだカブみたいに寝床《ねどこ》でくちていく父さんを見て、なにも思わないはずがない。だけど、わたしにくっついて泣いているときでも、しばらくすると、また、三匹《びき》の子猫《こねこ》のようにじゃれはじめる。

いまはダーシーが泥《どろ》の中にたおれていた。おきあがることもできないほど、けらけらと笑いころげている。長い髪《かみ》を一本の三《み》つ編《あ》みにしたダーシーは、おばあちゃんを小さくしたようだ。かがやく黒い目には、知恵《ちえ》と茶目《ちゃめ》っ気《け》、だれにも予測《よそく》できない不思議ななにかをひめている。

おばあちゃんとグレース、そして母さんにまた会えたら、どんなにいいだろう。

おばあちゃんは死ぬまえ、わたしはひとりではないと言っていたけど、なんだかひとりぼっちになったように感じるのだった。外から三つ子たちの笑い声が聞こえてくるし、寝《ね》るときはとなりにフレイアがいるのに、なぜかいままでにないほど、まったくのひとりきりになった気がする。

「おばあちゃんは、父さんの言葉の意味を知っているよね。わたしはまぎれこんだカッコウの子で、うちに災《わざわ》いをもたらしたというのは、どういうことなの」

そっとつぶやいて、返事を待つ。おばあちゃんはよく、いつのまにかうしろにいて、話しかけてきたから、またそうなるのではないかと期待してしまう。だけど、そんなことはなかった。おばあちゃんの声は聞こえてこない。窓《まど》をあけて、部屋の空気を入れかえた。あたたかな風をうけて、ロープにかけたスカートがおどるように、ゆっくりとゆれた。

本をかくした戸棚《とだな》の前に立ってみた。おばあちゃんが死んでから、わたしたちはだれもここにきていないし、本を読むこともない。おばあちゃんが死んだのは、こういう本のせいでもあるように感じていたから。読み書きができず、それをわたしたちに教えたりしなければ、おばあちゃんは死なずにすんだかもしれない。それに、この秘密《ひみつ》の本のコレクションはおばあちゃんのものだから、勝手に読んではいけない気もしていた。

もし、おばあちゃんの魂《たましい》がどこかにのこっているとしたら、きっとたいせつな本の中だろう。ここにある本をひらけば、おばあちゃんを近くに感じられるだろうか。

わたしは戸棚《とだな》をあけた。その瞬間《しゅんかん》、息をのんだ。

戸棚《とだな》の中は、なにもかもきちんとととのえられていた。服はたたんで奥《おく》にしまわれ、前のほうに本を出してある。これまでのようにかくすのではなく、すぐそこの、ぱっと目につく場所につまれている。池にむかうまでの道で、おばあちゃんが少年にかけた言葉を思いだした。おばあちゃんはきっと決めていたのだ。まわりの目を気にして、本をかくすのはおわりにすると。

本は六つの山に分けてあった。そのそれぞれに、わたしたちひとりひとりの名前を書いた紙がついている。どれも、いちばん上に小さな布《ぬの》の袋《ふくろ》がおいてある。わたしは〝ヴィラ〟と書かれた紙を手にとり、青いインクの文字を指でなぞった。自分の名前を見ることはなかなかない。文字で書かれた名前を見ると、自分の存在《そんざい》をたしかなものとして感じた。自分の本と袋《ふくろ》をとって、ベッドにすわる。チャリンという音。きっと、袋《ふくろ》には硬貨《こうか》がはいっているのだ。

ひもをほどいて中をのぞいてみた。すると、はいっていたのはただの硬貨《こうか》ではなく、なんと金貨だった。

心臓《しんぞう》が一瞬《いっしゅん》、うごきをとめた。

おばあちゃんはわたしたちそれぞれに、本と金貨をのこしてくれたのだ。

この金貨はいったいどこからきたのだろう。ふつうの硬貨《こうか》であれば、おばあちゃんがいつももっている袋《ふくろ》に、たくさんはいっていたけれど。わたしたちが市場で毛糸や子羊や干《ほ》し草《くさ》を売ってかせいだお金を、おばあちゃんはいつもあつめていた。きっと何年ものあいだ、そのお金をひそかにためていたのだ。おばあちゃんがいなくなったあと、わたしたちが生活にこまらないように。

もう一つ思うことがあったけど、それを考えると、胸《むね》の奥《おく》がちくりと痛《いた》んだ。おばあちゃんはきっと、自分はもう長くないとわかっていた。それで、いろいろな準備《じゅんび》をととのえていたのではないだろうか。

わたしは自分の本の山を見た。ぜんぶ、わたしの好きな本だ。いちばん上には、グレースがいなくなるまえ、わたしが読んでいた本があった。おどるお姫《ひめ》さまの物語だったな、と思いながらひらくと、わたしが最後に読んでいたページで、そこには手紙がはさまっていた。おばあちゃんがわたしにあてた手紙。折りたたんだ紙にはスカイブルーのインクで、こんなことが書かれていた。

〝ヴィラへ
もっとはやく話しておくべきだったね……〟

28　言わなければならなかったこと

〝その子の名はコルトといった。コルトは子馬という意味だ。コルト・ファーンズビーは、おまえが生まれた数分後に生まれた。そう、おまえの双子《ふたご》の弟さ。

「男の子ね？　ネイトがよろこぶわ」

おまえの母さんの声は寝室《しんしつ》の戸をこえ、父さんにも聞こえた。

「男の子か！」

ネイトはよろこびのあまり、そのまま居酒屋《いざかや》まで走っていってしまった。

コルトは、小さなやせた赤《あか》ん坊《ぼう》だった。おなかの中にいるとき、どういうわけだか、この子には栄養がいかなかったんだ。だれのせいでもなくて、双子《ふたご》にはときどきそういうことがある。ゆりかごの中にならんだおまえたちは、二匹《ひき》の桃色《ももいろ》のいもむしのようによりそっていた。そんな二人を見て、ネイトはこう言った。

「女の子のほうはまるでカッコウの子だな。ほら、見てみろ。おれの息子《むすこ》は弱々しいのに、女の赤《あか》ん坊《ぼう》はまるまるとしている。カッコウの子がほかのひなどりの巣をのっとって、餌《えさ》を横取りしたみたいだ」

「バカなこと言うんじゃないよ。元気なかわいい女の子じゃないか。黒い髪《かみ》がメイにそっくりだ。力の強い子だねえ。わたしの指をぎゅっとつかんでくるよ」

けれども、ネイトは聞く耳をもたない。聞こうという気がまったくない。なんとおろかだったのだろう。ネイトはずっと男の子をほしがっていたからね。息子《むすこ》にうちをつがせて、この農場をもっと大きくして、ファーンズビーの名をのこしたかったのだろうよ。名前さえのこれば、自分もいつまでも生きつづけられるような気がしていたのさ。そんなものがなくても、自分がどれほどめぐまれているか、ネイトはまったく気づいていなかった。

小さなコルトはたった一度だけ目をあけた。かがやくような、こげ茶色の目はわすれられない。そして生まれてから何日かすると、コルトは死んでしまった。生きのこれない子羊がいるみたいに、生まれつき体の弱い子はいるものだ。悲しいけど、どうしようもないことなんだよ。

その晩《ばん》、ネイトは悲しみを酒でのみこんだ。それがすべてのはじまりだった。五年後、三つ子をうんだあとでメイが死んで、ネイトはそのとき、世界は自分の敵《てき》だと思ってしまった。迷信《めいしん》を信じるようになり、自分を見うしない、まるで影《かげ》のような男になった。

昔は陽気な男だった。心がやさしいとは言えないが、いっしょにいると楽しいこともあるから、メイはそこにひかれていっしょになったんだ。ネイトがバイオリンをひくと、だれでもうたったり、おどったりしたくなる。ウィラにも聞かせたかったねえ。グレースは父さんのバイオリンの演奏《えんそう》をおぼえていると思うよ。それで音楽が好きになったのかもしれないね。グレースを見つけたときには、きいてみておくれ。ウィラは勇敢《ゆうかん》な子だから、おまえだったら、グレースを見つけだせる。おばあちゃんにはわかるよ。

おまえが旅に出てから、ひと月がすぎた。まだ迷《まよ》い沼《ぬま》のどこかで、グレースをさがしているのだろう。はやくグレースに会えればいいのだけれど。

いま、この村ではいろいろなことがおきている。どうも、いい結末にはならないような気がしているよ。

わたしはきっともう長くないだろう。このところ心臓《しんぞう》のぐあいが悪く、息をするのが苦しくてね。ニワトリの餌《えさ》をやるときも、ときどき休まないといけない。命がつきるときは、なるようになるものだ。わたしはめぐまれた幸せな年寄《としよ》りとして、この世を去っていく。おまえがうちに帰るまで、もちこたえられたらいいのだがねえ。

ウィラ、この世からすっかり消えてしまう人などいないんだよ。わたしの愛するメイも、おまえの骨《ほね》にちゃんとのこっている。わたしもそうだし、わたしのまえに生きた人たちもみんな、おまえの中のどこかにいる。おばあちゃんはいつもおまえのそばにいる。足の下の大地にも、地をしめらす雨粒《あまつぶ》にも。愛をこめて　おばあちゃんより〟

顔をあげると、おばあちゃんのスカートが風にそっとゆれていた。じゃれあう三つ子たちの笑い声が聞こえる。「ふざけるのはやめて、うちの手伝いでもして！」と、フレイアが三つ子たちをしかる声も。馬小屋でフリントが鳴き声をあげた。ブラシをかけてほしくて、わたしをよんでいるか、三つ子たちにしっぽを三《み》つ編《あ》みにしてもらい、「きれいな馬ねえ」と言ってほしいのだ。部屋の中は夏の朝の金の光にあふれ、花粉《かふん》が舞《ま》っている。けれど、そういうすべてが遠く感じる。わたしだけべつの場所にへだてられているようだ。

わたしはおばあちゃんの手紙をにぎりしめて、そのままベッドにすわっていた。いま、となりにいるのはコルト・ファーンズビーの亡霊《ぼうれい》だろうか。

いや、そうではなく、コルトのいるべき場所があいているということなのかもしれない。なにかが欠けているような気がしていたのは、わたしの双子《ふたご》の弟で、かたわれでもあったコルトがいないからだろう。だから、心のどこかに痛《いた》みを感じていたのだ。

なぜ父さんはわたしをきらっていて、カッコウの子とよんだのか。それは、わたしのせいで、自分は息子《むすこ》にめぐまれなかったと思っているから。いや、それどころではない。父さんはわたしがコルトを殺《ころ》したと思っている。

わたしはふたたび、おばあちゃんの手紙を本にはさんだ。本と金貨の袋《ふくろ》は戸棚《とだな》にもどした。部屋を出て、そっと戸をしめる。それから階段《かいだん》をおりて、父さんのベッドのはしにすわった。

父さんはねていた。すくなくとも、おきているようには見えない。涙沼《なみだぬま》で見た死体みたいに、意識《いしき》の下をただよっている。あさく短い息をする音がひびく。もう長くはないだろう。

わたしは静かに語りかけた。

「コルトのこと、知ったんだ。おばあちゃんが手紙をのこしてくれたの。もっとはやく、父さんから言ってほしかった」

父さんがうっすらと目をあけて、こちらを見つめた。わたしは話しつづけた。

「コルトが死んだのは、わたしのせいじゃない」

父さんがそんなふうに思うことはないだろうけど、わたしは声に出して言わなければならなかった。話しあったり、あやまったり、ゆるしをこう時間はもう、父さんにはない。だけど、せめてわたしは言うべきことを言おう。

「コルトが死んだのは悲しいよ。わたしも、弟がいればよかったと思う。でも、死んだのはわたしのせいじゃない。だれが悪いわけでもなく、とても悲しいことがおきてしまったの」

父さんはなにも言わない。わたしはつづけた。

「娘《むすめ》が息子《むすこ》におとるなんて、そんなことはないからね」

父さんは目をしばたたいている。

「娘《むすめ》より息子《むすこ》のほうがいいなんて、ぜったいにないから！」

そんなふうに言いながら、目が熱くなる。刃《やいば》のような言葉とこみあげてきた悲しみが、のどをふさぐ。

父さんの頭がわずかにうごいた。また目をしばたたくと、黄ばんだ白目が見えた。眼球《がんきゅう》の血走ったあたりが、おばあちゃんの上に落ちた雷《かみなり》を思わせる。

毛布《もうふ》の上で骨《ほね》ばった手がうごき、わたしの手にかさなる。思わず、びくっとしてしまう。父さんの目はわたしをとおりこして、炉《ろ》の上の棚《たな》をむいている。棚《たな》の上には古いつぼやジョッキがならんでいて、ほこりをかぶったものもいっしょにのっていた。

「なにかとってほしいの？」

問いかけたわたしに、父さんはまた頭をうごかして言った。

「そ……そこ……」

わたしはいすにあがって、手をのばした。すると、おばあちゃんのつぼのうしろに、古いバイオリンがあった。

「これ？」

父さんの目が、そうだと言っている。そろそろとバイオリンをおろし、布《ぬの》でふいた。骸骨《がいこつ》のような手がふるえながら、こちらにのびてきた。バイオリンを胸《むね》にのせると、父さんはそれをだきしめた。涙《なみだ》が父さんのほおをつたった。

「バイオリンをひきたいの？　弓はどこ？」

父さんは首をふってから、つばをのんだ。そのあとでようやく言葉が出てきた。

「うめた……。コルトといっしょに……」

父さんは、わたしの弟といっしょに弓をうめたのだ。

グロリアスの丘《おか》のようすを思いうかべた。あの丘《おか》には五十年以上立っているような木があった。おばあちゃんのニワトコの苗木《なえぎ》や、母さんのクリの木もあって、それから……。あそこには、わたしにとって特別な木がある。その下でねころんでいると、欠けていたなにかとあわさって、一つになったみたいに、心やすらぐ場所だ。

「もしかして、コルトのお墓《はか》はマロニエの木？」

「ああ……」

かたくとじた父さんの目に、涙《なみだ》がにじんだ。父さんは、バイオリンの切れた弦《げん》にふれた。頭の中ではきっと、昔の曲が聞こえているのだろう。このまま音楽と悲しみにひたらせてあげたかったけど、これが最後のチャンスだと思ったから、わたしは口をひらいた。

「父さん、聞こえてるよね。もうひとつだけ言わせて。だいじなことだよ」

父さんがまた目をあけた。わたしは言った。

「ダーシーが母さんを殺《ころ》したわけじゃない。ダーシーのせいで、うちの家族に呪《のろ》いがふりかかったと思うのはちがうよ」

「ダーシーか」

父さんがかすれた声でつぶやいた。ほとんど聞こえないくらい、かすかな声。息づかいさえ感じられない。

「つれてこい……」

わたしは、あけはなしたドアの前に立った。

「ダーシー、父さんがよんでる」

三つ子たちが彫像《ちょうぞう》のようにうごきをとめる。三人は口をぽかんとあけて、わたしを見つめた。フレイアが鳥小屋から顔をのぞかせた。

「父さんがダーシーを？」

ダーシーは頭からかごをはずし、戦いにつかっていたほうきを下におくと、真剣《しんけん》な表情《ひょうじょう》をうかべて、家の中にはいっていった。エプロンについた砂《すな》を落とし、しきものの上でブーツの底をふき、父さんのベッドまで歩いていく。父さんにはもう、ダーシーに手をあげる力はのこっていないはずだけど、わたしは影《かげ》のようにダーシーのうしろを歩いた。父さんの最後の行いが、ダーシーを傷《きず》つけることであってはならない。それはぜったいにさけたかった。

「こっちに……」

父さんは骸骨《がいこつ》みたいな手をふりながら、うなるように言った。

ダーシーはひるむことなく、父さんの枕《まくら》もとにまっすぐむかった。そして、黄ばんだ目をじっと見た。

「なに？」

「もっと近く……」

おなかがしめつけられる。

ダーシーが父さんの上にかがみこむ。

父さんはめいっぱいダーシーに体をよせて、耳もとでなにやらささやいた。

ダーシーはうしろにさがったあとで一瞬《いっしゅん》、父さんを見つめた。それからあっさり、こんなふうに言った。

「うん、わかった。呪《のろ》いの言葉のとおり、わたしが父さんをうめるね」

29　グレースはどこに

父さんの最期《さいご》の数時間は、おだやかでみちたりたものになった。父さんがそばによるのをゆるしたのはダーシーだけ。ダーシーの手からでないと、父さんはカップの水もすすろうとしなかった。父さんは何年ものあいだ、ダーシーをきらっていた。というより、ずっとおそれていたのだと思う。だけど、死にゆく者が死神とひきあうように、二人の距離《きょり》は近づいた。ダーシーは、父さんをつぎの世に送る渡《わた》し守《もり》だった。

わたしたちはグロリアスの丘《おか》に父さんをうめることにした。沼《ぬま》を見おろせる高さまで、丘《おか》をのぼっていく。このあたりにはマロニエの木もある。わたしの双子《ふたご》の弟の木だ。ひょろりとした幹《みき》にふれて、「コルト、わたしだよ」とつぶやいてから、わたしはみんなに言った。

「ここにしよう」

父さんはきっと、息子《むすこ》のそばにうめてほしいと思うはずだ。

二か月のあいだに、葬式《そうしき》を二回もすることになってしまった。でも、今回はおばあちゃんのときとはちがった。ダーシーがひとりで、一日がかりで穴《あな》を掘《ほ》ったのだ。シャベルも一本しかもってこなかったし、ダーシーはそれを、わたしたちのだれにもさわらせなかった。近くのサンザシの木でミソサザイが鳴いている。その声はまるでなにかの誓《ちか》いのごとく、力強くひびいた。さざ波の上でおどる光のように、明るく澄《す》んだ声だった。

ディーディーがドリーにささやいた。

「ね、あたしの言ったとおりでしょ。呪《のろ》いの言葉はぜったいなの。グレースがサイラスと結婚《けっこん》しなくて、ウィラがしばらく農場をはなれたから、六番目の娘《むすめ》が父さんをうめることになったのよ」

「バカなことを言わないで。そんなのはただの迷信《めいしん》だから」

深い穴《あな》の底から、ダーシーの声が聞こえた。土をかきだすシャベルのようにするどい声で、ダーシーはつづけた。

「父さんにたのまれたとき、そうすると言ったからやってるだけ。あたしがやると決めたの。古くさい呪《のろ》いは関係ないよ。あたしが自分で決めたことなの」

わたしは静かに言った。

「父さんは、自分が正しかったことを証明《しょうめい》したかったんだろうな。呪《のろ》いを信じるのはおろかだと、おばあちゃんにずっと言われていたから。いまごろ、ほら見ろ、おれの言ったとおりだろ、と言っているよ。きっと満足しているね」

「ようやく気が休まったでしょうね」

うなずいたフレイアに、わたしは言った。

「そうだね。だけど、こうすることを最後に決めたのはダーシーだよね」

わたしたちは父さんの胸《むな》もとにバイオリンをおいた。みんなで穴《あな》に土をかけて、最後にリンボクの木をうえる。そのあとで弔《とむら》いの歌をうたった。わたしをずっときらっていて、グレースを売りとばした男のためにうたったのではない。昔、バイオリンの音色で母さんをよろこばせた人のためにうたったのだ。

うたいおわってから、わたしたちは顔を見あわせた。いや、そうではなく、みんながわたしを見ていた。すこしかたむいた太陽の金色の光が、フレイアと妹たちの顔をてらしている。ドリーとディーディーはウサギのような、真っ赤な目をしていた。はげしさを胸《むね》にひめた小さなダーシーはシャベルをにぎりしめ、全身真っ黒になっている。いろいろなことが肩《かた》にのしかかったフレイアのすがたは、戦いにやぶれた女王に見える。「これからどうするの」と、みんなの顔がきいているのは、わたしだけが外のひろい世界を知っているからだろう。わたしはひとりで旅するあいだ、傷《きず》ついてぼろぼろになりながら生きのびて、まえより強くなって帰ってきた。そんなわたしに、これからどうなるのか教えてほしいのだ。

だけど、わたしにもわからない。カカシのようにからっぽになった気分だ。すっかり弱気になっているのは、父さんといっしょに、わたしの気の強さもうめてしまったからなのだろうか。父さんからうけた憎《にく》しみは長いこと、わたしの一部になっていた。怒《いか》りと混乱《こんらん》とうらみがつみかさなって。だから、父さんがいなくなったいま、いろいろなことがわからなくなった。いったい、これからどうしたらいいのか……。わたしはまわりになじめないカッコウの子なのか……。わたしのせいでコルトは死んだのか……。

みんなに涙《なみだ》を見られないように、顔をそむける。

地面にすわって、草をつかんだ。目をしばたたいて、母さんのクリの木を見あげる。青々とした葉は、弟のマロニエの木にむかって、手をのばしているようにも見える。父さんの言ったとおり、わたしはカッコウの子で、弟を殺《ころ》したのだと、母さんも思っていたとしたら……。

フレイアがわたしの肩《かた》にふれた。

「ウィラはしばらく、ここにのこる？」

わたしは声をふりしぼり、「うん」とこたえた。

「フリントをつれてかえってきてね」

「わかった」

フリントは、農場からここまで父さんをはこんできてくれた。いまは丘《おか》のふもとの、グレイ兄弟の池のそばで草を食べている。

ダーシーがわたしのほおにキスをした。葉っぱと、雨と、夏の大地のにおいがした。

「ウィラ、だいじょうぶ?」

わたしはうなずいた。そして、ほおの涙《なみだ》をそでぬぐってから言った。

「だいじょうぶだよ。わたしも、みんなもね。きっとそうなるよ」

だけど、そんなふうにこたえるあいだ、ダーシーの顔を見ることはできなかった。

フレイアと妹たちは農場の話をしながら、丘《おか》をくだっていった。のびた草は刈《か》られ干《ほ》し草《くさ》になるのを待っているし、仕事は山ほどある。風が草地をわたっていき、草は波のようにさわさわとゆれた。

「ファーガスとモスさんたちにもたのんでみるわね。今年は、村の人たちが手伝ってくれるかわからないもの。できるだけ、わたしたちでなんとかしないと」

フレイアの声がした。「羊の毛刈《けが》りもしないとね」と、ダーシーが言う。「また市に行けるかな」と、はずんだ声で言っているのはドリーとディーディー。わたしやフレイアが小さかったころのように、三つ子たちはよく農場で遊んでいるけど、わたしたちのやっていることは遊びではないし、これからはもっと大変になるだろう。この村の人たちの多くは、わたしたちが魔《ま》女《じょ》の孫だと思っているのだから。

四人が丘《おか》をおりるにつれて、声は遠のいていった。ダーシーはシャベルを引きずっている。みんなは夏至祭《げしさい》や刈《か》り入《い》れのことを考えているようだけど、わたしはとてもそんな気にはなれなかった。グレースを見つけないかぎり、ここから先にはすすめない。

ただ恋《こい》しいというだけではない。グレースがいなくて、わたしたちはとてもこまっている。グレースにはあたたかさと分別があり、母親のようにやさしく、わたしたちのよいところを引きだしてくれる。それに、この村の人たちからとても好かれている。フレイアやわたしではなく、グレースの言うことだったら、村の人たちも聞いてくれるかもしれない。

グレースのことはじゅうぶん理解《りかい》していると、わたしは思っていた。自分はグレースの気持ちをわかってあげているのだと。あの晩《ばん》、グレースはこわがっていた。いや、この先の人生におびえていた。満月座《ざ》が新しいおどり子をさがしていると聞いたとき、グレースはこんなふうに思ったはずだ。これでやっと逃《に》げられる——。

グレースは満月座《ざ》といっしょに旅をしているのだと思っていた。でも、そうではなかった。いったい、どこにいるのだろう。道に迷《まよ》っているのか、それとも……。

まさか、グレースの迷《まよ》える魂《たましい》は、沼《ぬま》の王にとらわれている？

そんなふうに思う人は、きっと、わたししかいない。沼《ぬま》の王はただのおとぎ話だと、みんなは言っている。だけど、もし、おとぎ話でないとしたら……？

沼《ぬま》の王の話を最初から最後まで思いだしてみた。母さんの言葉が、わたしの頭と心にすっとはいってくる。勇敢《ゆうかん》に沼《ぬま》の王に立ちむかっていった姉妹《しまい》は、グロリアとギーサといったっけ。そんなことを考えているあいだ、ひんやりとした草をさわっていた。手のひらをひろげ、やわらかな土の中に指をもぐりこませる。グロリアスの丘《おか》にはえた、木々の根っこのように。そのとき、わたしは思いいたった。ぱっと目があき、指がとまる。

ひょっとして、グロリアスの丘《おか》という名前は、グロリアからきたのではないだろうか。まわりの世界が急にぐるっとうごいて、いままでとはちがって見えた。これから先はずっとそんなふうに見える気がした。

土にふれた指先のひやりとした感覚が、体じゅうにつたわっていき、わたしは強く思った。ここがグロリアに関係する場所だとしたら、グロリアはこの丘《おか》にうめられたのだろう。グロリアの亡骸《なきがら》はいまも、この地面の下にある。グロリアもギーサも昔、この村に、たしかにいた人たちなのだ。

そうだとすると、沼《ぬま》の王も、ぜったいにいないとは言いきれない。

心が蝶《ちょう》のように羽《は》ばたきはじめる。グレースはきっと沼《ぬま》の王につかまっている。どうしたら沼《ぬま》の王を見つけられる？　沼《ぬま》の王はいまも迷《まよ》い沼《ぬま》をさまよっているのか……。このあたりにある沼《ぬま》のどこかにひそんでいて、おびえた迷《まよ》える魂《たましい》を鬼火《おにび》で引きよせているのか……。

うつろ沼《ぬま》のむこうに日が落ちようとしていた。地平線のあたりにのこったピンクと金の光が、不気味ににごった暗い沼《ぬま》にすいこまれていく。そのとき、遠くの道を、影《かげ》のようななにかがすすんでいくのが見えた。馬かと思って見ていると、そのとおり。何頭かの黒い馬だった。ほろ馬車もいっしょだ。あの一団《いちだん》はもしかして……。

満月座《ざ》だ。満月座《ざ》がやってきたのだ。

おそれのようななにかが胸《むね》の底でふるえた。これは運命にちがいない。

ヴィクターはまちがっているのかもしれない。そんな思いが頭をかすめる。グレースはほんとうに満月座《ざ》にいないのだろうか。しのびよる悪夢《あくむ》のように、光の列はひっそりと村に近づいていく。

満月座《ざ》は、人をまどわすものであふれていた。沼《ぬま》の王が身をかくすのに、あれほどふさわしい場所はないだろう。

30　占《うらな》い師《し》

「フリント、こっちだよ」

サイラスの農場をつっきってすすむ。

ヤナギタンポポやキイチゴのしげった草地は、ひっそりとしずまっている。人気《ひとけ》のない家の上に、月がのぼっていた。サイラスと結婚《けっこん》していたら、グレースはどうなっていただろうか。サイラスの家の窓《まど》のむこうに、いまとじこめられているのは、グレースの影《かげ》かまぼろしか……。

庭では大きな雄猫《おすねこ》が二匹《ひき》、身をかがめていた。むかいあった二匹《ひき》は、相手から目をはなそうとしない。一匹《ぴき》はトラ猫《ねこ》。もう一匹《ぴき》は耳のかけた、よごれた白猫《しろねこ》だ。フリントはひづめの音をひびかせながら、からっぽの馬小屋をとおりすぎた。雄猫《おすねこ》たちはどちらもぴたりとうごきをとめて、まばたき一つせず、相手を見つめている。いつまでこうしているのだろう。音のない戦いからぬけだせずにいるのだろう。

うちの農場や、暗い草地をとおりすぎ、湿原《しつげん》の中の大きな道にむかっていそぐ。

満月座《ざ》を待ちうけるためだ。

両側にぽかりと口をあけた湿原《しつげん》。その先には、日の名残《なご》り。

わたしはだれともすれちがわなかった。

銀と白の羽《はね》のメンフクロウがやってきたけど、つぎの瞬間《しゅんかん》、そのままどこかにとびさった。

思わず、身ぶるいしたあとで考える。こんなところにひとりできてしまって、ほんとうによかったのか……。

いや、これでよかったのだ。フレイアや妹たちをつれてきて、危険《きけん》にさらすわけにはいかない。〝ヴィラはきっとグレースを見つけだせる〟という、おばあちゃんの言葉を思いだす。

「グレースのために、勇気を出さないと。フリントもそう思うでしょ」

声にして言うと、フリントもうなずいたように見えた。そして、戦場にむかう馬みたいにもったいぶって、はねるように堂々《どうどう》とすすんだ。

いっしょに旅をしたときよりも、フリントはおちついている。自分に自信があり、かしこく用心深いのは変わらないけど、まえほど物おじしなくなった。メンフクロウにもおどろかなかったし、すこし成長したようだ。

わたしも成長できたのだろうか。とてもそうは思えない。自分はちっぽけな存在《そんざい》だと思うし、傷《きず》つき、迷《まよ》い、おびえている。

急にフリントが立ちどまった。なんの理由もなく、フリントがとまることはない。

目の前の道をじっと見てから、一歩、そしてまた一歩、あとずさる。フリントが首をふり、その目を見たら、涙沼《なみだぬま》をわたったときのことを思いだした。

「こっちに行こう」

フリントをそっとおして、道のはしにむかわせる。ほそい水路のむこうにガマがしげっている。地面はぬかるんでいるけど、しずむことはなさそうだ。フリントはぱっと前にすすんだあと、水路の手前で立ちどまった。ほんとうにこの先に行くのかと、わたしにきいているように見える。

「このまま行って」

小さな声で言ってから、はげますように体をおす。そうしたらフリントはいきなり前に出て、ぴょんと水路をとびこえると、アシや灯心草《とうしんそう》のしげった地面にみごとに着地した。わたしはさっと地面におりた。フリントがわたしを見て、ぴくりと耳をうごかす。「これからどうするの」ときいているのだ。

「ここにかくれて、待ちぶせするんだよ」

わたしはささやいた。首をだいて、すべすべした鼻をなでてやる。物語に出てきた沼《ぬま》の王は、邪悪《じゃあく》な魔術《まじゅつ》をつかっていた。それよりもっとかしこくうごかないかぎり、沼《ぬま》の王には勝てないだろう。こちらのすがたを見られるまえに、沼《ぬま》の王を見つけたい。

満月座《ざ》の列が近づいてきた。肌《はだ》がぴりぴりする。

フリントの体が、草からはみだしているのではないかと思ったけど、満月座《ざ》の人たちがわたしたちに気づいたようすはなかった。話したり、笑いあったりしながらとおりすぎていく。ガタガタとゆれる檻《おり》の中、動物たちがまどろんでいる。子どもがさくらんぼの種をいきおいよくはきだすと、わたしのすぐ足もとに落ちた。

荷馬車の一つ一つに目をこらす。

沼《ぬま》の王らしき人はいないだろうか。きっと、このどこかにいるはずなのだけれど。

最後尾《さいこうび》の馬には、赤茶色の髪《かみ》の女の人が乗っていた。ワインレッドの服を着て、重そうな金のブレスレットをかさねてつけている。ブレスレットがぶつかりあって音をたて、薄明《うすあ》かりの中ネックレスがきらめく。グレースに、「逃《に》げろ」と言った占《うらな》い師《し》だ。

目の前をとおりすぎながら、占《うらな》い師《し》がこちらに顔をむけた。草の中にかくれたわたしたちに気づいたのは、この人だけ。黒い目でわたしを射《い》ぬき、首を横にふって口をうごかす。

「ここから去れ」

恐怖《きょうふ》で心臓《しんぞう》がちぢんだ。占《うらな》い師《し》は視線《しせん》を前にもどすと、列のあとをすすみつづけた。

わたしはその場にうずくまったまま、一瞬《いっしゅん》、うごきをとめた。心臓《しんぞう》の音が全身にひびく。つぎの瞬間《しゅんかん》、わたしは立ちあがって、フリントにまたがった。そして水路をとびこえて道に出ると、駆《か》け足《あし》で満月座《ざ》を追いかけた。

占《うらな》い師《し》に追いついたフリントは、足をゆるめた。栗色《くりいろ》の雌馬《めうま》の速さにあわせて、横を歩く。占《うらな》い師《し》はわたしたちを見ようとしない。

かげりゆく日のかすかな光をうけて、占《うらな》い師《し》の髪《かみ》が赤銅色《しゃくどういろ》にかがやく。視線《しせん》を前にむけたまま、占《うらな》い師《し》は声を落として言った。

「ここにいるのは危険《きけん》だ。はやくはなれたほうがいい」

わたしは首をふった。

「わたしの姉さんにもそんなことを言ったよね。そのあと姉さんはいなくなってしまったんだから」

たったいま、目をさましたかのように、占《うらな》い師《し》がわたしを見た。

「姉さん？」

「そう、あなたはグレースに言ったでしょ。いまならまだ運命からのがれられると」

占《うらな》い師《し》はわたしを見つめながらこたえた。

「ああ、おぼえているよ。金色の髪《かみ》の娘《むすめ》だね。あの子はグレースといったのか……」

「そう。グレースというの」

グレースがもう、この世にいないような言い方をしてほしくない。占《うらな》い師《し》がわたしに問う。

「それで、あの娘《むすめ》がどうした？」

「グレースは、この村から逃《に》げろと言われたのだと思っていたけど、ちがうのではないかと思って。もしかして、満月座《ざ》から逃《に》げろという意味だったんじゃない？」

その瞬間《しゅんかん》、占《うらな》い師《し》の目に動揺《どうよう》の色がうかび、なにかをとらえたようにひかった。わたしはぱっとうしろを見たけど、とくに変わったようすはない。夕暮《ゆうぐ》れをむかえた、いつもの湿原《しつげん》の景色だ。

「そうでしょう？」

わたしはさらに問いかけた。すると、占《うらな》い師《し》は目を見はってうなずいた。

「あいつはここにいる？　沼《ぬま》の王は満月座《ざ》にかくれているの？」

占《うらな》い師《し》はひとこともこたえず、手綱《たづな》をにぎりしめている。かさねてつけたネックレスが、胸《むね》のあたりでゆれる。

わたしは前方の荷馬車を見て、フリントをすすませようとした。

「グレースをさがさないと」

「待て」

占《うらな》い師《し》は手をのばして、わたしの手をつかんだ。一瞬《いっしゅん》、見つめあったとき、占《うらな》い師《し》の目に涙《なみだ》がうかんだ。わたしは急におそろしくなった。

「どうしたの。まさか、わたしの未来が見えた……」

「そうとも言える。沼《ぬま》と、ランタンと、それから、ああ……」

どっとふいた風が、道のわきのガマをさわがせる。占《うらな》い師《し》の顔に草の影《かげ》がかかった。光と影《かげ》が入れかわりたちかわり、顔をてらしては、かげらせる。

声を強めて、占《うらな》い師《し》が言う。

「うちに帰ったほうがいい。はやく、行け！」

31　いらだち

村に満月座《ざ》がやってきたのは、三つ子たちも気づいていた。

そして、おばあちゃんがのこしてくれた金貨のこともう知っていたから、わたしがうちに帰ったとき、ドリーとディーディーは台所のテーブルに自分の金貨をひろげて、つみあげているところだった。

わたしは部屋にはいるなり、ぴしゃりと言った。

「それはしまっておきなさい。おばあちゃんがのこしてくれたお金は、だいじにつかわないと。満月座《ざ》でむだづかいするのはだめだからね」

「これで新しい帽子《ぼうし》を買うんだもん！　あと、トラも」

ドリーの口からとびだした言葉に、わたしは目をぱちくりさせた。

「あたしたち、トラをペットにするの」

ディーディーが言い、フレイアは笑いだした。だけど、わたしはそんな気分になれなかった。

バカげた話に、頭が痛《いた》くなってくる。

「トラを売ってるわけないでしょ」

するとドリーがさけんだ。

「じゃあ子犬でもいいよ！　ベスが死んだあと、うちには羊をあつめる犬がいないもの。おばあちゃんもずっと、どうにかしなきゃと言ってたよね。ウィラもそう言ってたの、おぼえてる？」

「サンダーのような犬よ。気性《きしょう》ははげしいけど、飼《か》い主《ぬし》には忠実《ちゅうじつ》で、嵐《あらし》をよぶ黒雲の色をしているの」

静かな口調で、ダーシーまでそんなことを言う。

「満月座《ざ》に牧羊犬は売ってないよ。品評会《ひんぴょうかい》のお祭りじゃないんだから」

わたしが言っても、三人はまったく聞こうとしない。ドリーが言った。

「このまえは父さんが行かせてくれなかったけど、つぎはぜったいに行くんだから。ショーをぜんぶ観《み》て、おさるさんを肩《かた》に乗せた人を見て……」

「あなたたちは満月座《ざ》には行かないの。だから、お金をしまって！」

三つの小さな顔に恐怖《きょうふ》の色がうかぶ。それを見たとき、わたしは自分に嫌気《いやけ》がさした。目が熱くなり、涙《なみだ》がこぼれた。

台所のテーブルにつっぷして、「ごめん」とつぶやく。そして手で顔をおさえながら、つづけて言った。

「満月座《ざ》には行かないで。どうしても、行ってはだめなの！」

あらい息のまま、涙《なみだ》をこらえていると、フレイアがそばにきた。声を低くして、フレイアが言う。

「やめて」

「なにをやめるの？」

「父さんのようにふるまうのはやめて」

それからフレイアは三つ子たちに、「もう寝《ね》る時間よ」と言い、二階にあがっていった。

だけど、ダーシーだけはついていこうとしなかった。

「ウィラはずっとグロリアスの丘《おか》にいたの？」

わたしは一度あけた口をとじた。小さな手に火かき棒《ぼう》をにぎりしめたダーシーのすがたが頭にうかぶ。沼《ぬま》の王の話を読んでもらったあと、夢《ゆめ》の中で戦っているかのように顔をしかめていたのも。

「フリントが運動したくてうずうずしていたから、このあたりを走っていたんだよ」

それはもちろん嘘《うそ》だった。ダーシーもそんなことはわかっていたと思うけど、なにも言わずにだきしめてくれた。

ダーシーの体には、父さんをうめたときの土がついている。ブリキのバスタブを炉《ろ》のそばにおき、鍋《なべ》でわかした湯を中に入れた。もつれた髪《かみ》を洗《あら》い、くしですいてやるあいだ、ダーシーに話しかけた。

「きつい言い方をしてごめん。だけどね、満月座《ざ》ではぜったいに、子犬は売ってないよ」

「そうかなって思ってた」

「ダーシーはまだ、サンダーがいるつもりで遊んでいるの？」

「たまにね。さびしいときに話しかけてるよ」

わたしは笑顔《えがお》をつくった。ダーシーもせいいっぱい、笑おうとした。

炎《ほのお》がパチパチと音をたてている。わたしたちはホットミルクを飲んだ。

時間とともに闇《やみ》が深くなり、戦いの時が近づく。占《うらな》い師《し》に言われたように、家にかくれているつもりはない。わたしが沼《ぬま》の王をたおすのだ。満月座《ざ》がサイラスの草地におちついたあと、ひとりで家を出ていこう。わたしには、今日が勝負の日だという確信《かくしん》があった。二度とうちに帰れないかもしれないという、暗い思いが、静寂《せいじゃく》の中しのびよってくる。

ダーシーもなにやら考えこんでいる。いったいなにを考えているのだろう。じっとしたままうごかない。炉火《ろび》にてらされた琥珀色《こはくいろ》の目が、きらきらとかがやく。わたしはしめった髪《かみ》を、太く長い一本の三《み》つ編《あ》みにしてやった。

その晩《ばん》、ダーシーは悪い夢《ゆめ》を見たようだ。毛布《もうふ》をたたきながら、「サンダー、こっちにおいで」と、見えない犬をよぶ声が聞こえた。サンダーといっしょに寝《ね》て、安心したいのだろう。こんなことはしばらくなかった。今日はひどく心をゆさぶられたのにちがいない。なにしろ自分の父親をうめたのだ。おばあちゃんを亡《な》くしたばかりで、グレースの行方《ゆくえ》もわからないというのに、こんどはわたしまでいなくなってしまうのではないかと、心のどこかで察しているのかもしれなかった。

わたしは目をさましたまま横になっていた。沼《ぬま》にあつまった虫の羽音のように、耳ざわりな音が頭の中で聞こえる。みんながたしかに寝《ね》たあと、わたしはおばあちゃんの部屋にしのびこんだ。そこからもちだしたのは、母さんが書いた『沼《ぬま》の物語』だ。

マントをはおって、ブローチでとめる。これはどちらも母さんのものだった。母さんをそばに感じられたら、きっと心強いだろう。

なにか手がかりはないかと思い、本のページをめくる。〝愛する人や家畜《かちく》が、いつわりの火にだまされて沼《ぬま》に引きこまれるのではないかと、村人はいつもおそれていた。小鬼《こおに》は恐怖《きょうふ》を食《く》らって大きくなり、どんどん力をました。人々がおそれをいだけば、小鬼《こおに》はそのぶんだけ、さらに強くなっていった……〟

魔力《まりょく》をもつものと、どうやって戦えばいいのか。恐怖《きょうふ》や、月明かりや、霧《きり》のように、とらえどころがないものと戦えるのだろうか。

村の人たちが信じているような、まじないの本がここにあればよかった。わたしには、答えも武器《ぶき》もなにもない。あるのはこの身だけ。それでどうにかなるのかもわからない。とてもつかれているし、自分にはなにかがたりない気がする。いままでずっと、そんなふうに感じていた。

わたしは窓《まど》の外を見た。テントは見えないけど、暗闇《くらやみ》の中ぼんやりと、琥珀色《こはくいろ》の光がぽつぽつともっている。テントがはられた草地の先には、うつろ沼《ぬま》がつづいている。そこにはピンクの鬼火《おにび》がゆらめいているはずだ。

わたしはつぶやいた。

「沼《ぬま》の王、そこにいるんでしょ。おまえがグレースをつかまえたんだよね」

そのうちに、沼《ぬま》の王もわたしを見ていると感じた。サイラスの庭にいた二匹《ひき》の猫《ねこ》のように、わたしたちはいま、正面からむかいあっている。

「これからおまえのところに行く。勝てるかわからないけど、とにかく行くから」

32 おどり子の影《かげ》

露《つゆ》にぬれた草とスイカズラの甘《あま》いにおいにみちた、夏の晩《ばん》だった。なぜか、体がぞくぞくする。わたしは母さんのマントをまきつけた。しのび足で階段《かいだん》をおりて台所にはいったとき、なにかの物音が聞こえた気がした。おどろいて、ぱっとふりむいたけど、あたりは静まりかえっている。父さんの寝床《ねどこ》のまわりのカーテンをあけてみた。不気味な顔がこちらをのぞいている……などと思ったわけではない。胸《むね》がおちつかず、つい、こそこそうごいてしまうのだ。

馬小屋に行って、フリントに鞍《くら》をつけた。庭の反対側まで、フリントを引いていく。門はできるだけそっとしめた。そのとき、上のほうでなにかがうごいたように見えた。寝室《しんしつ》の窓《まど》から見られてるのではないかと、はじめは思った。けれど、部屋は黒々と静まっている。だれかがわたしに気づいて、いっしょにきてほしいと思っているから、そう見えたのかもしれなかった。

わたしはフリントにまたがって出発した。フレイアと妹たちはのこしてくるしかなかったけど、フリントがいるだけで勇気がわいてくる。

夜がふけゆく中、人気《ひとけ》のない、サイラスの農場をつっきる。猫《ねこ》は二匹《ひき》ともいなくなっていた。

そのかわり、黒ずんだ血が石につき、キイチゴのしげみにひっかかった毛が風にゆられていた。戦いに勝ったのはどちらの猫《ねこ》だろう。

手綱《たづな》をすこしだけ強くにぎり、フリントをいそがせる。うつろ沼《ぬま》に面した大きな草地までかけていく。草地につくと、柵《さく》にフリントをつないだ。そして荷ほどきをしている人たちのほうにむかった。ほろ馬車にぼんやりと明かりがともり、雨よけの布《ぬの》がひろげられ、火鉢《ひばち》の中で炎《ほのお》があがる。胸《むね》の中で心臓《しんぞう》がはげしく打つ。運命とおそれと……おそれと運命と……。

テントがはられているあたりに行きつくまえに、だれかがわたしの肩《かた》をたたいた。

「まだやってないよ」

ふりむいた瞬間《しゅんかん》、どきっとした。

満月座《ざ》の座長《ざちょう》だ。紫《むらさき》の服は着てないし、トラをつれているわけでもないのに、すぐにわかった。

「出し物はぜんぶ明日からだ」

座長《ざちょう》はひややかな声を放つと、わたしの体の向きを変えて帰らせようとした。

「ヴィクター、このお嬢《じょう》さんを草地の外におつれして」

暗がりからヴィクターがあらわれた。わたしを見たヴィクターは、まゆをピクッとあげた。

「また、きみかい」

「そう」

「この子を知っているのか」

父親にきかれたヴィクターが、「お姉さんをさがしているんだよ」とこたえる。それからわたしのほうをむいて、静かに言った。

「ここにはいないと言っただろう。さあ、こっちにきて」

ヴィクターはそっとわたしの手をとると、草地のはしにむかった。座長《ざちょう》の耳にとどかない場所についたとたん、わたしはむりやり手をはなし、あごをつきだしてささやいた。

「あなたはまちがってたよ。姉さんは満月座《ざ》にいる」

ヴィクターは足をとめた。

「どうしてそんなにはっきり言いきれるんだい」

「グレースがいなくなったのは冬至祭《とうじさい》のころで、そのとき満月座《ざ》もこの村にきてたでしょ。フレイアがあなたにたのんで、グレースとわたしをさがしていて……」

「ああ、きみとお姉さんはたしかショーを観《み》ていたんだったね」

「影絵《かげえ》のショーだよ。それからあなたが……」

「きみ、いま、なんて言った？」

「影絵《かげえ》のショー。草地のはしに、小さなテントがあったでしょう。緑色の目をして、カカシのような三角帽子《さんかくぼうし》をかぶった人が中にいて……」

ヴィクターはわたしをじっと見た。

「そんなものは満月座《ざ》にないよ」

その瞬間《しゅんかん》、腹《はら》の底が寒くなった。氷のように冷たい感覚がひろがり、首のうしろがぴりぴりと痛《いた》んだ。

「影絵《かげえ》のショーはやってないの？」

「ああ、これまでやったことがない。父さんにもきいてみるかい？　もし、きみがそうしたければ」

ヴィクターはとまどい、心配そうな顔をしていた。

わたしはふりむいて座長《ざちょう》を見た。座長《ざちょう》は腕《うで》を組んで、おなじ場所に立っていた。わたしがいなくなるまで見届《みとど》けようとしている。となりには大男と、手品師《てじなし》のアルビナがいた。三人の体が、まるでレンガの壁《かべ》のようにそびえている。

影絵《かげえ》のショーのことを、座長《ざちょう》にきく必要はない。わたしはヴィクターにこたえた。

「きかなくていいよ。ありがとう」

沼《ぬま》の王の物語の断片《だんぺん》が、頭の中をただよってぶつかりあう。〝闇《やみ》の魔術《まじゅつ》……おそれに支配《しはい》された村人は、もはやただの影《かげ》……〟

もはやただの影《かげ》……。わたしはごくりとつばをのんだ。どこをさがせばいいのか、いまはわかる。

ふりむくと、座長《ざちょう》たちはまだそこにいた。まるでわたしが勝手にはいりこんで、中を荒《あ》らしたり、ぬすみをはたらいたりしたかのように、こちらをじっと見ている。あらく息をしながら、三人をにらみかえす。わたしの心をつかんでいる恐怖《きょうふ》を、けしてあの人たちに見せないように。

三人はその場をはなれない。

「はやく帰りな！」

わたしのすぐそばで、おばあさんがさけんだ。焼きリンゴの屋台をくみたてながら、おばあさんは歯のない口の中を見せて言った。

「今日はうちに帰って、明日また友だちといっしょにおいで。お金をたんまりもってね！」

フリントに乗ったわたしはしばらくのあいだ、とぼとぼとすすんだ。家に帰る気はまったくなかった。ここまで近づいたのに、このままあきらめられるわけがない。

ふりむくと、ヴィクターはいなくなっていた。座長《ざちょう》たちは大きなテントをくみたてにいったようだ。わたしはさっとフリントの向きを変えて、土手をすべりおり、水路をとびこえた。息を殺《ころ》して、だれにも見られてないことをたしかめる。フリントのすがたがかくれるほど暗くはない。白馬の形が薄闇《うすやみ》にうかびあがる。

やわらかな土に足がしずむのが、フリントは気にいらないようだ。月明かりをたよりに、一歩一歩、足をおいていく。そんなふうに足もとのたしかなフリントが、いまのわたしには必要だった。団員《だんいん》たちは夕食の準備《じゅんび》をしながら、話したりうたったりしていた。大きなテントをたてるあいだ、なにやらさけぶ声も聞こえてきた。

そうしたものを横目で見ながら、わたしは草地の奥《おく》をめざし、暗がりをひっそりとうごいた。フリントの足もとでヒキガエルが鳴く。水たまりの中、ウナギが身をよじらせる。むこうにひろがる、黒々としたうつろ沼《ぬま》に目をやった。まともな頭の持ち主であれば、沼《ぬま》に近づこうとは思わないだろう。あそこにも、涙沼《なみだぬま》のように、おぼれた人たちの死体がただよっているのだろうか。

フリントが泥《どろ》に足をとられた。

「フリント、気をつけて」

やがて草地のはしが見えてきた。小さなぼろぼろのテントが、ぽつんと立っている。テントをめざして、高くのびたアシの中をすすんでいった。葉のすれあう、サラサラという音がした。

わたしはフリントの背《せ》からおりると、白っぽい岩の斜面《しゃめん》に身を寄《よ》せた。まわりにだれもいな

いことをたしかめてから、斜面《しゃめん》をはいあがって草地に立つ。わたしはフリントにささやいた。

「ここで待ってて」

テントの中から音楽が聞こえてきた。耳打ちするようにそっと、だれかがうたっている。

「闇《やみ》にひかる星　白い月……」

胸《むね》の底がはげしくふるえる。息もできないほど強く、心臓《しんぞう》が打っている。あれはグレースの声だ。グレースがうたっているのだ。

沼《ぬま》の王はわたしに気づいているだろうけど、できるだけ静かに歩いた。沼《ぬま》の王が待ちかまえているのを感じる。もう引きかえすことはできない。

みすぼらしいテントの入り口に、すこしのあいだ立っていた。ここでは歌声がはっきりと聞こえる。

「おとめは目をさまさない
とわにねむる　さだめのために」

グレースの声にまちがいない。グレースはこの中にいる。テントの入り口をかくしている白いシルクの布《ぬの》をかきわけて、中にはいった。テントの中は暗く、がらんとしている。ひんやりした空気に、思わず身ぶるいしてしまう。ななめになった天井《てんじょう》から鎖《くさり》がさがっていて、その先には古びたまるいランタンがあった。冬至《とうじ》祭のまえ、グレースといっしょに見たのとおなじものだ。やわらかな桃色《ももいろ》の、小さな光がともっている。

涙沼《なみだぬま》で見た鬼火《おにび》によく似《に》ている。まさかこれも、沼《ぬま》の王の鬼火《おにび》なのだろうか。

はじめはぼんやりと暗かったのが、急に真っ暗になった。自分の手さえ見えなくなり、わたしはぴたりとうごきをとめた。テントが息づいているかのように、入り口から風がどっとはいってきて、足首にまとわりつく。沼《ぬま》からただよってくる、よどんだ潮《しお》のにおい。ぱっとふりむいたけど、なにも見えない。

すると突然《とつぜん》、わたしを待っていたかのように、影絵《かげえ》のショーがはじまった。ぼろぼろの幕《まく》があき、不気味なピンクの光にスクリーンがてらされる。体のふるえがとまらない。どうしていいかわからず、そのままスクリーンを見ていた。

スクリーンに映《うつ》ったのは、村の草地の景色だった。草地の上で、炎のようなシルエットがゆれる。ツバメたちがピンクの空をとびまわる。笛の音が聞こえてきて、おどり子があらわれた。おどり子の影《かげ》は炎《ほのお》のまわりをとんだり、くるくるまわったりした。つむじ風のようにはげしく、蝶《ちょう》のようにふわりと舞《ま》う。おどり子を見た瞬間《しゅんかん》、心臓《しんぞう》が口からとびだしそうになり、わたしにはわかった。これはグレースだ。グレースへの愛情《あいじょう》、ほっとした思いとおそろしさが一気にあふれる。グレースはこんなところにいたのか！　まさか影絵《かげえ》のおどり子にされていたなんて……。

沼《ぬま》の王はバイオリンの弦《げん》をはじくように、わたしの心の奥《おく》にある恐怖《きょうふ》を引きだそうとしている。わたしの心を乱《みだ》し、あやつる気なのだろう。そのための餌《えさ》にしたのは、わたしの中にあるグレースへの愛……。いや、グレースを永遠《えいえん》にうしなってしまうかもしれないというおそれだ。

「グレース!」

こらえきれなくなって、さけんだ。涙《なみだ》にむせびながら、グレースの名をよぶ。

「グレース!」

わたしはスクリーンにかけよった。つめを立てて、シルクの布《ぬの》をつかんで引きさく。

「グレース!」

でも、そこにグレースはいなかった。スクリーンのうしろにあったのは、床《ゆか》にしいた板と、夜風にはためくテントの布《ぬの》。そして、さっきより強く、沼《ぬま》からただよってくるにおい。

なにかがわたしのまわりをとんでいる。これはグレースの影《かげ》か、ツバメの群れか……。それが自分の肌《はだ》にふれると、霧《きり》のようにひやりとした。

「グレースはどこ? どこにいるの!」

そのとき、テントのすみのカーテンのひだのそばで、なにかがうごいた。まるまった黒いものだけど、なにかはわからない。

突然《とつぜん》、それはわたしのほうをむいた。

おどり子の影

33　対決

「ようこそ、ウィラ・ファーンズビー。わたしをさがしていたのだろう？　なにかをずっとさがしていたのだろう？」

そこらじゅうからいっせいに声が聞こえた。わたしの頭の中でも声がする。

暗闇《くらやみ》に目をこらす。

背骨《せぼね》の曲がった男の影《かげ》が、テントの白い布《ぬの》に映《うつ》っている。男は両手をあげ、それを左右に引いて、まわすようにうごかした。すると、いろいろな影《かげ》が空中でおどりはじめた。男は指揮《しき》のしぐさで影《かげ》をあやつっている。この影《かげ》たちもまた、だれかからぬすまれた魂《たましい》なのだろうか。

男がさっと手をうごかす。すると突然《とつぜん》、影《かげ》が消えた。

心臓《しんぞう》がはげしく打っている。汗《あせ》がひえて体がふるえていたけど、声はふるえないようにして、わたしはきっぱりと言った。

「すがたを見せて」

「おやおや、われわれは一度会っているではないか」

男の形がすこし変わった。カカシのような、ぼろぼろの三角帽子《さんかくぼうし》をかぶった人のすがたが見えた。薄闇《うすやみ》の中、若草色《わかくさいろ》の目がかがやいている。

「あのときはわたしのランタンに、もうすこしでついてくるところだったがねえ。おぼえているかい」

涙沼《なみだぬま》の景色が頭の中でぐらぐらとゆれる。やわらかな桃色《ももいろ》の光がよんでいる。男の声を聞いていると、なにかの術《じゅつ》にかかったようにねむくなってきた。わたしはなんとか、沼《ぬま》の王の支配《しはい》からのがれようとした。

「ウィラ、信じるんだよ。わたしのランタンの明かりを……」

わたしの近くでなにかがうごいた。床《ゆか》にしいた板の上を、クモのようなものがとおっていった。沼《ぬま》のにおいが鼻をさす。

ランタンの中で、あたたかな桃色《ももいろ》の光がゆれている。そう思ったつぎの瞬間《しゅんかん》、ランタンがひょいとうごいた。だれかが鎖《くさり》をもってはこんでいるかのように、ランタンは宙《ちゅう》にういている。そしてわたしから遠ざかっていき、テントの外の闇《やみ》に消えた。あわてて光を追いかける。ほかに選択肢《せんたくし》はない。「ウィラは自分からやっかいごとをさがしているみたいに見える」と、おばあちゃんにも言われてきたけど、こんどもまたそうなった。

母さんのブローチに手をふれる。三つ子たちの〝魔法《まほう》のおもり〟。できればブローチより、騎《き》士《し》になったつもりで遊んでいるときにふりまわしていたほうきか、ダーシーがにぎりしめていた火かき棒《ぼう》か、そうした武器《ぶき》が手もとにあればよかった。ごくりとつばをのんだ。黒々とした沼《ぬま》の草の上、空中をはねる桃色《ももいろ》の光。真夏の月明かりの中、わたしは沼《ぬま》に足をふみいれた。

沼《ぬま》の王がささやく声が、そこらじゅうから聞こえてくる。ランタンは何ヤードか前をすすんでいく。あたたかな光は、見ているとほっとして、強く心をひきつける。

「おとめは川の　ほとりでねむる……」

グレースの歌声は、わたしをさそっているようだ。低くささやく、沼《ぬま》の王の声もして、それはまわりから聞こえてきたかと思うと、わたしの頭の中でも聞こえた。

「ウィラ、あとすこしだ。お姉さんが待っている。ここは心がやすらぐねえ。おまえはようやくおちつけるところにきたんだ。きっと、とてもつかれていて、こわい思いをしてきたのだろう?」

ランタンがわたしをよんでいる。

「ウィラ・ファーンズビー、こっちにおいで。われわれは昔からの友だちではないか。おまえが夜、心の奥《おく》にあるおそれや不安のためにねむれなかったことも、わたしは知っている。おまえの姉のように、影《かげ》になってしまえばいい」

「グレースは、そんなものにはならない」

わたしは小さな声で言った。沼《ぬま》の王に心をつかまれまいとしてあらがった。

「わたしたちはぜったいに、影《かげ》にはならない！」

狡猾《こうかつ》な魔法《まほう》の言葉が、とがったハサミみたいに、わたしの体をつらぬく。体がしずんでいき、魂《たましい》がランタンの光に引きよせられる。なんとか目をこじあけて下を見ると、わたしは腰《こし》まで沼《ぬま》につかっていた。まわりには死体がたくさん……。恐怖《きょうふ》が巨大《きょだい》な蛇《へび》のようにわたしをしめつける。

声をあげることができれば、たすけをもとめていただろう。おばあちゃんをよんでいただろう。子どもじみていると思うけど、おばあちゃんこそわかれた魂《たましい》の持ち主で、沼《ぬま》の王をたおせるのだと信じたい気持ちはまだ、わたしの中にのこっている。だけど、フレイアの言うとおりだ。たとえわかれた魂《たましい》の持ち主だったとしても、おばあちゃんはもう帰ってこない。けしてひとりぼっちにならないと、おばあちゃんは言っていたけど、そんなことはなかった。

「ウィラ、おとなしく身をまかせて。あと一歩こっちへ……」

わたしはさらに沼《ぬま》にふみこんだ。冷たく暗い水は、胸《むね》のあたりまでとどいている。心臓《しんぞう》がこおりそうだ。呼吸《こきゅう》もおそくなってきた。

「ああ、かわいそうに。欠けた魂《たましい》が見える」

そう、わたしはいつもそうだった。自分の一部が欠けている気がしていた。

「苦しかっただろう。すぐに楽になる。わたしのもとにきて影《かげ》になってしまえば、痛《いた》みなどぜんぶ消えてなくなる」

心臓《しんぞう》がこおりついて、頭がぼんやりする。

そのとき、となりになにかが見えた。

黒い目をした少年だ。わたしの中の欠けた部分によりそうように立っている。少年の手が、まるではじめからそこにあったように、わたしの手におさまる。強く手をにぎり、わたしをつなぎとめてくれている。この少年はきっと……。

コルトにちがいない。

涙《なみだ》があふれて、ほおをつたった。双子《ふたご》のかたわれが、わたしを見つけだしてくれた。コルトはわたしをゆるしてくれている。

これまでずっと、なにかが欠けていると感じていたけど、ようやく魂《たましい》のかたわれといっしょになれた。

わたしははっと息をのんだ。

魂《たましい》のかたわれだなんて、まるでギーサたちみたいだ。

まさかわたしも、わかれた魂《たましい》の持ち主だったとは……。

34　ほんものの光

その瞬間《しゅんかん》、なにかが変わった。沼《ぬま》の王のささやく声がとまった。横を見ると、弟はいなくなっていた。だけど、手にはぬくもりがのこっている。そのぬくもりが消えることはないだろう。そして、わたしの手の中には、ほかにものこされたものがあった。古い火打ち箱だ。

頭がまたうごきだす。心臓《しんぞう》はもうこおっていない。いままでにないほど、自分が強くなったように感じる。

ランタンの明かりから目を引きはなして、はじめて沼《ぬま》の王の顔を見た。モザイクのようにつぎあわせた、薄《うす》い肌《はだ》の顔はすっかりくずれている。沼《ぬま》の王といっても、人の皮におしこめられた、いまわしいおとぎ話にすぎず、いまにもほろびてしまうものなのかもしれない。若草色《わかくさいろ》の目に恐怖《きょうふ》の色がうかび、きらりとひかった。ランタンの中で炎《ほのお》がゆらめく。

「あと一歩……。こっちにこい！」

ランタンの光まで、必死にうったえるように強くなった。

「わたしなら、おまえを自由にしてやれる。グレースがもどってこないのではないか、自分は母親に憎《にく》まれていたのではないかと思っているのだろう。わたしが恐怖《きょうふ》からときはなってやろう。心地《ここち》よい沼《ぬま》の水がすべてを洗《あら》いながそう」

ランタンをうばいとって、たたきこわしてやりたい衝動《しょうどう》にかられたけど、そうしなかった。わたしは怒《いか》りに身をまかせず、勇敢《ゆうかん》でいられるのだから。鳥小屋に入れられたキツネのようにふるまったりはしない。怒《いか》りを手放し、わたしはきっと強くなれる。

目の前にいる、弱々しいすがたの沼《ぬま》の王を見た。若草色《わかくさいろ》の目がこちらを見つめている。長いことわすれられていた、暴君《ぼうくん》の魂《たましい》だ。

いまからわたしたちは戦うのではない。沼《ぬま》の王がもっているのは恐怖《きょうふ》だけ。わたしが恐怖《きょうふ》に身をゆだねないかぎり、それで傷《きず》つけられることはない。

なにをしたらいいのか、わたしにはわかっていた。そっと手をのばし、ランタンについた小さなとびらをあける。いつわりの火をつまみだすあいだ、沼《ぬま》の王はなすすべもなく見ていた。それからわたしは、炭布《すみぬの》のきれはしを火打ち箱からとりだした。ランタンの中に炭布《すみぬの》を入れ、火打ち石と火打ち金《がね》で火をおこす。胸《むね》がつぶれそうなほど、空気が冷たい。呼吸《こきゅう》が速く、あさくなる。沼《ぬま》のにおいがのどをふさぐ。でも、手もとはたしかだった。炭布《すみぬの》に火がつくと、黄色い炎《ほのお》がどんどん大きくなった。これはまぎれもなく、ほんものの明かりだ。

かぼそい手からランタンをとる。沼《ぬま》の王がうめいた。

「やめろ……。だめだ……。やめてくれ！」

ざあざあという音がどこかで聞こえた。アシの葉ずれのような声が、そこらじゅうで鳴っている。沼《ぬま》の底がゆれている。

「やめろおおおお」

わたしがいつわりの火を消したときに、どういうわけか、沼《ぬま》の王は力をうしなったようだ。王はぐったりとくずおれた。王の術《じゅつ》はついにやぶられた。

水の音がかすかに聞こえた。暗い沼《ぬま》をわたって、だれかがこちらにむかってくる。金色にかがやくランタンが太陽のようにまわりをてらし、その人の顔が見えた。

グレースだ。グレースはやせて、幽霊《ゆうれい》のように青白く、ぬれた金色の髪《かみ》をたらしていた。せきこみながら、泣いている。わたしはグレースに近づき、肩《かた》をだいて泣いた。

「ああ、グレース！」

グレースがわたしにしがみついてきた。言葉が出てこないようだ。わたしはグレースをつれて、沼《ぬま》の外にむかって歩きだした。

「はやくここから出よう」

そのとき、目のはしになにかが映《うつ》った。よどんだ水の中から出てきたのは、沼《ぬま》の王だ。グレースのすぐうしろに立っている。よごれた手を、グレースにむかってのばす。グレースを沼《ぬま》に引きこみ、道連れにする気だ。

わたしはグレースをぐっとつかんだ。

「やめて！」

馬のひづめと、水の音がした。大きななにかが頭の上をとびこえていく。あれはひょっとして……。

フリントがきてくれた！　フリントは、王の胸《むね》のあたりにおりたつと、王を沼《ぬま》にしずめようとした。

フリントがとびはねる。身をよじらせる王をひづめでふみつける。沼《ぬま》の王の、紙のような肌《はだ》がさけた。体の中からネズミの大群のような、黒いものがあふれだす。そして最期《さいご》におそろしいさけび声をあげたあと、若草色《わかくさいろ》の目は永遠《えいえん》にとじられた。カカシを思わせる三角帽子《さんかくぼうし》もしずみ、水面《みなも》に泡《あわ》がぽかりとうかんだ。

35　うしなわれた物語

　グレースとわたしはみんなをおこさぬよう、そっと家の中にはいった。グレースはおばあちゃんのいすの上で、体をまるめて休んだ。わたしは火をおこし、グレースに毛布《もうふ》をかけた。厚底《あつぞこ》の鍋《なべ》でスープをあたためる。

「ありがとう」

　グレースは小さな声で言って、スープを飲んだ。たったいま悪夢《あくむ》から目ざめたばかりのように、明かりのついた台所を見まわす。それから父さんのベッドの、とじられたカーテンを見つめた。

　父さんとおばあちゃんは死んで、サイラスは涙沼《なみだぬま》でいなくなったと、わたしはグレースにつげた。迷《まよ》い沼《ぬま》の湿地帯《しっちたい》のはしまで旅したことや、コルトを見つけたことなど、グレースがいないあいだにおきたことをぜんぶ話した。グレースはじっと聞いていた。話しおえたときには、ずいぶん時間がたっていた。グレースの美しい顔は、涙《なみだ》にぬれ青ざめていた。

「グレースがいなくなった夜、なにがあったの」

わたしは静かにきいてみた。グレースは息をすって、はいてから、こたえた。

「わたしがおぼえているのは、サイラスから逃《に》げるには、村から出なければと思って……」

「満月座《ざ》といっしょに旅に出ようと思ったんでしょう？」

「そう。それでサイラスの草地のはしに立って、満月座《ざ》がテントをたたんで、旅立つ準備《じゅんび》をするのを見ていたの。あの晩《ばん》は雪がふっていたわね。そのうちに、だれかのよぶ声が聞こえてきたのよ。とてもきれいな声で、自由の歌をうたっているような……」

「そのあとは？」

「悪夢《あくむ》の中にとらわれて、目をさませないようだったわ。道に迷《まよ》ったときの気持ちで、おばあちゃんをよんだの。あなたたちにも、そばにいてほしかった。夕暮《ゆうぐ》れの景色の中、おどっているように感じたこともあったけど、ほとんどのときは真っ暗で、とても寒くて……」

グレースは泣きながら話した。わたしは床《ゆか》にすわって、グレースのひざに頭をのせた。

グレースはわたしの頭をなでてくれた。

「そしたら、光が見えた」

グレースはそっと言ったあと、身をかがめて、わたしの頭にキスをした。

とうとう炉《ろ》の火が消えて、わたしたちは寝《ね》るために二階に行った。でも、グレースは寝室《しんしつ》にはむかわず、おばあちゃんの部屋にはいった。わたしもついていって、二人でおばあちゃんのベッドにすわった。

「どうしたの」

「これ……」

折りたたんだ、くしゃくしゃの紙をわたされた。紙のはしは焼けこげている。

「あなたに見せたかったの」

わたしはひざの上で紙をひろげた。その瞬間《しゅんかん》、すぐにわかった。母さんの本からやぶいた、〝うしなわれた物語〟だ。

〝これは物語ともよべないような話で、たいしたことはなにもおこらない。農場で育った少年が、姉たちと野原を走りまわったり、陽《ひ》の光をあびて寝《ね》ころんだりしながら、笑い、日々、息をする話である……〟

「コルトの話だ」

わたしはつぶやいて、グレースを見あげた。目に涙《なみだ》があふれてきた。

「そうなんでしょ？」

グレースはうなずいた。わたしは深く息をすった。

〝全力で走ったあとの少年のほおは赤く、目には陽《ひ》の光がやどる。

馬や羊や大地を愛する少年は、生まれた土地にとどまって農夫になるかもしれない。あるいは、どこか遠いところで、商人か船乗りか学者になるかもしれない。笛やバイオリンを奏《かな》でるようになるかもしれないし、ならないかもしれない。

この物語では、なんの事件《じけん》もおこらない。人食い鬼《おに》と戦ったり、ドラゴンをたおしたりすることもない。少年はときにあっちやこっちに引っぱられるが、強く、心やさしい子だ。自分のことをよくわかっていて、自分がなにに心からのよろこびを感じられるかを知っている。いちばん愛するもの、いちばん愛してくれる人たちの中に、みずからをつなぎとめ、たとえそこが沼《ぬま》の中であっても、みずからの道を見出《みいだ》す。その人生は、人々の注目をあつめるかもしれないし、とてもささやかなものなのかもしれないが、人がのぞみうる、もっともすばらしいものになるだろう。彼《かれ》はほかのだれでもない、自分自身として、自由な生きものとして生きる。彼《かれ》の身はまるごと彼《かれ》のものであり、幸せに満たされることだろう〟

わたしは、服のそでで涙《なみだ》をぬぐった。グレースが言った。

「母さんがコルトの話を書いたのを、父さんが知って、わたしにこのページをやぶらせたの。燃《も》やせと言われたけど、こっそりとっておいた。いつかあなたにわたそうと思ってね。母さんがいれば、コルトのことを話してきかせたでしょうけど、あなたが小さいときに死んでしまったし、父さんは……」

「わかってる。自分がなくしたものを思いださせられるのに、たえられなかったんだよね」

グレースはまたうなずいた。

「コルトのことはけして話すな、と」

「ねえ、グレース……」

言いかけた瞬間《しゅんかん》、息をするのが苦しくなる。息をつめて、わたしは思った。父さんに言われた残酷《ざんこく》な言葉、わたしの心の奥《おく》にあり、沼《ぬま》の王に見抜《みぬ》かれたおそれと、ついに向きあうときがきたのだと。

「コルトが死んだあと、母さんはわたしをきらいになった？」

わたしはグレースに問いかけた。すると、グレースはわたしをだきしめて、そっと耳もとで言った。

「まさか、そんなこと！　ウィラ、母さんはあなたをとってもあいしていたわ。いまのあなたを見たら、どんなに誇《ほこ》りに思うか」

わたしは息をすって、はいて、それからはげしく泣いた。ずっと胸《むね》にかかえてきたおそれを、ようやく手放すことができた。

「コルトがいなくなったから、わたしは自分の一部が欠けて、心が半分うしなわれた気がしていたんだね。それで、あのお話に出てきたギーサのように、わかれた魂《たましい》の持ち主になって、グレースを見つけられたんだよ」

わたしはつぶやいた。グレースは泣きながら、にっこりした。

「ウィラの強さが、わたしを救《すく》ってくれたのよ。あなたがとても勇敢《ゆうかん》だったから。ぜったいにわたしを救《すく》いだせると信じていたでしょう」

「心の底ではね」

グレースはわたしを見て、ほおにこぼれた涙《なみだ》をぬぐってくれた。

「ウィラ、双子《ふたご》として生まれても、半分の魂《たましい》にはならないわよ」

「ほんとうにそう思う？」

わたしがぽつりと問うと、グレースはいまにも笑いだしそうな顔になった。記憶《きおく》の中にあるのとおなじ、ひかりかがやく笑顔《えがお》だ。

「ええ、そんなわけないじゃない。いままでもずっとそう。だって、双子《ふたご》のあなたの魂《たましい》が半分になるのであれば、三つ子のダーシーは三分の一になるの？」

「ううん」

あまりにバカげた考えに、わたしも泣きながら笑う。

「ダーシーは不完全な人間ではないし、あなたもそうよ。あなたが赤《あか》ん坊《ぼう》のとき、どうやっても泣きやまなくて、どこかこわれているのではないかと思ったことはあったけど。成長したあなたは、とても強い人になった」

グレースはほほえんだ。そして、こんなことをきいてきた。

「火打ち箱はもってる?」

うなずいて、ポケットに手をのばす。数か月まえに家をとびだしたときから、火打ち箱はかたときもはなさずもちあるいている。炭布《すみぬの》はつかいきってしまったけど、火打ち石はするどく、火打ち金《がね》もまだじゅうぶんにつかえた。

「これはおばあちゃんのよ。わたしをさがすあいだ、あなたにもっていてほしいと、おばあちゃんは思ったのね」

グレースはわたしの手から火打ち箱をとった。古びた錫《すず》の火打ち箱は、ふたのわれ目を直したあとがある。銀色にかがやく、ひとすじのつぎ目は、星の光か、いなずまにも見えた。

グレースは言葉をつづけた。

「おばあちゃんの母さんは銀細工師《ぎんざいくし》でね、その人が母さんのブローチもつくったの」

「三つ子たちの魔法《まほう》のおもりを?」

グレースは笑って、「そう……」とこたえた。

「あの子たちの魔法《まほう》のおもりよ。おばあちゃんの母さんは、うつろ沼《ぬま》の近くでこの火打ち箱を見つけて、すてるのはもったいないと思ったのね。それで、われ目を銀でついでから、娘《むすめ》にあげたんだわ」

なめらかにつがれた、かがやくわれ目に、わたしは手をふれてみた。

「こわれていてもきれいだねえ」

グレースはうなずくと、わたしをだきしめた。

「傷《きず》があるから美しいのよ」


その晩《ばん》は姉妹《しまい》が全員、寝室《しんしつ》にそろった。六つのベッドがおしこまれた部屋は、まるで家畜《かちく》小屋だ。だけど、ずっとこのままではないのはわかっている。これからはもう、呪《のろ》いにしばられることはない。わたしたちは自由なのだ。

「グレースはいまでも、おどり子になりたい？」

横になったまま小声できくと、グレースはいつもの、夢見《ゆめみ》るような目をして、ほほえんだ。

「ええ。いつか、そうなればいいと思っているわ。ウィラはなにをしたい？」

「まだわからないなあ。この農場も、羊や馬も、自分が思っていたより好きなのに気づいたんだよね。だから、いまは、ずっとここにいたいと思ってる。呪《のろ》いのためではなく、わたしがそうしたいから」

「フレイアはいまでも、ファーガスと結婚《けっこん》する気なのかしら」

「うん」

自分の名前を聞きつけたフレイアが、なにやらもごもご言い、寝《ね》がえりをうつ。わたしは言葉をつづけた。

「二人はいっしょにいろいろな冒険《ぼうけん》をするんだろうな」

「三つ子たちもね。とんでもない冒険《ぼうけん》をしたりして」

わたしたちはだまって、ほほえんだ。わたしは声を低くして言った。

「わたし、行ってみたいところがあるんだ。海の中にはいって波をながめてみたい。くさい沼《ぬま》のにおいではなく、新鮮《しんせん》な潮《しお》の香りをかぐの」

「いいわねえ。いっしょに行きましょうよ」

「いつでも行けるよ。地図をもっていけば」

「地図をもっているの？」

「そうだよ。地図があるから、もう迷《まよ》わないよ」

暗闇《くらやみ》を見つめながら、わたしたちはにっこりした。しばらくたってから、グレースがつぶやいた。

「ねむれそうにないわ」

「わたしも」

なんだかもう、二度とねむれない気がする。毛布《もうふ》の下でもぞもぞしていたわたしは、グレースに言った。

「今日は、グレースが、ちくちくする毛布《もうふ》をつかう番じゃない？　ずっとつかってなかったんだから」

グレースが笑う。そのとき、グレースの息づかいがふるえているのに気づいた。

ベッドから出て、グレースのそばにすわる。手をにぎってあげると、グレースがぽつりと言った。

「おばあちゃんにさよならを言えなかった」

グレースの手をにぎりしめながら、わたしはこたえた。

「そうだね。いっしょにグロリアスの丘《おか》に行って、そのとき言えばいいよ」

髪《かみ》にキスをして、なでてあげて、しばらくとなりにすわっていた。

グレースがねむったあと、自分のベッドにもどったけど、目はまださえていた。フリントもきっとそうだろう。馬小屋の中から闇《やみ》に目をこらし、わたしたちをまもってくれているにちがいなかった。

36　帰ってきた犬

　その晩《ばん》は結局、一睡《いっすい》もできなかった。夜が深まり、しだいに闇《やみ》がうすれていくのを、ただただながめていた。どこかでフクロウが鳴いている。フレイアや妹たちがいびきをかいたり、寝言《ねごと》を言ったりしている。やがて太陽がのぼると、キツネがさっとかくれるように、闇《やみ》はあっという間にどこかに行ってしまった。

　目をさましたみんなは、口をぽかんとあけた。そして、ほかのベッドにあがってだきしめあい、笑いあった。そのあと台所のテーブルの前にすわったわたしたちは、たがいの顔をじっと見た。ほこりのつもった窓《まど》から、朝の光がさしこんで、部屋の中をてらしている。

　おばあちゃんがのこした本と金貨の袋《ふくろ》を、グレースにわたした。

「これはグレースのぶんだよ。グレースはちゃんと帰ってくると、おばあちゃんはわかっていたんだね」

　わたしたちは、いままでにあったことをぜんぶ話した。グレースの身におきたこと、わたしの身におきたこと、つまり、わたしたち自身の物語を話した。わたしはそれを「迷《まよ》い沼《ぬま》の娘《むすめ》たち」とよぶことにした。あとで、母さんの本の中に書いておくつもりだ。

おばあちゃんの話も書こうと思っている。題名は、「沼《ぬま》のはざまの村の魔女《まじょ》」。人々の理解《りかい》をこえた知恵《ちえ》と力があり、だれの言いなりにもならない人を魔女《まじょ》と言うのであれば、おばあちゃんもそうだと思うから。

それから、コルトの話も書きうつしておこう。本の中でいつまでも生きつづけられるように。


その二日後、グレースの体力がもどってから、わたしたちはグロリアスの丘《おか》の、おばあちゃんのお墓《はか》をたずねた。

グレースはニワトコの苗木《なえぎ》の前でひざをつき、わたしには聞こえない声でなにか言った。あたたかな地面に手のひらをつけて、夏草の上に涙《なみだ》をこぼしていた。ハチがうなるような音をたてて、クローバーの上をとびまわる。

風がそよそよとふいていた。青空を横切る雲の影《かげ》が、木々の間をながれていく。

海の方角に目をやった。手前には、黒々としたうつろ沼《ぬま》がひろがり、まるで夢《ゆめ》の中の景色のように、陽《ひ》の光がふりそそぐ。こわくはなかった。沼《ぬま》の王はおとぎ話の中に引っこみ、そこはもう、ぬかるんだ地面がつづく場所でしかない。ふと、エイモスとサラのお父さんや、沼《ぬま》で迷《まよ》ってしまった人や動物たちのことが頭にうかぶ。おばあちゃんの火打ち石でおこしたほんもの火は、あの人たちに見えただろうか。グレースのように、それで家に帰れた人はいただろうか。

「なんじの糧《かて》をあたえし大地の
土に帰るときぞ　きたりぬ……」

グレースが父さんの墓《はか》にむかって、小さな声でうたう。そのあとで、わたしのとなりにすわると、腕《うで》を組んできた。わたしの肩《かた》に頭をのせて、陽《ひ》の光をすいこむ。とてもあたたかな日だ。ノラニンジンのにおいが、むせかえるほど強くあたりにただよっていた。風にゆれるヤグルマギクは、草地に落ちた空のかけらのよう。トンボがあちこちで、青や緑や金の体をひからせながら、羽《はね》をふるわせてとんでいる。

「グレース、明日は夏至祭《げしさい》だよ。今夜はおどりにいく？」

わたしがきくと、グレースはにっこりした。

「そうね。日がのぼるまで、一晩《ひとばん》じゅうおどっていましょう」

フレイアと三つ子たちが丘《おか》をのぼって、こちらにきた。ドリーとディーディーは手をふりまわしたり、とびはねたり、ぐるぐるまわったり、逆立《さかだ》ちをしたりしていた。そして、きゃあきゃあ言いながら、かわいた草の上でころげまわった。ダーシーの足もとで、小さな黒い影《かげ》がはねまわる。

「ウィラ、グレース、見て！　さっき台所にふらっとはいってきたの！　ずっとうちでくらしていたみたいに」

ダーシーの小さな顔はかがやいている。近づいてきたものをよく見ると、ダーシーにまとわりついていたのは影《かげ》ではない。牧羊犬の子犬だ。嵐《あらし》をよぶ黒雲の色をしている。ダーシーは目をかがやかせて言った。

「名前はサンダーにしたの。うちで飼《か》っていいでしょ？」

サンダーというのは、おばあちゃんが飼《か》っていた子犬の名前だ。沼《ぬま》に迷《まよ》いこんでしまったのではないかと、おばあちゃんは言っていた。五十年以上まえにいなくなった犬がもどってくるなど、そんなことがあるのだろうか。

「もちろんいいわよ。だれの犬でもなければ」

ほほえんだグレースを見て、「なにを言っているの」と言うように、ドリーが首を横にふった。

「だれの犬でもないなんて、そんなわけないじゃない。この子はダーシーの犬なんだから」

「見ればわかるでしょ」と、ディーディーもうなずく。

ダーシーは夏の朝より明るい顔をして、わたしたちのとなりにすわった。子犬はしっぽをふって、ぐるぐるまわった。ダーシーの足に鼻をおしつけて、その場でころがる。ダーシーはいつまでも犬をながめていた。待ちのぞんでいた、ほんものの犬がきたのだ！　ダーシーはサンダーをなでたり、おなかをくすぐったり、すべすべした耳をつまんだりした。それから、あたたかな草の中に寝《ね》そべって、サンダーのやわらかな黒い毛の中に指をうずめた。

長いあいだいなくなっていた犬が、たいせつな人のもとにもどった。

サンダーがダーシーの指をなめる。長い三つ編《みあ》みをゆらして、ダーシーが笑う。

ダーシーとおばあちゃんは、なんてよく似《に》ているのだろう。

目の前にいるのはたいせつな人で、自分を愛してくれるのだと、この犬にはわかっている。ずっとまえから、自分を愛してくれていたことも。

37　わたしはわたし自身のもの

うちに帰ると、村の人たちが庭で待っていた。おばあちゃんが死んだ夜を思いだして、胸《むね》がしめつけられる。でも、今日は、グレースが帰ってきたからあつまったのであり、それもまた、ここにくる口実だったらしい。みんなはつぐないの贈《おく》り物《もの》をもってきていた。クーパーさんは孫息子《まごむすこ》といっしょだった。孫息子《まごむすこ》たちは鎌《かま》をもっていた。うちの牧草《ぼくそう》の刈《か》り入《い》れを手伝うつもりのようだ。ジョスははずかしそうにグレースにほほえみかけて、麦わら帽子《ぼうし》をすこしあげてあいさつした。

モスさんたちもきてくれた。ファーガスはまえに会ったときから、またすこし背《せ》がのびた。キンポウゲ、カッコウセンノウ、ヤグルマギク、ポピーの花束を六つもっている。フレイアがほおにキスをすると、ファーガスの顔は赤カブの色になった。

モス夫人は心をこめて、グレースをだきしめた。

「ついに帰ってきたのね。無事でいてくれて、ほんとうにうれしいわ」

「ダーシーが犬を飼《か》うのよ！」

ドリーがみんなにむかってさけんだ。ディーディーが残念そうに言った。

「この子はボンネットをかぶりたくないって。まあ、ボンネットがなくても、かわいいけど」

モス夫人はサンダーをほめてくれた。きっと優秀《ゆうしゅう》な牧羊犬になると言ってもらい、ダーシーはほこらしげだった。

「牧羊犬のかわりに三つ子が草地をかけまわるのは、おもしろかったんだがねえ」

そばで見ていたクーパーさんが言う。それを聞いて、みんなはどっと笑った。

「刈《か》り入《い》れをするのにいい天気だな」

だれかが空を見あげて言った。

「ようし、そろそろはじめるか！」

クーパーさんの孫息子《まごむすこ》たちがのびをして、にっこりした。そして鎌《かま》で草を刈《か》りはじめると、ファーガスもそれにつづいた。

そのとき、クーパーさんがわたしをわきに引っぱっていった。エプロンのポケットから、折り目のやぶれかけた、黄ばんだ紙をとりだす。だれにも見られてないのをたしかめてから、クーパーさんは声を低くして言った。

「ウィラ、これは、わたしが昔もらって、四十年以上しまいこんでいた手紙だ。書いたのは、わたしが赤《あか》ん坊《ぼう》のころに出ていった姉さんではないかと思うのだけどねえ。姉さんはうちを出たあと遠いところに行ってしまって、それから二度と会ってない。ある年の冬至祭《とうじさい》に、行商人がこの手紙をはこんできたんだよ。姉さんがくれたのならばいいと思ってたんだがね、ほんとうにそうかはわからないから、おまえさんが手伝ってくれたら……」

この瞬間《しゅんかん》が重く感じられたのは、おばあちゃんの死がまだ生々しかったからというだけではない。この村のすべての人にとって、どんな重みをもつのかがわかったからだ。

それでも、考えるのに時間はかからなかった。わたしは迷《まよ》わずこたえた。

「いいですよ」

注意深く手紙をうけとって、かすれた文字に目をこらす。

「お姉さんの名前はビーですか」

クーパーさんが胸《むね》に手をあてる。「ああ!」と、おさえた声を放ったあと、目は涙《なみだ》でいっぱいになった。

「姉さんの名前はベアトリスで、みんなはビーとよんでいた。姉さんの名前が書いてあるのかい。見せておくれ」

わたしは署名《しょめい》を指さした。

「いつかあなたも字を読めるようになると思って、お姉さんは手紙をくれたんじゃないですか」

クーパーさんは泣きながら笑った。

「うちの姉さんらしいこと。自由な人だったらしいから」

「書いてあることをぜんぶ読みましょうか」

わたしがそう言うと、クーパーさんは手紙をとりかえした。折り目のついた手紙はさっとたたまれて、エプロンのポケットにおさまった。

「ウィラ、わたしは自分で読みたいんだよ。だから、もし、おまえさんが読み方を教えてくれたら……」

わたしはほほえんで、「はい」とこたえた。


干《ほ》し草《くさ》小屋はさわがしかった。三つ子たちは山登りをしているつもりで、高くつんだ干《ほ》し草《くさ》の上にあがっては、とびおりて遊んでいる。きゃあきゃあ言ったり、笑ったりしている三人を見あげて、サンダーはキャンキャンほえながら走りまわった。すると突然《とつぜん》、声がやんだ。庭の門が音をたててしまる。わたしはぱっとふりむいた。ほかの人たちもみんなおなじようにした。そこにいたのはサイラスだ。背筋《せすじ》をのばして立ったすがたは元気そうで、あいかわらず意地の悪い顔をしている。

サイラスはうなるように言った。

「約束のものをもらいにきた」

三つ子たちが干《ほ》し草《くさ》の山からおりてきた。一列にならんで、サイラスを見つめる。ダーシーの足もとにはサンダーがいる。わたしはいそいで、三人のそばについた。フレイアがきて、そのあとグレースもやってきた。人々のざわめきがうしろに聞こえる。

サイラスがグレースに笑いかけた。なにかをたくらんでいる顔で、会釈《えしゃく》する。

「わがいいなずけ、グレース……」

グレースは首をふった。

「いや……」

グレースの顔は、うつろ沼《ぬま》から帰ってきたときのように真っ青だ。フレイアが言う。

「わたしたちはサイラスとは結婚《けっこん》しない。うちの農場があるし、みんな自分のやりたいことがあるの」

サイラスはわたしたち姉妹《しまい》を順に見た。おそろしいなにかが目にやどっているのを見たとき、わたしははじめて気づいた。サイラスの目は若草色《わかくさいろ》だ。

「そうか！」

サイラスは馬小屋にすっとんでいった。そして、だれがとめる間もなく、フリントをむりやり庭につれてきた。フリントは足を引きずるようにして、しぶしぶ歩いていたけど、突然《とつぜん》、うしろ足で立ちあがった。ひづめでサイラスの体をおして、腕《うで》に一撃《いちげき》をくらわせる。

サイラスは毒《どく》づいて、手をふりあげた。

わたしはあわてて前に出た。

「やめて！　フリントはうちの馬だから、わたしたちといっしょにいたいの」

「おまえの父親との取引では、馬をやるかわりに、花嫁《はなよめ》をもらうことになっていた。花嫁《はなよめ》をよこさず、馬も手放そうとしないおまえたちは泥棒《どろぼう》だと、長老たちも言っていたぞ」

サイラスのはいた言葉を聞いて、人々がぼそぼそつぶやく。サイラスはつづけた。

「フリントはわたしの馬だ。それに、ここにはシルバーもいるらしい。おまえはわたしを首つり村に置きざりにして、馬を二頭ともここにつれてきただろう。自分のものをとりかえして、なにが悪いと言うんだ」

フリントはサイラスから遠ざかろうとして、おどるようにはねた。身をよじって頭をさげ、うしろ足をけりあげる。それから庭のむこうがわまで走っていき、ほこりたかく頭をふりあげた。

フリントに近づけないサイラスは、わらの中につばをはいた。そのあとで、また馬小屋にとんでいき、こんどはシルバーをつれて出てきた。グレーの毛を乱暴《らんぼう》につかんで、門のほうへとむかう。

「フリントをつれてかえるのはあとにしよう。つぎはむちをもってきて、しっかりしつけてやらないとな！」

わたしはサイラスにむかってさけんだ。

「待ってください！　いくら払《はら》ったら、馬をもらえますか」

「馬を買うつもりか？　小娘《こむすめ》のエプロンのポケットの小銭《こぜに》じゃむりだろう」

「ここで待っていてください」

わたしは人をかきわけて、家の中にとびこんだ。布袋《ぬのぶくろ》をすばやくとって、息を切らしてもどってくる。サイラスがのばしてきた手のひらに、袋《ふくろ》の中の金貨をぜんぶ入れた。

「これでどうでしょう」

サイラスの目がきらりとひかる。そこにあるのは、さきほどの怒《いか》りではなく、底知れぬ欲《よく》だ。

「これではたりないな」

口のはしをきゅっとひきしめて、サイラスが値《ね》をつりあげようとする。

「馬を二頭買うのに、じゅうぶんなはずです」

そのときクーパーさんが口をひらいた。

「わたしもそう思うよ！」

村の人たちもみんなうなずいている。サイラスの甥《おい》のピートも言った。

「多すぎるくらいだよ」

わたしはサイラスに言った。

「これ以上はわたせません。お金をうけとって出ていくか、手ぶらで立ちさるか、どちらをえらぶのもあなたしだいです」

「あなたの言いなりにはならないわ」

ドリーが声をあげると、ディーディーも言った。

「そうよ。あたしはあたし自身のもので、ほかのだれのものにもならないって、おばあちゃんが言っていたもの」

フレイアがうなずく。グレースは腕《うで》を組んで立っている。

サイラスは、若草色《わかくさいろ》にひかる目を見ひらいて、首をかしげた。

「これではたりないとわたしが言ったら、おまえたちはいったいどうするんだろうねえ」

「あなたの言いなりにはならない！　あたしはあたし自身のもの。ほかのだれのものにもならない！」

ダーシーがさけんだ。サイラスがよろめき、あとずさる。ダーシーがこんなふうに声を荒《あら》げるのは、これまで聞いたことがない。

真昼の太陽がてりつける。まぶしくて、目をこすった。いま、火花みたいなものが空中ではじけたような……。

村の人たちが近づいてきた。モス夫妻《ふさい》も、クーパーさんも、ほかの人たちも、わたしたちのすぐうしろにひかえている。

サイラスはうごかない。ダーシーを見て笑おうとするけど、なにもできず、言葉をのみこんであとずさる。オオカミや、トラや、満月座《ざ》の巨人《きょじん》だとしても、ゆうかんなダーシーを前にしたら、そんなふうにしていたかもしれない。

サイラスは金貨をポケットにしまった。そしてうしろをむいて、農場を出ていった。

わたしたち姉妹《しまい》はひとつづきの紙人形のようにならんで、遠ざかっていくサイラスを見送った。

わたしたちには、おばあちゃんがついていた。

母さんも、そのまえにつらなる人たちもそばにいた。

足もとにひろがる大地に、ふりそそぐ夏の光に、沼地《ぬまち》からただよってくるかすかなにおいの中に、その人たちはいる。みんな、わたしの骨《ほね》のどこかに、たしかにのこっている。

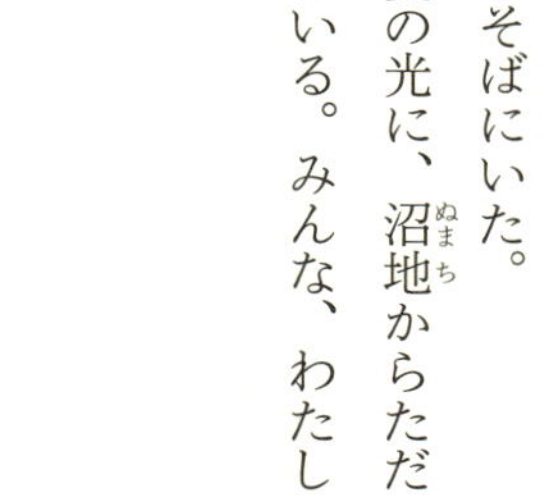

訳者《やくしゃ》あとがき

この本の舞台《ぶたい》は、迷《まよ》い沼《ぬま》とよばれる湿地帯《しっちたい》です。迷《まよ》い沼《ぬま》は架空《かくう》の場所ですが、作者はイギリス南東部のロムニーマーシュという土地の人々のくらし、とくに十九世紀《せいき》末から二十世紀《せいき》はじめのことをしらべた上で想像《そうぞう》をふくらませて、この物語を書きました。ロムニーマーシュは海岸ぞいに低地がひろがっていて、むかしは潮《しお》が満ちるたびに水にしずんだので、人びとは水路をほったり干拓《かんたく》工事をしたりして水害にそなえました。湿地《しっち》にもいろいろな場所があり、たとえば泥炭地《でいたんち》は、かれたあと完全に分解《ぶんかい》されなかった植物が土となり、それがつもってできたものです。泥炭地《でいたんち》では、まるで生きているようなミイラがたくさん見つかっていて、主人公のウィラが涙沼《なみだぬま》で見た光景を思わせます。また沼地熱《ぬまちねつ》は、マラリアという名で知られている病気です。湿地《しっち》にすむ蚊《か》がマラリアをはこび、ロムニーマーシュの人びとが病にくるしんだのも、ほんとうにあったことです。ただしウィラと父親は、蚊《か》にさされてから日をおかずにぐあいが悪くなりますが、実際《じっさい》にはマラリアは感染《かんせん》後、症状《しょうじょう》が出るまでに七日から三十日ほどかかります。

ウィラが見た赤い月は、満月が地球の影《かげ》にかくれるために赤く見える、皆既《かいき》月食でしょう。

しかし、むかしはそんなことは知られていなかったので、世界のあちこちで不吉《ふきつ》なしるしだとかんがえられていました。ウィラのくらす村では月食にかぎらず、いろいろな迷信《めいしん》が根強く信じられていますし、女性《じょせい》が文字を読むことも禁《きん》じられています。十七世紀《せいき》をピークとしてヨーロッパやアメリカでおこなわれた、魔女狩《まじょが》りのような場面なども出てきます。無実の人を魔女《まじょ》にしたてあげ、不作や不運の鬱憤《うっぷん》を晴らす大衆《たいしゅう》、家族を亡《な》くした悲しみをうけとめきれず、娘《むすめ》や呪《のろ》いのせいにする父親には、人間の本質的《ほんしつてき》な弱さがあらわれているのではないでしょうか。

その一方で、人は、恐怖《きょうふ》やかなしみに支配《しはい》されない生き方をみずからえらぶこともできるのでしょう。この本の原書をはじめて読んだとき、家族や社会の抑圧《よくあつ》をうけながら、それでも人からの支配《しはい》をこばむ登場人物が強く心にのこりました。地図とコンパスをたよりに広い世界に飛びだしたウィラは、最後には勇気をもって自分の道を見出《みいだ》します。家族それぞれの人生を前にすすめるために呪《のろ》いをおわらせようとして、ひとりで父親をうめるダーシー、まわりの声に屈《くっ》することなく、ひそかに本をつたえてきた祖母《そぼ》のすがたも印象的《いんしょうてき》です。女性《じょせい》の自立、自由と解放《かいほう》、親と子の関係といった普遍的《ふへんてき》なテーマが、スリリングな冒険《ぼうけん》小説の中に描《えが》かれているのにひかれて、この物語をぜひ、日本に紹介《しょうかい》したいと思いました。

作者のルーシー・ストレンジは、イギリス南東部のケント州に住み、ファンタジーの要素《ようそ》のある歴史《れきし》物語やゴシック・ミステリーを書いています。この本の原書は刊行《かんこう》後、「雰囲気《ふんいき》に富む沼地《ぬまち》を舞台《ぶたい》とし、よどみなく進む物語、複雑《ふくざつ》なプロット、心にのこる登場人物によって、家族や社会の微妙《びみょう》な力関係を描《えが》いた異彩《いさい》の歴史《れきし》ファンタジー」（『パブリッシャーズ・ウィークリー』誌《し》）、「歴史《れきし》の中で型《かた》におさまらない少女の物語であり、そんな作品が好きな読者にぴったりのミステリー」（『スクール・ライブラリー・ジャーナル』誌《し》）などと評《ひょう》され、子どもむけのすぐれたオーディオブックにアメリカ図書館協会が贈《おく》る、オデッセイ賞《しょう》の次点にえらばれました。

沼《ぬま》にかこまれ、六人の娘《むすめ》の呪《のろ》いが言いつたえられてきた村。そこにふしぎなサーカスがやってきたあとに消えた長姉《ちょうし》。姉をつれもどすための、危険《きけん》にみちた旅。鬼火《おにび》をあやつり人をまどわす、沼《ぬま》の王との対決。一見、おとぎ話ふうの物語に目をこらせば、影絵劇《かげえげき》のスクリーンのむこうに真実がかくされていたみたいに、いまの日本にもつうじる問題が見えてくるようです。

中野怜奈

作　ルーシー・ストレンジ　Lucy Strange

イギリスの作家。イギリス南東部、ケント州の田園地帯に、家族と三毛猫のムーといっしょに暮らす。中等教育の英語教師、俳優、歌手として活動していたこともある。伝説やおとぎ話に着想を得た作品が多く、歴史的な背景に魔法やファンタジーを織りこんだリアリティのある世界観が若い読者を魅了し、高い評価を得ている。

訳　中野怜奈　Reina Nakano

津田塾大学大学院イギリス文学専攻修士課程修了。学校司書として勤務しながら、ミュンヘン国際児童図書館の日本部門を担当。国立国会図書館国際子ども図書館では非常勤調査員として翻訳業務に携わる。主な訳書に『さよなら、スパイダーマン』『おひめさまになったワニ』『明日の国』『糸をつむいで世界をつないで』などがある。

迷《まよ》い沼《ぬま》の娘《むすめ》たち

2024年11月19日　初版発行

作　ルーシー・ストレンジ
訳　中野怜奈

発行者　吉川廣通
発行所　株式会社静山社
〒102-0073　東京都千代田区九段北1-15-15
電話 03-5210-7221　https://www.sayzansha.com
印刷・製本　中央精版印刷株式会社

組版　マーリンクレイン
編集　荻原華林

Printed in Japan　ISBN978-4-86389-775-5